Diogenes Taschenbuch 21825

Jonathan Latimer

Wettlauf mit der Zeit

Roman

Aus dem Amerikanischen
von Nikolaus Stingl

Diogenes

Titel der 1935 bei
Doubleday Inc., New York,
erschienenen Originalausgabe:
›Headed for a Hearse‹

Die deutsche Erstausgabe erschien 1962
unter dem Titel ›Unschuldig verurteilt‹
im Desch Verlag, München,
Wien und Basel
Umschlagillustration unter Verwendung
eines Standfotos aus der Verfilmung mit dem Titel
›The Westland Case‹, mit Preston Foster
als Detektiv Crane

Neuübersetzung

50/00/43/3
ISBN 3 257 21825 7

Inhalt

I

Samstag abend

In der Zelle rechts weinte immer noch ein Mann. Es war mittlerweile nach Sonnenuntergang, und er weinte seit Mittag. Er weinte leise, hartnäckig und quengelig, ohne Hoffnung und ohne Überzeugung, wie ein kleines, mutloses Kind bei Nacht.

Robert Westland hörte ihm von der dämmrigen Höhle seiner eigenen Zelle im Todestrakt aus zu. Abgesehen von dem Geräusch war das seidige Zwielicht angenehm. Die Düsterkeit vertiefte sich rasch, als würde jemand lagenweise Musselin über eine Laterna magica breiten, und das Halbdunkel hatte bereits das Stahlgitter der Zelle verschluckt und das obszöne Weiß der deckellosen Toilette verhüllt. Kühle Luft, feucht und duftend, fächelte den langen Gefängniskorridor entlang und drückte auf Westlands Gesicht, und er sog die Luft durch die Nase, und seine Finger schlossen sich fester um den Stahlrost seiner Pritsche. Aus der Gefängnisküche kamen die Gerüche von frischem Brot und schmorendem Rindfleisch und die Geräusche der Köche, die das Abendessen zubereiteten: das Klappern von Töpfen und Besteck, das Klirren von Geschirr, Wasserrauschen, schwere Schritte ...

Einige Zeit später hörte der Mann in der Zelle nebenan

zu weinen auf und schniefte bang und feucht wie ein erkälteter Jagdhund. Es trat ein Moment zerbrechlicher Stille ein, dann ächzte er:

»Ich will nich' sterben. Mein Gott! Ich will nich' sterben.«

Er begann wieder zu weinen, quengelig und hoffnungslos. Die Gefängnisbeleuchtung ging an, überflutete den Korridor und warf eckige, groteske Schatten in Westlands Zelle. Das Licht war grell, und Westland rieb sich die Augen und gähnte. Nackte Füße tappten über den Boden der Zelle links, und der Mann namens Dave Connors schob den blondhaarigen Kopf rechts vorn an das Gitter seiner Zelle und guckte schräg in Westlands Zelle.

»Wie spät isses eigentlich, verdammt?« wollte er wissen.

Er hatte eine fünfzehn Zentimeter lange Narbe über dem linken Auge und trug graue Hosen ohne Gürtel. Muskeln spannten sich über seiner nackten Brust und traten an seinen Schultern hervor. Er war ein krimineller Gewerkschaftler und sprach aus dem Mundwinkel, ohne die Lippen zu bewegen.

»Das Abendessen ist wohl gleich fertig.« Westland schwang sich von seiner Pritsche, ging zur Vorderseite seiner Zelle und blinzelte in die Korridorbeleuchtung. »Ich hoffe, es schmeckt.«

»Wir sind hier nicht im Blackstone.« Drei Goldzähne schimmerten in Connors' Mund. »Aber die müßten uns reichlich Fraß geben, wo wir bloß noch 'ne Woche zum Essen haben.«

»Eine Woche ist nicht so lang«, sagte Westland.

Blaue Augen unter fransigen, hanffarbenen Brauen leuchteten plötzlich auf wie angeknipst. »Du sagst es! 'ne Woche hat nur sieben Tage.« Wieder grinste Connors.

»Sechs.« Westland lehnte sich gegen die harten Gitterstäbe. »Der gütige Staat Illinois sagt, daß wir am Samstag um 0 Uhr 01 auf den elektrischen Stuhl gesetzt werden, und da wir jetzt Samstagabend haben, bleiben nur noch Sonntag, Montag, Dienstag, Mittwoch, Donnerstag und Freitag. Das macht sechs.«

In der Ferne ertönte schrill eine Klingel, die jäh verstummte. Der Mann in der Zelle rechts stöhnte leise weiter. Von fern waren das Kratzen von Stahl auf Stahl und Stimmengewirr zu hören.

»Abendessen«, sagte Westland.

»Der Staat sagt, wir müssen am Samstag sterben.« Connors' Finger um die Gitterstäbe waren braun und starr, als hätte ein Holzschnitzer sie aus Eiche geschnitzt. »Warum warten die nicht bis Samstag 23 Uhr 59 oder wenigstens bis Sonnenaufgang, so wie in Büchern immer? Der Staat mag uns scheint's überhaupt nicht.«

»Ja«, sagte Westland, »sieht ganz so aus.«

Der Luftzug auf dem Korridor war jetzt recht kühl und strömte rascher und entschieden. Der Mann in der Zelle rechts schnüffelte und stöhnte:

»Mein Gott, ich will nich' sterben! Ich will nich'...«

Connors entblößte knurrend die drei Goldzähne. »Schnauze, du Itzig«, brüllte er. »Hör auf damit.« Er schüttelte die mächtige Faust. »Hör auf damit, verstanden?«

Der Mann gab ein erschrockenes Schnauben von sich und fing dann wieder an zu weinen.

»Ich kann den Kerl nicht leiden«, sagte Connors. »Ich hab vor meiner Verurteilung im Knast mit ihm an einem Tisch gegessen. Das ist 'n mieser Scheißkerl.«

»Der heult ununterbrochen, seit sie uns heute morgen in die Zellen hier gesteckt haben.«

»Das is' 'n Scheißkerl.« Connors schürzte verächtlich die Lippen, wodurch sich seine rechte Gesichtshälfte in senkrechte Falten legte. Er sah Westland an. »Hör mal«, sagte er, »komm bloß nicht auf die Idee, daß ich Angst vorm Sterben hab, so wie ich daherrede, ja? Ich mach bloß Spaß, ja?« Er war ein kräftiger Mann, und das Fleisch in seinem Gesicht war bleich und fest.

»Klar, du machst bloß Spaß.«

»Verstehst du, ich mag das Sterben genausowenig wie jeder andere, aber Angst hab ich keine.«

Westland sah voll Überraschung, daß sich Connors' Lippen tatsächlich bewegten. »Das kann ich von mir nicht behaupten. Ich hab eine Heidenangst«, sagte er. »Ich hab gedacht, es macht mir nichts aus, aber jetzt tut's das allmählich doch.« Die Zugluft strich ihm kalt über die Arme, und er krempelte die Ärmel seines Wollhemdes herunter.

Connors sagte: »Du bist anders als ich. Ich hab das seit zwanzig Jahren erwartet und bin dran gewöhnt. Ich schätze, ich hab's sowieso längst verdient. Ich hab in den Schwarzbrennertagen 'n Haufen harte Burschen umgelegt, aber so wie du großgeworden bist, hast du damit rechnen können, daß du im Bett stirbst, mit 'nem Haufen Ärzte drumrum.« Er schob sich das blonde Haar aus der eckigen Stirn. »Ich schätze, es ist hart, wenn man nicht mit so 'ner Kelle rechnet.«

Der Mann in der Zelle rechts schneuzte sich und hustete. Von einer Rangierlokomotive auf dem Güterbahnhof südlich des Gefängnisses kam ein zweimaliges, fragendes Tuten.

»Ich hab nicht damit gerechnet«, sagte Westland; »und ich weiß immer noch nicht, worum es eigentlich geht.«

Connors' blaue, in seinem eichenen Gesicht ausdrucksvoll wirkende Augen blickten fragend. Muskeln spannten sich zu einem Achselzucken. »Meiner Meinung nach hätten die mir dafür, daß ich die Canzoneri-Brüder umgepustet hab, 'n Orden statt den heißen Stuhl verpassen müssen. Ich hab noch nie zwei härtere Makkaronis gesehen.«

Im Korridor hallten ungleichmäßige Schritte, dröhnte das Scheppern einer Stahltür. Es war der Wärter. Er hieß Percival Galt und ging unsicher auf stelzenartigen Beinen. Auf einem Tablett, das er behutsam in den schmutzigen Händen hielt, türmte sich dampfendes Essen. Er lächelte mit der berufsmäßigen Unaufrichtigkeit eines Arztes und entblößte dabei bananengelbe Zähne. Er blieb vor Westlands Zelle stehen und sagte:

»Kommt und holt's euch.«

Das war ein Scherz. Der vortretende Adamsapfel des Wärters hüpfte konvulsivisch vor Lachen. Es war ein guter Scherz.

»Steak mit Zwiebeln garniert«, fügte er lockend hinzu.

Connors zuckte die Achseln und verschwand in den

hinteren Teil seiner Zelle, aber der Mann in der Zelle rechts schlurfte nach vorn. Er war klein, und sein Gesicht unter dem schütteren, braunen Stoppelhaar war bleich. Er hatte eine gebrochene Nase, seine knopfschwarzen Augen waren klein und lagen eng beieinander, und sein Mund zuckte, als murmelte er ein Gebet. Er hieß Isadore Varecha. Er trat an das Gitter und steckte, die Handflächen in einer beschwörenden Geste nach oben gekehrt, die Hände hindurch.

Wärter Galts Augen, die ihn belauerten, leuchteten.

Isadore Varecha bettelte: »Ich hab so Hunger, Mister.« Sein verzerrtes Gesicht war flehend, er sabberte über sein fliehendes Kinn. Er hatte eine kieksende Stimme, schrill und schwankend.

Der Wärter sah ihn an.

Varechas Hand paßte durch das Stahlgitter. »Bitte, Mister«, sagte er.

Das Tablett schepperte, als Wärter Galt es auf dem Betonboden absetzte. »So ist's brav.« Er nahm einen Blechnapf mit Eintopf, ein Stück Brot und eine Blechtasse mit hellbraunem Kaffee und reichte sie zusammen mit einem Löffel Varecha, dessen Mund tierische Laute von sich gab.

Wärter Galts Augen waren von gelben Äderchen verschleiert. Er betrachtete Westland und sagte: »Und du?«

»Ich bin dankbar für alles, was ich kriege«, sagte Westland.

»Solltest du auch.« Wärter Galt reichte ihm sein Essen. »Mir ist sowieso schleierhaft, warum der Staat euch nicht verhungern läßt. Das wär billiger.«

Westland zog sich mit dem heißen Eintopf auf seine Pritsche zurück. Es schmeckte nicht schlecht, und zwischen den großen Rindfleischstücken schwamm Gemüse. Das Brot war auch frisch, und er tunkte ein Stück in den Teller.

Der Wärter war zur nächsten Zelle weitergegangen. »Hast du keinen Hunger?« fragte er Connors. Er hielt ihm einladend das Essen hin.

Connors kam nach vorn und packte zwei Gitterstäbe. Auf seinem Rücken traten die Muskeln hervor. »Gib mir den Fraß oder laß es bleiben«, knurrte er. »Ist mir egal, wenn du bloß machst, daß du rauskommst.«

Das ungezwungene Lächeln verschwand aus Wärter Galts Gesicht. Eine Sekunde lang wirkte er erschreckt, dann gewann er sein spöttisches Gehabe zurück. »Unser harter Junge hat kein Benehmen«, sagte er. Sein Schatten ragte an der weißen Korridorwand auf wie ein Truthahngeier, vornübergekrümmt, schwankend und schwarz.

Connors' Stimme schnarrte: »Raus!« Seine nackten Schultern wölbten sich, als er an den Gitterstäben herunterfuhr.

Von dem Vogelschatten schien ein unangenehmes Krächzen zu kommen. Es war Wärter Galts Lachen. Nach einer Weile beruhigte er sich und sagte: »Versuch doch, mich rauszuschmeißen.« Er lachte wieder. Er würde den Jungs in der Wärterkantine was Witziges zu erzählen haben.

»Raus«, sagte Connors wieder.

Die Augen des Wärters schielten zur Seite, musterten die Zellentür. Sie war verschlossen. Dann goß er mit einem boshaften Ausdruck in seinem leichenhaften Gesicht langsam den warmen, dampfenden Eintopf aus dem Blechnapf auf den Betonboden. Mit gespielter Geziertheit ließ er das Brot in die Schweinerei fallen und goß den hellbraunen Kaffee darüber. Er bleckte die Zähne. »Ich kann nichts dafür, wenn ein Häftling sein Essen auf den Flur schmeißt.« Seine hervorquellenden, geäderten Augen leuchteten triumphierend.

Starr gegen das Gitter gepreßt, sagte Connors, ohne die Lippen zu bewegen: »Deine Mutter war 'ne Niggerin.«

Wärter Galt stellte den Blechnapf und den Kaffeebehälter auf das Tablett. »Schiebt euer Geschirr auf den Flur, wenn ihr fertig seid, Jungs«, sagte er.

Seine sich entfernenden Schritte wurden leiser, verhielten, während er die Stahltür am Ende des Korridors aufstieß, und verklangen dann endgültig.

Robert Westland tunkte das Brot in den Eintopf und aß bedachtsam von der ihm zugewandten Seite seines tiefen Blechnapfs. Er hörte, wie Varecha seinen Napf ausleckte und erstickte, tierische Kehllaute von sich gab, während er fertigaß. Als genau die Hälfte seines Ragouts und die Hälfte seines Brotes aufgegessen war, glitt Westland von der Pritsche und ging bedächtig zur linken Vorderseite seiner Zelle. Connors' Hände umklammerten immer noch den Stahl. Der schwarze Schatten einer der Stangen verlief senkrecht über sein Gesicht und verdeckte sein linkes Auge.

Westland fragte: »Möchtest du was von dem Zeug hier? Ich hab nicht soviel Hunger.«

Die Augenbrauen des Gangsters zogen sich ärgerlich

zusammen. Er starrte Westland mit seinen fahlblauen Augen an. In der Stille gab Varecha saugende und schlürfende Geräusche von sich. Dann sagte Connors überraschenderweise: »Danke.« Sein Gesicht entspannte sich. »Iß du's. Ich hab überhaupt keinen Hunger.«

»Na, komm schon«, sagte Westland. »Ich mag's wirklich nicht.«

»Nee«, sagte Connors. Er wirkte verlegen.

»He, Mister.« Isadore Varecha lehnte sich an das Gitter seiner Zelle, und sein schwabbeliger Mund zitterte. »Mister«, sagte er. Sein Kopf mit dem zerzausten Haar zuckte krampfhaft, und er blickte sich immer wieder ängstlich um. »Ich eß es, Mister.«

Westland machte einen zögernden Schritt auf Varecha zu und sagte: »Besser, jemand ißt es, bevor es zu kalt wird.«

»He!« Connors' Zähne schimmerten. »Du würdstes doch glatt dem Scheißkerl da geben, bloß um's mir zu zeigen.« Er schob eine Hand durch das Gitter, so daß sie vor Westlands Zelle war. »So stolz bin ich dann auch wieder nicht.«

Westland gab ihm den Napf und das Brot. »Danke«, sagte Connors. Er kippte den Napf leicht und zog ihn durch das Gitter. Varechas Lakritzenaugen blickten gekränkt; Tränen stiegen darin auf und rollten ihm über die schmutzigen Wangen. Er zog sich nach hinten in seine Zelle zurück und schlabberte geräuschvoll in seinem Napf.

Als Westland ein paar Minuten später die Hälfte seines Kaffees getrunken hatte, ging er mit der Blechtasse zum

Rand von Connors' Zelle. Diesmal nahm der Große das Angebot kommentarlos an. Sie verstanden sich und waren in gewisser Weise Kumpel. Das tat Westland gut, und für eine Weile hörte er auf, sich zu fragen, wie weh es tat, wenn sie am elektrischen Stuhl den Strom einschalteten.

Irgendwann nach Mitternacht wachte Westland auf. Durch den Korridor wehte immer noch kalte Luft, und er fror unter seiner dünnen Decke. Isadore Varecha ächzte ziemlich laut.

»Ich will nich'... ich will nich'... ich will nich'«, wiederholte er undeutlich. Dann ging seine Stimme in ein tierisches Heulen über und brach mit quälendem Husten ab, als würde er sich übergeben.

Das eintönige Licht auf dem kahlen Korridor, die lauernden Schatten, die Stille, der unaufhörliche Luftzug und das unmenschliche Schluchzen, Ächzen und Würgen von Isadore Varecha hatten etwas Zeitloses, und plötzlich gaben Robert Westlands Nerven nach wie die Hauptfeder einer kaputten Uhr. Er fuhr von seiner Pritsche hoch und hämmerte wie rasend gegen das Stahlgitter seiner Zelle, die Augen starr auf die weiße Korridorwand gerichtet.

»Moment mal, Mann«, sagte jemand links von ihm. »Damit erreichst du gar nichts.« Es war Connors, und seine Brust war nackt. Er hatte wohl schon die ganze Zeit da gestanden.

Robert Westland kam zu Bewußtsein, daß seine Hände aufgeschlagen waren, daß der Betonboden unter seinen nackten Füßen kalt war. »Es ist nicht richtig«, sagte er konfus. »So sollten die das nicht machen. Die müßten einem eine Chance geben.«

Connors sagte mit besänftigender Stimme: »Du mußt dich damit abfinden, wie es ist. Du kannst nicht mittendrin die Regeln ändern.« Seine Brauen warfen fahle Schatten über seine Augen. »Ich hab selber 'n bißchen drüber nachgedacht.«

Im Korridor strahlte eintöniges Licht. Die Luft regte sich kaum, aber bald würde sie wieder feucht und kühl vorbeiziehen.

Varecha ächzte: »Laß mich nich' sterben, Gott! Ich will nich' sterben!«

Westland sagte: »Diese verdammten Lampen! Warum machen sie die nicht aus?« Er sah Connors an. »Wie kannst du dabei schlafen?«

»Ich schlaf auf dem Bauch, aber du könntest dir dein Handtuch über die Augen legen.«

Varecha warf sich auf seinem Bett hin und her. »Laß mich nich' sterben«, schrie er. Seine Stimme kippte in die schrille Tonlage eines über eine Wandtafel quietschenden Kreidestücks über. »Nich'... Nich'...NICH'...!«

Connors' wütende Baßstimme dröhnte durch den Korridor: »Halt die Schnauze, Kanake. Halt die Schnauze!«

Varecha würgte, hustete, war einen Moment lang still. Dann begann er leise zu wimmern. »Wofür sitzt der eigentlich?« fragte Westland. Der blonde Gangster schüttelte den Kopf. »Ich glaub, er hat 'n Weib umgelegt.«

»Wie ich«, sagte Westland bitter.

Varecha wimmerte ganz leise.

»Er hat nicht soviel Publicity gekriegt«, sagte Connors. Winzige Muskeln kräuselten die Haut an den Winkeln seiner beschatteten Augen. »Ich hätt selber viel mehr gekriegt, wenn du nicht gewesen wärst.«

»Ich hab von dir gelesen«, sagte Westland. »Ich fand, ein Restaurant war ein ziemlich öffentlicher Ort, um die zwei Kerle zu erschießen.«

»Das waren zwei New Yorker Killer mit dem Auftrag, mich umzupusten. Paar Typen wollten sich in meine Gewerkschaft reindrängen – die Kohlenwagenfahrer, Ortsgruppe 241 –, aber dazu mußten sie erst mich aus dem Weg räumen. Ich hab das mit den Killern spitzgekriegt und mir gedacht, besser, ich krieg sie, ehe sie mich kriegen.« Seine rechte Hand schien jemanden von sich wegzustoßen. »Woher sollt ich wissen, daß zur gleichen Zeit 'n Haufen Schnüffler in dem Laden sind?«

»Einer von den Polizisten hat dich angeschossen, stimmt's?«

»Ja, nachdem ich meine Knarre hab fallen lassen, die feige Sau.«

Westland sagte mit bitterer Stimme: »Immerhin haben sie dich dafür drangekriegt, daß du zwei Männer erschossen hast.«

Das Licht der Glühbirne veränderte die Pupillen von Connors' weit geöffneten Augen von blau zu aschgrau. »Hör mal«, sagte er, »ich hab nicht geglaubt, daß du schuldig bist.«

»Da bist du so ziemlich der einzige.«

»Ich seh das so – 'n Kerl würd niemals seine Frau umpusten.« Connors' blondhaariger Kopf bewegte sich verneinend von links nach rechts und wieder zurück. »Er erwürgt sie vielleicht oder schlägt sie tot, aber er würd sie nie erschießen.« Wieder stieß er ein unsichtbares Gegenüber weg. »Außerdem war dein Fall zu sonnenklar. Für mich hat das nach 'ner Verlade ausgesehen.«

»Ich weiß nicht, warum mich jemand aus dem Weg räumen sollte.«

»Vielleicht nicht.« Connors' Mund war dicht an Westlands linkem Ohr. Seine Stimme war ein leises Schnarren. »Jedenfalls, wenn du den richtigen Zungendrescher gehabt hättest, hätt er dich rausgeholt.« Westland setzte zu einem Einwand an, aber Connors fuhr fort: »Ja, ich weiß, du hast den besten gehabt, den's für Geld zu kaufen gab, aber was weiß 'n feiner Pinkel wie du schon außer der Maklermasche? Du besorgst dir 'n teuren Anwalt, und der glaubt, du bist schuldig und läßt dich auf den Stuhl wandern.« Connors' Stimme war ernst. »Nimm dagegen 'n Zungendrescher wie Charley Finklestein. Der würd beweisen, daß du in der Mordnacht in Milwaukee warst, und würd bis auf den Bürgermeister jeden dazu kriegen, daß er's beschwört.«

Westland unterbrach. »Und was ist mit den Leuten, die mich in ihre Wohnung haben gehen sehen?«

»Die würden Finklestein keine Sorgen machen. Manche würden ihre Geschichte ändern, und wer sie nicht ändert, würde verschwinden. Der würd die Sache so hinbiegen, daß dir die Geschworenen 'n Persilschein statt dem Stuhl verpassen würden. Das würd natürlich 'ne Menge Moos kosten, aber das wär's wert.«

»Das wär's wohl.« Westland blies auf seine verletzten

Hände. »Aber warum hat Finklestein dich nicht rausgehauen?«

»Gegen sechs Bullen war auch Finklestein aufgeschmissen.«

Westlands Füße und Beine waren extrem kalt. Er fühlte sich schläfrig und weniger nervös. »Ich denke, ich hau mich hin«, sagte er.

»Klar«, sagte Connors. »Ohne Schlaf geht's nicht.«

Westland erwachte in dem Bewußtsein, daß er schlechte Träume gehabt hatte. Sein Kopf schmerzte dumpf; sein linker Arm, unter der Brust, war taub. Auf dem Korridor ertönten Stimmen.

»Schütt ihm Wasser ins Gesicht«, hörte er einen Mann sagen.

Westland wälzte sich auf der Pritsche herum und setzte sich auf. Von blendendem Licht erfüllt, glich der Korridor einer von Jupiterlampen ausgeleuchteten Kulisse eines makabren deutschen Films. Zwei Männer in blauer Uniform mit Messingknöpfen an den Ärmeln standen mit dem Rücken zu Westland vor Varechas Zelle. Sie betrachteten etwas auf dem Betonboden; ihre Schatten, mit gesenkten Köpfen, waren wie mit Tusche an die Wand gegenüber den Zellen geworfen. Westland trat an das vordere Gitter.

Varechas Tür schwang an geölten Angeln auf, ließ Wärter Percival Galt durch. Er bückte sich mit einer Blechtasse in der Hand und spritzte Wasser auf das Gesicht von Isadore Varecha, der ausgestreckt auf dem Korridorboden lag. Westland stierte entsetzt auf Varechas Gesicht. Es war das Gesicht von etwas aus der Erde Ausgegrabenem, monströs und verkommen. Die Haut war blau-schwarz; die Augen starr geöffnet und blicklos; Blut und Speichel, zur Farbe von Dieselöl vermischt, troffen aus einem lippenlosen Mund; das schwarze Haar glänzte feucht.

Westland fragte: »Ist er tot?«

Der Größere von den beiden Uniformierten hatte ein freundliches Gesicht. »Der wird schon wieder«, antwortete er. »Er hat versucht, sich mit seiner Hose zu erhängen.« Er hatte mehr Messingknöpfe als der andere.

Wärter Galt kam mit einer zweiten Tasse Wasser aus der Zelle zurück. Diesmal spülte er das Blutrinnsal weg. Er sagte in wichtigem Ton: »Bloß gut, daß ich zu der Zeit meine Runde gemacht hab, sonst hätt er's geschafft.«

Das Blau in Varechas Gesicht wurde heller. Er begann keuchend und mühsam zu atmen. Seine Beine zuckten und zitterten. »Tragt ihn in die Zelle«, sagte der Hochgewachsene mit den meisten Knöpfen.

Die anderen packten Varecha grob an Händen und Füßen und schleppten ihn durch die Tür. Westland war übel. Er sagte sich in einem fort, ich will auch nicht sterben, nicht, wenn es so ist. Der Mann mit den Knöpfen sah ihn fragend an.

Westland sagte: »Hören Sie, ich muß morgen früh den Direktor sprechen.« Seine Stimme schwankte. Der Mann musterte ihn mit unbeteiligtem Blick, und Westland fügte hinzu: »Ich muß ihn sprechen, ich muß ...«

»Ich sag's ihm«, sagte der Mann. Seine Stimme war ruhig. »Ich sag's ihm gleich morgen früh. Schlafen Sie mal lieber noch ein bißchen.«

Der andere Mann kam aus Varechas Zelle, Wärter Galt

schloß die Tür ab, und die drei gingen ohne ein weiteres Wort. Westland legte sich auf seine Pritsche, aber das Licht schien ihm in die Augen, und er schlief nicht.

2

Sonntag morgen

Direktor Benjamin Buckholtz' Schultern streiften die Korridorwände, als er auf Robert Westland zuwatschelte. Er war ein ungeheuer fetter Mann; ein lebender Würfel, so breit wie hoch und, wie es Westland vorkam, so tief wie breit. Er trug eine blaue Uniform mit noch mehr Messingknöpfen als der Hochgewachsene vergangene Nacht, und er war frisch rasiert und gepudert, und sein Haar war an den Kopf angeklatscht. In den Winkeln seines Schmollmündchens waren Grübchen, so groß wie Halbdollarmünzen.

Durch immer kleiner werdende Schritte schaffte er es, vor Westlands Zelle stehenzubleiben. Er sagte: »Guten Morgen. Ich höre, Sie wollen mich sprechen?« Auf jeder seiner Hängebacken saß eine Handvoll Fett.

Hinter dem Direktor stand grinsend Wärter Galt, den Mund voller safrangelber Zähne. »Sehen Sie mal, was ich für Sie habe, Mister Westland«, sagte er mit gekünstelter Fröhlichkeit. »Sehen Sie mal.« Er hielt einen grünweißen Weidenkorb mit Obst hoch.

Westland ignorierte Galt. »Ich möchte Sie allein sprechen, Herr Direktor.«

Direktor Buckholtz sagte: »Klar.« Er schloß die Zellentür auf, nahm Wärter Galt den Korb ab, reichte ihn Westland. An seinem Handgelenk waren Fettwülste. »Galt, Sie warten am Ende des Flurs.« Er quetschte sich unter kurzatmigem Schnaufen in die Zelle.

Westland stellte den Korb auf den Boden und zupfte unter einem Büschel purpurroter Trauben einen Briefumschlag hervor. Der Umschlag war von jemandem geöffnet und dabei verschmutzt worden. Der auf blauem Papier geschriebene Brief darin lautete:

Liebster Robbie:

Nie habe ich solche Zärtlichkeit für Dich empfunden, mein Liebling, oder war von Deiner Anständigkeit so überzeugt – und nie zuvor war mir so klar, wie schrecklich wichtig Du für mich bist.

Ich habe das Gefühl, daß bald alles in Ordnung kommen wird und Du bei mir sein wirst, Liebling, mich trösten und dem Schmerz und der Qual dieser fürchterlichen Geschichte ein Ende machen wirst ...

Emily Lou.

Das Blatt roch schwach nach Lavendel. »Ihre Freundin?« fragte der Direktor. Die Pritsche ächzte unter seinem Gewicht. »Meine Verlobte«, sagte Westland.

Die Glasscheiben des Oberlichts im Flur rüttelten unter einer jähen Herbstbö. Lichtflecke auf dem Flur trübten und erhellten sich, während dünne Wolken an der Sonne vorbeijagten.

»Herr Direktor«, sagte Robert Westland, »ich glaube, ich kann mich noch retten, wenn Sie mir helfen.«

Direktor Buckholtz' Gesicht war undurchdringlich.

Westland sagte: »Ich verlange nicht viel.« Er entfaltete ein schmuddeliges Stück Papier. »Lesen Sie zuerst das da.«

Der Direktor hielt das Blatt in einen schwefelfarbenen Lichtstrahl und las mühsam:

Ich weiß nicht, wer es Ihrer Frau besorgt hat, aber ich weiß, Sie waren es nicht. Ich dachte, die würden Sie freilassen, aber Sie haben wohl einen miesen Zungendrescher gehabt. Ich wollte nicht für das einfahren, was ich in der Nacht in dem Gebäude gemacht habe, sonst hätte ich Ihnen schon früher ein Alibi verschafft. Wenn Sie es so hinkriegen, daß ich keinen Ärger bekomme, sage ich dem Staatsanwalt, was ich weiß. Ich will nicht, daß ein Unschuldiger leidet. Sie können mich über Joe Petro, 901 S. Halstead Street, erreichen – fragen Sie einfach nach M. G.

Direktor Buckholtz zwinkerte mit seinen kleinen Augen. »Wann haben Sie das bekommen?«

»Vor zwei Wochen.«

»Wahrscheinlich ein Spinner.« Die fetten Hände des Direktors drehten das Blatt um, strichen es auf seinem Knie glatt. »Gibt jede Menge davon.«

Westland rieb sich mit der Handfläche die schmerzenden Augen. »Ich weiß es nicht.« Seine Stimme war atemlos. »Aber ich will es herausfinden. Es ist meine einzige Chance.«

»Warum haben Sie sich nicht nach dem Kerl umgetan, als Sie den Brief bekommen haben?«

»Damals war's mir egal. Ich wollte wohl sterben.« Westland ging unruhig auf und ab. »Aber gestern nacht hab ich's mir anders überlegt. Als der kleine Jude nebenan sich aufhängen wollte, obwohl er solche Angst vorm Sterben hat, da hab ich auch Angst vorm Sterben gekriegt – jedenfalls davor, auf die Art zu sterben.« Er blieb vor dem zusammengekauerten Direktor stehen. »Außerdem geht mir der Bau hier an die Nieren, er ist so furchtbar und unpersönlich.«

»Na, na«, sagte der Direktor. »Wir tun alles, was wir können, damit ihr's gemütlich habt.«

»Sie müssen mir helfen«, sagte Westland. »Es ist meine einzige Chance.«

Der Direktor fischte einen Umschlag aus der Tasche und zog einen zerknautschten Zigarrenstummel daraus hervor. Den steckte er sich zwischen die dicken Lippen. »Was wollen Sie von mir?« In seiner Westentasche fand er ein Streichholz.

»Ich muß alles über diesen Brief herausfinden und ansonsten tun, was ich kann, um mich zu retten«, sagte Westland. »Ich werde viele Leute sprechen müssen.«

Aus dem Mund des Direktors quoll in raschen Wölkchen stahlblauer Rauch. Er wedelte das Streichholz aus, warf es in die Toilette und sagte: »Das ist aber sehr unüblich ...« Seine Stimme hob sich fragend.

Westland sagte: »Ich will bloß jeden Tag mit ein paar Leuten reden, das ist alles. Ich rede in meiner Zelle mit ihnen, oder wo Sie sonst wollen.«

Direktor Buckholtz zog selbstzufrieden an seiner Zigarre. »Ich sehe nicht, wie ich das machen kann. Es verstößt gegen die Vorschriften, und mein Job ist nicht gerade ...« Wieder hatte seine Stimme den fragenden Unterton.

Westland setzte sich neben den Direktor auf die Pritsche. »Es soll Ihr Schaden nicht sein. Es ist meine einzige Chance, und ich bin bereit, dafür zu bezahlen.«

Mit dicken Fingern zwirbelte Direktor Buckholtz die Zigarre in seinem Mund. »Mir hat mal jemand zweihundert Dollar dafür geboten, daß ich ihn entkommen lasse.« In seiner Stimme schwang die Erinnerung daran mit, was er mit diesem Jemand gemacht hatte.

»Wie wär's mit zehntausend Dollar?« fragte Westland. »Bloß dafür, daß Sie mich jeden Tag mit ein paar Leuten sprechen lassen?«

Die geschwollenen Lider um die Augen des Direktors weiteten sich. Er kaute an seiner Zigarre, drückte das Kreuz durch und fragte: »Was war das?«

»Zehntausend Dollar.«

Direktor Buckholtz nickte. Er hatte sich nicht verhört. Er nahm die Zigarre aus dem Mund. »Bar oder Scheck?« Er gab sich vorsichtig, aber freundlich.

»Bar natürlich.«

Die Zigarre des Direktors traf die Toilettenschüssel, prallte daran ab und fiel auf den Boden. Er zupfte eine andere, neu und schwarz und dick, aus der äußeren Jakkentasche über seinem Herzen und bot sie seinem Häftling an. Westland sagte: »Nein danke.« Der Direktor entfernte die rotweißgrüne Bauchbinde, hatte Schwierigkeiten, sie von seinem Daumen zu lösen, streifte sie schließlich an der Pritsche ab. »Sie werden doch nichts davon sagen?« fragte er.

»Keiner Menschenseele.«

»Wann kriege ich es?«

»Ich lasse es morgen früh von einem meiner Partner vorbeibringen.«

»Zehntausend?«

»Zehntausend.«

Der Direktor wuchtete sich hoch. Die Sonne auf dem Korridor war hellgelb. »Moment noch«, sagte Westland. »Ich möchte einen Anwalt sprechen, Charles Finklestein, heute noch. Würden Sie ihm Bescheid sagen?«

»Charley Finklestein?« Der Direktor hatte die Hand an der Stahltür. »Ich rufe ihn sofort an.« Er schlug die Tür zu, drehte klirrend den Schlüssel herum. »Sofort.«

Die Hose über seinem sich entfernenden Hinterteil bauschte sich unförmig.

Der Nachmittag war langsam verstrichen. Die Sonne stand niedrig; das Licht auf dem Korridor war nicht mehr unerträglich hell; der Luftzug im Zellentrakt war kühler. Isadore Varecha schlief in seiner Zelle. Er hatte den ganzen Tag nicht geweint, aber sein Schweigen war fast noch schlimmer als sein Schluchzen. Er war mit der Miene eines brutal verprügelten Hundes aus dem Hintergrund seiner Zelle aufgetaucht, um Frühstück und Mittagessen entgegenzunehmen, und lag ansonsten in tranceähnlichem Schlaf ausgestreckt auf seiner Pritsche, das magere graue Gesicht mit der gebrochenen Nase und den verzerrten Lippen so unmenschlich wie eine Maske in einem billigen Wachsfigurenkabinett. Um seinen Hals verlief eine bläuliche Quetschung.

Während Westland auf Finklestein wartete, bekam Connors Besuch. Es war ein Priester, ein älterer Mann mit rosigen Backen und eindrucksvollem Gebaren. Seine Soutane raschelte gegen seine Beine, als er vor Connors' Zelle stehenblieb.

»David Connors?« fragte er mit sanfter Stimme.

Connors trat ans Gitter. »Ja«, sagte er. »Was wollen Sie?« Das Gesicht des Priesters war feierlich. Er sagte: »Weißt du, daß du in fünf Tagen sterben mußt?«

Connors sagte: »Da erzählen Sie mir nichts Neues.«

»Ich bin gekommen, um dich auf den Tod vorzubereiten«, sagte der Priester. Seine linke Hand hielt ein silbernes Kruzifix.

Connors sagte: »Von wegen.« Er schob sein eckiges, muskulöses Gesicht ans Gitter. »Hauen Sie ab.«

Der Priester war verblüfft. »Aber, aber, mein Junge«, sagte er, »du weißt nicht, was du sagst.«

»Hauen Sie ab«, wiederholte Connors.

Der Priester sagte: »David Connors, es bräche deiner Mutter das Herz, wenn sie dich hören könnte.«

»Ich hab nie eine Mutter gehabt«, sagte Connors. Seine Stimme war trotzig und furchtsam.

»Was! Du verleugnest deine Mutter?« Die Stimme des Priesters war von Entsetzen erfüllt. »Die Mutter, die dich unter dem Herzen getragen und Schmerzen für dich gelitten hat?« Seine Finger schlossen sich fester um das Kruzifix. »Was bist du für ein Sohn?«

Dunst hatte die Sonne getrübt, und das Licht auf dem Korridor war wie wäßrige Milch. Das Gesicht des Priesters war rot. Er atmete geräuschvoll.

»Hauen Sie ab«, sagte Connors.

Der Priester hob das Kruzifix, seine Brauen berührten sich über der Nase. Er machte den Mund auf, hielt inne, machte ihn zu; sein Zorn verrauchte. Er wandte sich von Connors ab, ging auf Robert Westland zu. »Bist du Katholik, mein Sohn?« fragte er.

Westland sagte: »Nein, Hochwürden.«

Das rhythmische Rascheln des Priestergewandes wurde immer leiser, während er sich dem anderen Ende des Korridors näherte.

Charles Finklestein sah aus wie ein kleiner, aber grimmiger Hühnerhabicht. Mit einem seidenen Taschentuch wedelte er den Staub von einem Stuhl in dem kleinen, muffigen Büro, auf dessen Glastür ›Stellvertretende Direktorin‹ stand. Schließlich setzte er sich Robert Westland gegenüber und reichte den Brief des mysteriösen »M. G.« zurück. Seine aschfarbenen Augen waren hellwach.

»Sie sehen also«, sagte Robert Westland, »es gibt vielleicht eine Chance.«

Finklestein sprach langsam. »Sie meinen, Sie sind nicht schuldig?« fragte er. Licht funkelte auf dem dünnen Goldrand seiner Brille.

»Genau das meine ich.«

»Hmm.« Der Anwalt war skeptisch. »Ist es nicht ein bißchen spät, jetzt noch mit so was anzufangen?«

»Es ist meine einzige Chance. Bis jetzt war's mir egal, aber ich habe beschlossen, daß ich doch noch nicht sterben will.«

Finklestein sagte: »So geht's vielen Leuten.« Sein Lächeln entblößte kräftige, unregelmäßige Zähne. »Ich weiß nicht. Die Chancen stehen sicherlich eins zu einer Million. Erzählen Sie mir lieber erst mal von den Beweisen gegen Sie, dann kann ich entscheiden ...«

»Sie können mir auch so glauben, daß ich unschuldig bin«, sagte Westland. »Sonst täte ich das nämlich nicht.«

Finklestein sagte: »Ich weiß nicht.« Es war ziemlich dunkel im Zimmer, und er ging zum Wandschalter hinüber und knipste das Licht an. Er war ein gut gekleideter, adretter Mann und trug am Mittelfinger seiner linken Hand einen Diamanten von der Größe eines Nickels. Er setzte sich wieder auf seinen Stuhl und sagte: »Wie auch immer, erzählen Sie mir lieber was von dem Fall.«

»Sie kennen die Geschichte im wesentlichen – die Zeitungen haben ja ausführlich genug darüber berichtet.« Westlands Kopf pochte. Er legte die Hände an die Schläfen, stützte die Ellbogen auf die Knie. »Meine Frau Joan wurde am 28. April erschossen in ihrer Wohnung am East Delaware Place 191 aufgefunden. Sie und ich lebten getrennt. Sie haben die Tür aufgebrochen und sie gefunden.«

Finklestein fragte: »Wer ist ›sie‹?« Er holte einen Stift und ein Notizbuch hervor.

»Tja, laut den Aussagen im Prozeß versuchte das Hausmädchen meiner Frau, June Dea, gegen neun Uhr dreißig morgens in die Wohnung zu kommen. Die Tür war verschlossen, deshalb rief sie den Hausverwalter, Gregory Wayne, an, um herauszufinden, ob Mrs. Westland ausgegangen war und eine Nachricht für sie hinterlassen hatte. Wayne erfuhr von Tony, dem Fahrstuhlführer, daß meine Frau nicht ausgegangen war, deshalb kam er nach oben und hämmerte ebenfalls an die Tür.«

»Hatte er keinen Hauptschlüssel?«

Westland sagte ungeduldig: »Zu dem Schlüssel komme ich später.« Er rieb sich den Hinterkopf. »Nachdem Wayne eine Weile herumgehämmert hatte, kamen Mike Sullivan, der Hausdetektiv, und Theodore Pulsinski, der Hausmeister, nach oben. Sie standen herum und versuchten zu entscheiden, was sie unternehmen sollten, als Bolston am Schauplatz eintraf.«

»Wer ist das?«

»Dick Bolston? Das ist einer meiner Partner im Maklergeschäft. Er hat das Effektenkonto meiner Frau übernommen, als sie und ich uns vor zwei Jahren getrennt haben. Ich fand, es wäre das beste, wenn ich nichts mit ihrem Geld zu tun hatte, deshalb habe ich ihn gebeten, sich darum zu kümmern. Er hatte für zehn Uhr einen geschäftlichen Termin mit ihr.« Finklestein kritzelte in das winzige Notizbuch, während Westland fortfuhr: »Dick erzählte den anderen von seinem Termin, und sie beschlossen, die Tür aufzubrechen.« Westlands Stimme schwand zu einem Flüstern. »Sie lag mit einer Kugel im Hinterkopf auf dem Teppich im Wohnzimmer.«

Finklestein fragte: »Wer hat die Tür aufgebrochen?«

»Sullivan, der Hausdetektiv. Er war zuerst im Zimmer.«

Finklesteins Stift klopfte fünfmal aufs Papier. »Hinter ihm kamen noch vier?« Er klopfte erneut aufs Papier. »Anwesend waren ja wohl Ihr Partner, der Hausmeister, der Hausverwalter, das Hausmädchen und Tony, der Fahrstuhlführer?«

»Stimmt«, sagte Westland.

Der Stift kratzte übers Papier. »Fahren Sie fort.«

»Sullivan bestand darauf, daß niemand die Leiche anfaßte, und der Hausverwalter rief die Polizei.«

Finklestein sagte: »Genausogut könnte man 'ne Herde Elefanten rufen.«

»Ich weiß nicht genau, was die Polizei nach ihrem Eintreffen gemacht hat, aber jedenfalls haben sie mich im Sportklub verhaftet, als ich gerade Squash spielte. Wie es aussah, war Joan mit meiner Pistole erschossen worden, einer Webley Automatic, die ich getragen hatte, als ich in der britischen Armee war.«

»Moment mal«, sagte der Anwalt. »Wie kam es, daß sie mit Ihrer Pistole erschossen wurde?«

»Ich weiß es nicht. Die haben das verdammte Ding nie gefunden.«

»Langsam wird's interessant.« Finklestein rückte seinen Stuhl an den Tisch. »Sie meinen, die Puppe – Verzeihung, ich meine Ihre Frau – wurde erschossen in einer verschlossenen Wohnung aufgefunden, und es war keine Pistole da?«

»So ungefähr. Die Polizei ist zu mir gekommen und hat mich gefragt, ob ich meine Webley verloren hätte. Ich habe gesagt, sie läge in einer Kommodenschublade in meiner Wohnung. Aber als sie nachgesehen haben, war sie nicht da. Da haben sie mich wegen Mordes verhaftet.«

»Woher haben die überhaupt gewußt, daß Sie eine Webley hatten?«

»Mein anderer Partner, Ronald Woodbury, hat es

ihnen gesagt. Zu der Zeit wußte er noch gar nicht, daß Joan tot war.«

Finklestein fragte: »Wie viele Partner haben Sie?«

»Bloß Woodbury und Bolston. Der Firmenname lautet Westland, Bolston und Woodbury.«

»Woher hat dieser Woodbury gewußt, daß Sie eine Webley hatten?«

»Wir haben zusammen in Frankreich gedient. Er hatte auch eine.«

»Woher haben die gewußt, daß sie nicht mit seiner Pistole erschossen wurde?« Finklestein schob seine Brille die Hakennase hoch. Seine Stimme war belfernd.

»Da gab's nichts zu wissen.« Westland sah den Anwalt empört an. »Er hätte keinen Grund, meine Frau umzubringen; nicht den geringsten.«

»Woher haben die überhaupt gewußt, daß es eine Webley war?«

»Ballistikexperten. Sie haben nachgewiesen, daß die Kugel von einer Webley aus dem Krieg stammt.«

»Und die sind auf Sie verfallen, weil Sie Ihre nicht beibringen konnten?«

»Der Staatsanwalt hat gesagt, es sei offensichtlich, daß ich meine Pistole versteckt hätte, damit man mir nichts nachweisen kann.«

Finklestein schüttelte den Kopf. »Was hatten sie noch?«

»Sie hatten jede Menge. Das Schlimmste war wahrscheinlich der Schlüssel. Als ich noch mit Joan zusammengelebt habe, haben wir ein Spezialschloß an der Wohnungstür anbringen lassen, eins von der Sorte, das nicht einschnappt, sondern mit dem Schlüssel verriegelt werden muß. Wir haben nur zwei Schlüssel machen lassen. Ich hatte einen, sie hatte den anderen. Als wir uns getrennt haben, habe ich ihr meinen Schlüssel nicht zurückgegeben.«

Finklestein fragte: »Deshalb mußte die Tür aufgebrochen werden, weil das Spezialschloß verriegelt war?«

»Genau. Und ich hatte einen der Schlüssel, und ihrer wurde zusammen mit ein paar von ihren anderen Schlüsseln auf einem Tisch neben der Leiche gefunden. Da die Tür von außen abgeschlossen war, lag es auf der Hand, daß sie mit meinem Schlüssel abgeschlossen wurde – nachdem Joan erschossen worden war.«

Die Zähne des Anwalts blitzten. »Kein Problem. Jemand hat einen Nachschlüssel machen lassen.«

»Nein.« Westland schüttelte den Kopf. »Das ist ja das große Rätsel. Es gibt keine Nachschlüssel. Das Hausmädchen, June, versuchte schon seit einem Jahr, Mrs. Westland dazu zu bringen, einen Nachschlüssel für sie machen zu lassen, aber Joan weigerte sich. Sie bewahrte in einem Safe in der Wohnung Schmuck und Wertpapiere auf. Sie sagte, sie wolle nicht, daß irgendwelche Nachschlüssel in Umlauf sind; sie wollte nachts ruhig schlafen können. Noch einen Monat vor dem Mord hat sie mich wegen meines Schlüssels angesprochen. Sie hat gesagt, sie mache sich Sorgen wegen der Wertpapiere und dem Schmuck, und wollte wissen, ob ich einen Nachschlüssel hatte machen lassen. Wenn ja, hat sie gesagt, würde sie das Schloß auswechseln. Ich habe ihr gesagt, ich hätte keinen machen lassen.«

Draußen ging das blaue Licht der Straßenlaternen an.

Die beiden schmalen Fenster des Zimmers wiesen graue Streifen auf. Über dem rechten hing eine Spinnwebe mit verhedderten, schmutzigen Fäden.

»Was ist mit Ihrem Schlüssel?« fragte Finklestein. »Hätte ihn nicht jemand klauen und einen Nachschlüssel machen lassen können?«

Westland schüttelte den Kopf. »Ausgeschlossen. Ich bewahre ihn zusammen mit drei anderen in einem Lederetui auf, und ich lasse den Bund nie aus den Augen.«

»Sie haben Ihren Schlüssel nach dem Mord gehabt?«

»Ja, ich habe ihn gehabt.«

»Jetzt zu ihrer Wohnung... gibt es da keine anderen Türen oder ein paar Fenster...?«

»Das ist die einzige Tür. In der Küche gibt es noch eine kleine Durchreiche zum Treppenhaus, aber die ist nicht so groß, daß ein Mann durchpassen würde. Das weiß ich, weil wir sie haben ausmessen lassen. Die Fenster liegen bloß dreiundzwanzig Stockwerke hoch.«

»Vielleicht hat sich der Kerl in die Wohnung darunter abgeseilt?«

»Die Fenster waren alle von innen verriegelt.«

»Das gibt's doch nicht!« Finklestein rieb sich mit der Fingerspitze über den Nasenrücken und schob seine Brille zurecht. »Das hört sich an wie 'ne Geschichte von diesem – wie heißt er doch gleich – Van Dyke? Da ist eine Frau, die an einer Schußwunde gestorben ist. Die Kanone ist nicht da, Schlüssel fehlen keine, die Tür und die Fenster sind von innen verriegelt, und es gibt keine andere Möglichkeit rauszukommen.« Sein reibender Finger hinterließ eine weiße Linie auf seinem Nasenbein.

Westland sagte: »Manchmal glaube ich, ich muß es tatsächlich gewesen sein.« Er zog eine Zigarette aus der Brusttasche seines Hemdes und zündete sie mit einem Küchenstreichholz an. Er schnippte das Streichholz in einen verstaubten Messingspucknapf.

»Weiter«, sagte Finklestein. »Was hatten die noch gegen Sie in der Hand?«

»Wissen Sie, daß ich in ihrer Wohnung war, kurz bevor sie ermordet wurde?«

»Ich hab's in der Zeitung gelesen, aber Sie erzählen mir besser trotzdem davon. Ich möchte, daß Sie so tun, als wüßte ich gar nichts.«

»Warum ich dort war, ist ziemlich komisch.«

»Komisch?«

»Ich meine seltsam.« Westland schlug die Beine übereinander und umfaßte mit beiden Händen und ineinander verschränkten Fingern sein linkes Knie. »Ich habe Ihnen ja schon gesagt, daß meine Frau und ich getrennt lebten. Ich versuchte ständig, sie zur Scheidung zu bewegen, aber wir konnten uns nicht auf eine Vermögensregelung einigen. Wir verstanden uns ziemlich gut, aber mir lag daran, frei zu werden, damit ich ein Mädchen namens Emily Lou Martin heiraten konnte; mit der Heirat war schon alles geregelt; es ging nur noch darum, daß ich frei wurde.«

Finklestein sagte: »Klar, aber was war nun mit diesem Besuch?«

»In der Mordnacht, das war am Sonntag, hat Emily Lou – jedenfalls dachte ich, es wäre Emily Lou – mich angerufen und gesagt, meine Frau hätte am Nachmittag mit ihr gesprochen und ihr dringend geraten, die Finger von mir zu lassen. Sie sagte, meine Frau hätte sie als ›intrigantes Luder‹ bezeichnet. Emily Lou hat sich ziemlich aufgeregt, deshalb beschloß ich, zu Joan zu gehen und die Sache mit ihr zu klären.«

»Um welche Zeit war das?«

»Gegen halb zwölf. Ich habe im Bett gelesen, als Emily Lou anrief.«

»Und Sie sind in dieser Nacht zur Wohnung Ihrer Frau gegangen?«

Westland drückte seinen Zigarettenstummel an der Tischkante aus und ließ ihn in den Spucknapf fallen. »Ich brauchte ungefähr fünfundzwanzig Minuten, um hinzukommen.« Er zündete sich automatisch eine andere Zigarette an. »Ich nahm den Aufzug zu ihrer Wohnung, und wir hatten einen fürchterlichen Streit. Sie bestritt, mit Emily Lou gesprochen zu haben, und ich nannte sie eine Lügnerin. Ich habe mich ziemlich aufgeregt und mich ganz schön zum Narren gemacht.«

»Und der Fahrstuhlführer hat Sie gehört?«

»Ja.« Westland machte runde Augen. »Woher wissen Sie das?«

»Das tun sie immer«, sagte Finklestein. »Weiter.«

»Ich blieb ungefähr vierzig Minuten, und dann beruhigte und entschuldigte ich mich – ich glaube, ich hätte mich umgebracht, wenn ich mich angesichts dessen, was später passiert ist, nicht entschuldigt hätte –, und wir gingen im Guten auseinander. Ich holte den Fahrstuhl herauf ...«

Finklestein unterbrach ihn. »Sie haben den Fahrstuhl bedient?«

Westland erklärte: »Der Fahrstuhlführer hört um Mitternacht auf, danach läuft der Fahrstuhl automatisch.« Er fuhr fort: »Ich fuhr mit dem Fahrstuhl in die Eingangshalle hinunter und ging nach Hause.«

Finklestein wischte sich mit seinem seidenen Taschentuch die Hände. »Hat Sie jemand auf dem Nachhauseweg gesehen?«

»Nein, niemand.«

»Um welche Zeit sind Sie nach Hause gekommen?«

»Das muß kurz vor eins gewesen sein.«

»Und die Leiche wurde gegen zehn am nächsten Morgen gefunden?«

»Richtig«, sagte Westland. »Und im Prozeß hat der Arzt des Coroners ...«

Der Diamant an Finklesteins erhobener Hand glitzerte. »Ich weiß, ich weiß. Der Arzt des Coroners hat ausgesagt, daß die Leiche just seit neun Stunden eine Leiche war. Die Jungs sind die reinsten Zauberer.« Er rückte sich heftig die Brille zurecht. »Die können Ihnen genau sagen, wann einer gestorben ist, während ein normaler Facharzt in fünfzig Prozent der Fälle nicht mal weiß, ob er *überhaupt* tot ist.«

»An ihrem Tod gab es keinen Zweifel.«

Der Anwalt fragte: »Ist das alles, was die gegen Sie in der Hand hatten?«

»Nein. Sie fanden einen Brief von mir in ihrer Handtasche. In dem Brief hatte ich geschrieben: ›Wenn Du Dich nicht von mir scheiden läßt, muß ich Dich loswerden.‹ Damit hatte ich gemeint, ich würde mich von ihr scheiden lassen, wenn sie sich nicht von mir scheiden ließe, und es hörte sich ziemlich übel an, als der Staatsanwalt es den Geschworenen vorlas.«

Finklestein stöhnte. »Das kann ich mir vorstellen!«

»Dann fanden sie ihr Testament, in dem sie ihr ganzes Geld mir vermachte.«

»Ui!«

Westlands Stimme war kleinlaut. »Sie hat sich wohl nicht die Mühe gemacht, es nach unserer Trennung zu ändern.«

»Wieviel hat sie hinterlassen?«

»Es war nicht viel, nur dreißigtausend Dollar.«

Finklestein staubte sich erneut die Hände ab. »Für einen Geschworenen, der drei Dollar pro Tag kriegt, klingen dreißigtausend Dollar wie eine Million.« Er stopfte sich das Taschentuch in die Jackettasche und schrieb etwas in sein Notizbuch. »Ist das alles?«

»Da war dieser Anruf von Emily Lou«, sagte Westland. »Ich habe der Polizei davon erzählt, aber sie haben festgestellt, daß sie mich an diesem Abend überhaupt nicht angerufen hatte.«

»Sie hat Sie überhaupt nicht angerufen!« Der Anwalt preßte die Hände gegen die Schläfe. »Also die Sache macht mich noch ganz meschugge.«

»Wenn Sie schon verwirrt sind, dann stellen Sie sich mal vor, wie es mir ging«, sagte Westland. »Die Anklage ruft Emily Lous Onkel und Tante, bei denen sie wohnt, in den Zeugenstand, und die sagen aus, sie hätte den ganzen Abend nicht telefoniert. Das einzige Telefon im Haus steht vor dem Wohnzimmer, und sie hätten es hören müssen.«

»Vielleicht ist sie ausgegangen?«

»Nein. Sie blieb den ganzen Abend zu Hause. Sie haben ausgesagt, sie hätten Karten gespielt und Radio gehört und Emily Lou sei mit ihnen zusammen gewesen.« Westland lächelte über das gequälte Gesicht des Anwalts. Es war seit Monaten sein erstes Lächeln. »Aber es kommt noch bizarrer. Während des Prozesses fiel mir plötzlich ein, daß die Emily Lou am Telefon sich bei dem Gespräch mit mir schlecht ausgedrückt hatte. Ich schrieb das damals der Aufregung zu, aber später wurde mir klar, daß es doch nicht Emily Lou gewesen sein konnte, die da sprach. Ich erinnerte mich, daß ihre Stimme ein bißchen eigenartig geklungen hatte.«

»Und das alles haben Sie dann im Zeugenstand erzählt?«

»Natürlich.«

Wieder stöhnte Finklestein. »Was dem Staatsanwalt Gelegenheit gab zu sagen, daß Sie gehofft hatten, Ihre Freundin würde für Sie lügen, und als sie das nicht tat, waren Sie gezwungen, Ihre Geschichte zu ändern.« Er schüttelte bekümmert den Kopf. »Ich rede nie über andere Anwälte, aber wenn ich's täte, müßte ich sagen, daß Ihre lausig waren.« Er schrieb etwas in sein Notizbuch. »Ist das alles?«

»Ich denke schon...« Westland runzelte die Stirn. »Das heißt, eine Sache ist da noch. Der Mann in der Wohnung darunter hat ausgesagt, er hätte einen Knall wie von einem Schuß gehört, als er und seine Frau vor dem Schlafengehen eine Tasse Tee getrunken haben. Sie haben beide gesagt, das sei gegen null Uhr zwanzig gewesen. Sie heißen Shuttle.«

»Und Sie hatten zugegeben, daß Sie von kurz nach zwölf bis fast ein Uhr bei ihr in der Wohnung waren?«

»Na sicher. Warum hätte ich da lügen sollen?«

»Sie müssen so ziemlich der beste Zeuge gewesen sein, den die Anklage hatte.« Finklestein schob seine Brille hoch. »Man sollte meinen, 'n Kerl mit 'ner Nase wie meiner könnte seine Brille obenbehalten, wie?« Er stützte die Ellbogen auf den Tisch und beäugte Westland. »Wer könnte ein Interesse daran haben, Sie aus dem Weg zu räumen?«

»Soviel ich weiß – niemand.«

»Was ist mit Ihrem Geld? Wer kriegt das?«

»Ein Teil geht an Emily Lou – zwei Drittel – und der Rest an meinen Cousin Lawrence Wharton. Sie dürfen Miss Martin nichts davon sagen, sie weiß es nicht.« Westland zündete sich eine Zigarette an. »Dann sind da noch zehntausend für meinen Diener Simmons.«

»Wieviel sind Sie wert?«

»Ich denke, jetzt noch ungefähr dreihundertfünfzigtausend. Ich habe fast hunderttausend für meine Verteidigung ausgegeben.« Er rieb sich die Stirn. »Dazu kommt allerdings noch bewegliches Vermögen und ein paar Immobilien.«

Finklesteins gegen die Wange gepreßte Finger drückten sein rechtes Auge fest zu. »Irgendein Grund, warum einer Ihrer Partner Sie aus dem Weg räumen sollte?«

»Nein. Es könnte sogar dem Geschäft schaden.« Westland blies Rauch aus der Nase. »Obwohl es in den letzten fünf Jahren weiß Gott schon schlecht genug gelaufen ist. Wenn ich kein Privatvermögen hätte, wäre es verdammt hart gewesen. Ich hätte mich umtun müssen, anstatt es ruhig angehen zu lassen.«

»Dann waren Sie in Ihrer Firma nicht sehr aktiv?«

»Nein. Ich habe noch ein paar Klienten betreut, aber ich war halb im Ruhestand.«

Abrupt stieß der Anwalt seinen Stuhl zurück und stand auf. »Entweder Sie haben Pech gehabt, oder man hat Sie reingelegt.« Er schnickte den Daumennagel gegen die Zähne. »Ich schätze, man hat Sie reingelegt.« Er beugte sich über Westland und sagte: »Sehen Sie, Rechtsberatung nützt da überhaupt nichts.«

Westland sagte: »Dann helfen Sie mir also nicht...«

»Klar doch. Sie haben mich überzeugt. Aber jetzt gibt's nur noch eine Möglichkeit, einen Aufschub zu erreichen. Der Gouverneur wird sich keinen Haufen Gerüchte über neues Beweismaterial anhören.« Der Anwalt hielt Westland den Zeigefinger vors Gesicht. »Wir müssen den wirklichen Mörder finden.«

Im Zimmer war es mittlerweile kühler. Licht drang durch den Spalt unter der Tür des Direktors.

Finklestein fuhr fort: »Nur noch vier Tage, also müssen wir uns dranhalten.« Mit kurzen, nervösen Schritten durchmaß er das Zimmer. »Ich lasse aus New York den gewieftesten Detektiv von ganz Amerika kommen. Und morgen früh veranstalten wir hier, wie Sie vorgeschlagen haben, ein Treffen mit allen, die mit dem Fall zu tun haben: Ihre Partner und Miss – er schlug in seinem Notizbuch nach, das noch auf dem Schreibtisch lag – »Martin.«

Westland widersprach. »Was soll sie hier?«

Finklestein hob die Hand. »Ich will sie sprechen. Außerdem kann sie sich nützlich machen. Vielleicht setze ich sie auf diesen M. G. an, der den Brief geschrieben hat. 'ne Lady kommt immer schneller mit einem Mann in Kontakt als 'n anderer Mann, besonders wenn sie hübsch ist.«

Westland sagte: »Hübsch ist sie schon.«

»Noch etwas«, sagte der Anwalt. »Ich übernehme draußen für Sie das Kommando, aber ich finde, Sie sollten alle Berichte hören.« Ein Gedanke überschattete sein Gesicht. »Das einzige Problem ist der Direktor.«

»Den hab ich geschmiert.«

»Bestens. Bestens. Dann sehe ich Sie gleich morgen früh. Ich hole die anderen ran.« Finklestein nahm sein Notizbuch in die Hand und öffnete die Tür zum Büro des Direktors. In einen Drehstuhl gequetscht, war Direktor Buckholtz anscheinend eingeschlafen. Sein Gesicht lag in friedlichen Falten, und von seiner Zigarre auf der Kante seines goldfarbenen Eichenschreibtisches stieg ein Rauchfaden auf. Finklestein blieb an der Tür stehen, drehte sich zu Westland um. Er wirkte verlegen. »Natürlich erwarte ich eine gewisse ... Vergütung für diese ...« Seine Stimme verklang.

»Selbstverständlich«, sagte Westland. »Das Honorar bestimmen Sie.«

Finklesteins Augen hinter den Brillengläsern blitzten. Er rieb sich die Hände. »Ich sage Ihnen, was ich mache«, sagte er. »Ich war schon immer ein Spieler. Ich kassiere fünfzigtausend, wenn wir Sie freibekommen, und nichts außer Spesen, wenn wir's nicht schaffen.« Er ging von der Tür weg, machte sich daran, den Direktor zu wecken, und sagte: »Das ist doch fair, oder? Fünfzig Riesen oder nichts...«

»... außer Spesen«, sagte Robert Westland lächelnd. Er stand auf und staubte sich mit den Händen den Hosenboden ab. Seinem Kopf ging es viel besser.

3

Montag morgen

Im Gefängnis lassen sie einen früh aufstehen. Es ist absurd. Die Zeit verginge viel schneller, wenn sie einen bis Mittag schlafen ließen, aber statt dessen läuten sie um sechs Uhr morgens eine elektrische Klingel. Das bedeutet, daß fünfzehn Minuten später das Frühstück fertig ist. Aber heute war Robert Westland ausnahmsweise dankbar für die Klingel. Er war nicht wegen des Frühstücks dankbar, sondern weil der Tag dadurch länger wurde.

Nachdem er sich mit kaltem Wasser gewaschen hatte, zog er seine Hose an, schlüpfte in sein Hemd und zündete sich eine Zigarette an. Der Rauch war warm und angenehm in seiner Kehle. Seine Hände waren kalt, und er steckte sie in die Hosentaschen. Der Teil des Gefängnisses, der den Einzelzellen der Todeskandidaten vorbehalten war, war klamm wie ein Mausoleum, und ständig strich der feuchtkalte Luftzug durch den Korridor. Er nahm den Obstkorb auf, den Emily Lou ihm geschickt hatte, trug ihn zur Vorderseite seiner Zelle und guckte zu Isadore Varecha hinein.

»He«, sagte er und hob den Korb hoch. »Willst du ein bißchen Obst?«

Varecha saß auf seiner Pritsche, die Beine zum Schneidersitz gekreuzt. Das geschwollene Fleisch um seinen Hals war marineblau. Seine kleinen Augen funkelten argwöhnisch.

»Was is' los damit?«

»Nichts. Ich hab bloß zuviel.«

Varecha bedachte diese Begründung einen Moment: Ihre Logik leuchtete ihm ein, und er kam zur Vorderseite seiner Zelle. »Danke«, sagte er. Seine Hand war unter einer Schmutz- und Rußschicht wund und rissig. Er nahm sich eine rotgelbe Birne. »Nimm dir noch was«, drängte Westland. Er reichte dem kleinen Mann ein Büschel samtiger Treibhaustrauben. »Danke«, wiederholte Varecha. Er betrachtete die Trauben ehrfürchtig.

Connors hatte ihnen von der anderen Seite aus zugesehen. Er suchte sich eine Birne und eine Mandarine aus. »Sehr verbunden«, sagte er. Im Halblicht des frühen Morgens sah sein Gesicht aus, als wäre es aus Kalkstein gehauen. »Da schmeckt der Kaffee gleich besser.«

Robert Westland nahm sich einen Pfirsich und stellte den Korb ab. Von dem süßsauren Saft fühlten sich seine Zähne sauber an. »Das Frühstück müßte jetzt jeden Moment kommen«, meinte er zwischen zwei Bissen.

Connors sagte: »Ja, und dieser Penner von Wärter.« Seine Kiefermuskeln glichen Klavierdraht. »Den greif ich mir irgendwann.«

»Laß dich von dem nicht verrückt machen«, sagte Westland.

Sie aßen eine Zeitlang gedankenvoll.

»Wo warst'n gestern abend?« fragte Connors.

Westland erzählte ihm von dem Brief, von Finklestein und von seinem Plan, sich zu retten.

»Joe Petro?« Connors runzelte die Stirn. »Ich glaub, ich kenn den Kerl. Das is' 'n Hehler. Er hat 'n Restaurant, bloß um die Greifer irrezuführen. Ich selber hab mich nie mit so'm Kram abgegeben.«

»Heute vormittag werden wir versuchen, diesen M. G. zu finden.«

»Ich hoffe, du hast Schwein.« Connors' Stimme war aufrichtig. »Das is' einfach keine Art zu sterben.«

Ein paar Minuten später erschien Percival Galt, der Wärter, mit dem Frühstück. Er sprach mit der aufreizenden Fröhlichkeit eines Radioansagers. »Guten Morgen zusammen.« Sein Adamsapfel hüpfte auf und ab. In seinem länglichen Pferdegesicht sproß stellenweise Bart. Sein schmutziger Daumen hing in der Hafergrütze mit Milch, als er Westland dessen Teller reichte, doch Connors schob er das Essen mit dem Fuß an der Wand entlang zu, wobei er sich vorsichtig außer Reichweite des Gangsters hielt.

»Ist ja die reinste Versammlung, die Sie hier abhalten«, verkündete Direktor Buckholtz japsend, während er Robert Westland zum Büro der Stellvertretenden Direktorin führte. Er blieb stehen, eine Hand auf dem Türknauf, das fette Gesicht kokett. »Sie vergessen mich doch nicht?«

Westland legte die Hand auf die des Direktors und zog die Tür auf. Es waren einige Leute im Zimmer. Er sah Richard Bolstons blondhaarigen Kopf. »Dick, kommst du mal eben?« rief er.

Bolston kam zur Tür herüber. Sein brauner Harris-

Tweedanzug saß wie angegossen auf seinen breiten Schultern, und aus seiner Brusttasche lugte salopp ein irisches Leinentaschentuch mit braunem Rand. Er war ein hochgewachsener Mann, einen halben Kopf größer als Westland, und er sah gut aus. Er war um die fünfunddreißig. Westland flüsterte ihm etwas ins Ohr, und Bolston zog ein in Schweinsleder gebundenes Scheckheft aus der Hüfttasche.

Direktor Buckholtz hob die feiste Hand. »Bar.«

Bolstons blaue Augen blickten fragend. Er sah Westland an, der sagte: »Ich schätze, du wirst es heute nachmittag herschicken müssen.«

Direktor Buckholtz verbeugte sich, so daß seine Wangen senkrecht vom Kieferknochen herunterwabbelten. »Ich habe vollstes Vertrauen zu Ihnen, meine Herren«, versicherte er. Er winkte sie ins Zimmer.

Im feierlichen Licht des Novembermorgens schien das Zimmer voller verschwommener Gestalten. Westland verhielt an der Tür und blinzelte. Jemand hatte ein Fenster aufgemacht, und die Luft war frisch und klamm und schwach von Fischgeruch durchsetzt, den der Wind vom Lake Michigan westwärts getragen hatte.

Ohne die anderen zu beachten, ging Westland direkt zu dem Tisch hinüber, auf dem Emily Lou Martin thronte, die seidenen Beine übereinandergeschlagen. Sie trug einen schicken kurzen Mantel aus honigfarbenem Sommerhermelin über einem legeren, roten Wollkleid. An ihrem braunen Filzhut nickte keck eine gelbe Feder. Sie glitt vom Tisch, rannte zu Westland und warf ihm die Arme um den Hals. »Es ist so schön, dich zu sehen«, sagte sie. »So schön.« Sie küßte ihn auf die Lippen.

Westland legte ihr den Arm um die Taille und wandte sich den anderen zu. An den Fenstern standen zwei unbekannte Männer. Er sah Finklestein fragend an.

»Das ist William Crane, ein Detektiv«, sagte der Anwalt. »Und sein Assistent, Mr. Williams.« Er hustete hinter vorgehaltener Hand. »Sie sind heute morgen aus New York eingeflogen.«

Westland gab ihnen die Hand. Crane sagte: »Tag.« Er war ein gebräunter, jugendlicher Mann, und er trug einen braunen Tweedanzug ähnlich dem von Bolston, aber seiner war heller und sah aus, als hätte er darin geschlafen. Williams war ein adretter Mann mit glänzenden schwarzen Augen und einem schwarzen Schnurrbart. Er verkündete: »Ich bin sehr erfreut, Sie kennenzulernen, Mr. Westland.« Sein Haar hatte über der rechten Schläfe eine schneeweiße Strähne.

Finklestein sagte: »Ich habe schlechte Nachrichten für Sie, Mr. Westland.« Seine Stimme war ölig. »Colonel Black, der die Agentur leitet, für die diese Männer arbeiten, ist in England auf der Suche nach einem verschwundenen Shakespeare-Folio und kann uns nicht helfen. Mr. Crane ist sein Stellvertreter, aber ich hatte gehofft, daß Colonel Black ...«

»Ich bin sicher, Mr. Crane ist ebenso tüchtig«, sagte Westland.

Crane bestätigte es mit humorigem Nicken.

In der anderen Ecke unterhielten sich leise Westlands anderer Partner, der glatte Ronald Woodbury, und Westlands Cousin Lawrence Wharton.

»Hallo!« rief Westland. »Wen haben wir denn da.«

Wharton war dick und von mittlerem Alter. Sein Gesicht war rot von Wind und Whisky. Er war Polo- und Golfspieler. »Herrgott, Bob!« sagte er. »Worum geht's hier eigentlich?«

Woodbury sagte: »Freut mich, dich bei so guter Gesundheit zu sehen, Bob.« Er war ein gutaussehender, südländischer Typ: dunkel, schlank und kultiviert.

Westland antwortete Wharton: »Ich weiß es selbst nicht.« Er warf einen Blick in die Runde. »Rechtsanwalt Finklestein weiß Näheres.«

Jemand hämmerte kräftig gegen die Tür. Bolston, der daneben stand, drehte den Knauf. In die Öffnung ragte Direktor Buckholtz' puterrotes Gesicht. »Noch zwei«, sagte er herzlich.

Eine junge Frau und ein grauhaariger Mann drückten sich an ihm vorbei ins Zimmer. Die Frau war schlank und groß, viel größer als Miss Martin, und ihr Haar war dunkel. Sie war eine exotische Schönheit von lateinamerikanischem Typ. Ihre Haut war blaß und schön; ihre Augen unter dem blauen Mascara waren sinnlich; ihre scharlachroten Lippen verhießen Leidenschaft und Verachtung. Sie war Westlands ehemalige Sekretärin, hieß Margot Brentino, und ihr Vater war Vizepräsident der Chicagoer Niederlassung der Bank von Neapel.

Der Mann war Bürovorsteher in Westlands Maklerfirma. Er war ein gebeugter, unscheinbarer alter Mann, und die Leute erinnerten sich selten an seinen Namen, der Amos Sprague lautete.

Westland gab beiden die Hand und stellte die Detektive vor. Miss Martin nickte Miss Brentino kalt zu.

»Damit wären wir vollzählig.« Finklestein knallte die Tür zum Büro des Direktors zu. »Wenn Sie sich jetzt bitte alle setzen würden ...«

Crane rückte Miss Brentino einen Stuhl zurecht. Sie benutzte Caron's Sweet-Pea-Parfüm. Er setzte sich zu Williams auf die Bank eines offenen Fensters.

Finklestein sagte: »Es erscheint merkwürdig, Sie alle herzubitten, aber Mr. Westland und ich brauchen Ihre Hilfe.«

Alle außer Williams sahen Westland an, der neben Miss Martin auf dem Tisch saß. Williams' glänzende Augen waren auf Miss Martins verführerisch gerundete Knie geheftet.

Finklestein fuhr fort: »Mr. Westland hat einen Brief bekommen, aufgrund dessen wir glauben, daß wir immer noch seine Unschuld beweisen können.« Er zog den Brief hervor. »Ich möchte, daß sie alle ihn lesen.«

Er gab den Brief Woodbury, der ihn Miss Martin reichte. Sie las ihn und zitterte vor Freude. »Aber Schatz«, sagte sie, »das bedeutet ja, daß sie dich freilassen müssen.« Sie drückte Westlands Arm.

»Zuerst müssen wir M. G. finden«, sagte Westland.

Bolston nahm Emily Lou Martin den Brief aus der Hand. Wharton schaute ihm beim Lesen über die Schulter. Als er fertig war, ergriff Bolston Westlands Hand. »Das sind ja tolle Neuigkeiten«, sagte er. Sein Haar hatte die Farbe von Sägemehl. »Das ist der erste Lichtblick für dich, seit diese Sache angefangen hat.«

»Herrgott, Dick!« Whartons Stimme ließ die Fenster erzittern. »Ich war mir nie ganz sicher, ob du schuldig bist.« Und als ihm die befremdeten Blicke der anderen bewußt wurden: »Ich meine, verdammt nochmal, diese ganzen Beweise haben mich nie überzeugt.« Er drohte Finklestein mit dem Finger. »Wer so zu Pferd sitzt wie er, Sir, der bringt nicht seine Frau um.«

Der reihum gehende Brief wurde Finklestein schließlich von dem alten Mr. Sprague zurückgegeben. Westland blieb inmitten des Durcheinanders von Glückwünschen stumm. Als der Lärm sich legte, sagte Finklestein: »Bitte.« Er wedelte mit dem Brief. »Wir haben einiges zu tun.«

Miss Brentino drückte einen schlanken Finger gegen die Unterlippe. Ihr roter Nagellack war heller als der Granatapfelton ihrer Lippen. »Ich glaube, ich kenne den Mann, der in dem Brief erwähnt wird«, sagte sie. »Er betreibt ein italienisches Restaurant in der Halstead Street. Er war vor der Aufhebung der Prohibition mit den Capones befreundet.« Ihr schöner Mund bog sich an den Winkeln nach unten. »Er ist kein netter Mann.«

»Nett oder nicht, wir müssen ihn sprechen«, sagte Finklestein. »Aber bevor wir uns darüber klarwerden, wie, möchte ich Ihnen sagen, warum Sie alle hier sind.« Er blickte beim Sprechen Lawrence Wharton an. »Ich glaube, Mr. Westland hat eine Chance freizukommen, eine Eins-zu-tausend-Chance, zugegeben, und ich bin sicher, Sie alle wollen ihm helfen.« Wharton blies unter dem Blick des Rechtsanwalts gereizt die roten Backen auf und sagte: »Natürlich, Mann. Nun machen Sie schon.«

Finklestein fuhr fort: »Das ist ein außergewöhnlicher Fall. Ein Detektiv hätte es schwer, ihn in der begrenzten

Zeit, die uns noch bleibt, zu lösen.« Er verbeugte sich in Richtung William Crane. »Nichts für ungut, Mr. Crane.«

»Nichts für ungut«, sagte Crane.

»Aber es gibt noch eine Möglichkeit, diesen Fall anzupacken.« Finklestein machte eine bedeutungsvolle Pause. »Sie ist unorthodox; sie ist abenteuerlich; aber ich werde sie ausprobieren. Ich möchte Sie bitten, sich als Detektive zu betätigen.«

»Uns!« Whartons rauhe Stimme war ungläubig. »Was weiß denn ein Gentleman vom Sherlock-Holmes-Spielen?« Er funkelte den Anwalt aus blutunterlaufenen Augen an.

»Ein Detektiv würde mehrere Tage brauchen, um sich in den Hintergrund des Falles einzuarbeiten. Bis er dann endlich soweit wäre, mit der Arbeit an dem Fall zu beginnen, wäre Mr. Westland...«

»In seinem Grab«, sagte Westland.

»Schatz!« rief Emily Lou Martin tadelnd. Sie schob ihren Arm unter den von Westland und drückte die glatte Wange gegen seine Schulter.

»Laß das, du Blödmann«, zischte Crane Williams wütend zu, der widerstrebend den Blick von Miss Martins Knien nahm.

Ein Paar handgenähter, grauer Wildlederhandschuhe baumelte von Roland Woodburys Hand, die auf dem goldenen Knauf seines Stocks lag. »Sie meinen, Mr. Finklestein, wir wären vielleicht in der Lage, den wirklichen Mörder zu fassen?«

»Genau.« Der Anwalt polierte mit einem seidenen Taschentuch seine Brille. »Jeder einzelne von Ihnen kennt jedes Detail des Verbrechens. Wir haben hier jemand, der dabei war, als die Leiche gefunden wurde.« Er zeigte mit dem Finger auf Bolstons blondhaarigen Kopf. »Sie, Mr. Woodbury, haben die gleiche Pistole wie die, mit der Mrs. Westland getötet wurde. Sie, Miss Martin, können uns helfen, diejenige zu finden, die Mr. Westland in der Nacht des Verbrechens angerufen und sich für Sie ausgegeben hat.« Finklestein ging mit auf dem Rücken verschränkten Händen in dem kleinen Zimmer auf und ab. »Aber vor allem müßte einer von Ihnen uns sagen können, was das Motiv für die Ermordung der Dame war. Wollte man sie loswerden? Wurde Mr. Westland zufällig in die Sache verwickelt?« Er machte in der Ecke neben der Tür eine Kunstpause. »Oder wurde die Ermordung von Mrs. Westland in der Absicht geplant, Mr. Westland aus dem Weg zu räumen?«

Finklestein bot eine gute Vorstellung. Er zerzauste sich mit beiden Händen das schüttere Haar, dann hob er mahnend den Finger vor seinem hingerissenen Publikum.

»Wenn es das Ziel war, Westland aus dem Weg zu räumen«, fragte er, »warum hat der Mörder dann nicht einfach ihn umgebracht?« Er streckte beide Hände aus, als appelliere er entweder an Jehovah oder an ein zwölfköpfiges Geschworenengericht. »Einer von Ihnen weiß die Antwort auf diese Frage.«

Nach dreißigsekündigem Schweigen fragte Woodbury gebieterisch: »Wollen Sie damit sagen, Sie halten einen von uns für – den Schuldigen?«

»Nein, nein! Nicht doch.« Der Anwalt wies die Frage mit beiden Händen von sich. »Ich will damit sagen, daß

Sie Mr. Westland am nächsten stehen, Sie sind seine Freunde und Angestellten, und falls er durch den Mord kompromittiert werden sollte (und das glaube ich), dann müßten Sie einen Hinweis darauf haben, warum.« Er blieb vor Westland stehen. »Sie glauben doch nicht, daß ein Fremder sich die Mühe machen würde, die Frau dieses Mannes zu ermorden, um ihm etwas anzuhängen, oder?«

Woodbury schüttelte den Kopf mit dem gepflegten schwarzen Haar. »Nicht, wenn wir Ihre grundlegende Prämisse akzeptieren, daß Mrs. Westland ermordet wurde, um Bob loszuwerden.«

Emily Lou Martins hübscher Körper auf dem Tisch bebte. Ihre aquamarinblauen Augen waren weit gerundet. »Was sollen wir tun?« Sie schlug die Beine übereinander und zog ihren roten Rock über die Knie.

Crane warf Mr. Williams einen warnenden Blick zu.

»Ich möchte die Beweise durchgehen, die Mr. Westland belasten«, sagte Finklestein. Er holte sein Notizbuch hervor. »Wir müssen insbesondere vier Umstände untersuchen.

Da wären erstens die Schlüssel. Es gibt nur zwei Schlüssel. Der von Mrs. Westland wurde in ihrer Wohnung gefunden, und Mr. Westland hatte seinen bei sich. Trotzdem wurde die Wohnung nach dem Mord entweder von innen oder von außen verschlossen. Wir müssen herausfinden, wie der Mörder hinein- und hinauskam.

Zweitens sollte jemand herauszufinden versuchen, was aus Westlands Pistole geworden ist und wer sie hätte stehlen können, um Mrs. Westland zu erschießen. Das müßte uns einen Hinweis liefern.

Drittens sollten wir diesem angeblich von Miss Martin stammenden Anruf nachgehen. Wenn jemand Miss Martins Stimme gut genug imitiert hat, um Mr. Westland zu täuschen, dann muß die Betreffende Miss Martin ziemlich gut kennen.

Und schließlich ist da noch der Schuß. Der Mann in der Wohnung darunter hat gesagt, er hätte um null Uhr zwanzig in jener Nacht den Knall eines Schusses gehört, und Westland gibt zu, daß er zu dieser Zeit bei seiner Frau in der Wohnung war. Dem müssen wir nachgehen.«

Richard Bolston straffte die breiten Schultern unter dem braunen Tweedjackett. »Das wird ja richtig interessant. Warum haben wir uns nicht schon längst um diese Sachen gekümmert?«

»Das ist meine Schuld, Dick«, sagte Westland. »Ich habe mich bis gestern widerstandslos mit allem abgefunden.«

Wharton sagte: »Herrgott! Sie haben jemanden übersehen, Herr Rechtsanwalt.«

»Wen?«

»Westlands Diener Simmons.« Die Anstrengung des Sprechens ließ Whartons Gesicht puterrot anlaufen. »Der müßte uns was über das Schießeisen erzählen können.« Er wuchtete seine massige Gestalt auf dem Stuhl heftig hin und her, bis er zu William Crane herumgeschwenkt war. »Nicht schlecht für einen Amateur, wie?«

»Wir werden uns mit Simmons befassen«, sagte Finklestein. »Schön, daß Sie an ihn gedacht haben.« Miss Martin fragte: »Aber was sollen wir tun?« Finklestein sagte: »Zuerst sollten wir diesen M. G. finden, der den Brief geschrieben hat. Es wäre besser, wir erwischten ihn, bevor wir den wirklichen Verbrecher durch unsere Nachforschungen alarmieren.«

Richard Bolston stand auf. »Ich bin gern bereit, ihn zu suchen.« Er war gebaut wie ein Berufsboxer: breite Schultern, die sich zu einer schmalen Taille verjüngten. »Wenn ihn jemand kriegen kann, dann ich.«

Finklestein hob die Hand. »Ich habe eine bessere Idee. Ich denke mir, M. G. ist eine Art Krimineller, ein Einsteigdieb wahrscheinlich, und es wird für einen Mann nicht leicht sein, mit ihm Kontakt aufzunehmen. Aber« – Finklestein lächelte Miss Martin affektiert an – »wenn eine schöne Dame nach ihm fragt, wird sie ihn sicherlich finden.«

Westland sagte: »Ich lasse nicht zu, daß sie in diesem Viertel herumzieht – auf gar keinen Fall.«

Emily Lou zog ein Schmollmündchen.

»Ich möchte nach ihm suchen«, sagte Miss Brentino. Ihre Stimme war exquisit moduliert, ihr Akzent ganz leicht ausländisch. »Ich habe keine Angst – das heißt, wenn Sie mich für hübsch genug halten.«

»Angst habe ich auch keine«, sagte Emily Lou.

»Moment mal«, sagte Finklestein. »Warum sollen eigentlich nicht beide Ladies gehen?« Er fuhr fort, ehe Westland unterbrechen konnte: »Es kann ihnen nichts passieren. Ich schicke Mr. Crane und Mr. Williams als Begleiter mit.«

»Was ist gegen mich einzuwenden?« wollte Bolston wissen. »Oder Woodbury? Oder Wharton?«

»Ja, verdammt noch mal«, sagte Wharton.

»Diese beiden Männer sind erfahrene Detektive«, beharrte Finklestein. »Sobald Miss Martin mit M. G. Kontakt aufnimmt, werden sie ihn nicht mehr aus den Augen verlieren. Wie würde einer von Ihnen ihm folgen, falls er sich weigerte, mit Miss Martin zu reden?«

Woodbury sagte: »Er hat recht, Bolls.«

»Mir gefällt das nicht«, sagte Westland.

Crane glitt von der Fensterbank. »Es kann ihnen nichts passieren. Einer von uns wird ständig bei ihnen sein.«

Finklestein sagte: »Alles mal herhören. Wir werden folgendermaßen vorgehen.« Er rückte mit beiden Händen seine Brille zurecht. »Alle Berichte gehen an Mr. Westland. Der Direktor hat zugesagt, daß wir ihn einmal am Tag besuchen dürfen. Er wird Detektiv in eigener Sache sein.« Er hielt einen Moment inne. »Natürlich müssen wir ihn unterstützen, indem wir selbst Theorien entwickeln.« Er wischte sich die Hände mit dem seidenen Taschentuch. »Ich führe draußen für ihn das Kommando, und Sie bekommen von mir Aufgaben zugewiesen. Sind Sie damit einverstanden?«

Alle sagten ja.

Finklestein schaute auf seine flache goldene Armbanduhr. »Es ist fast Essenszeit«, verkündete er. »Ich schlage vor, Mr. Crane verständigt sich mit den beiden jungen Ladies darauf, zu Joe Petro essen zu gehen. Wir anderen warten die Ergebnisse ihrer Suche ab.« Er faltete sein Taschentuch und steckte es in die Brusttasche. »Sie können aber über den Fall nachdenken, auch wenn Sie nicht direkt etwas unternehmen.«

Überraschend meldete sich der alte Mr. Sprague zu

Wort. »Diese Sache«, sagte er, »wird mit Köpfchen gelöst, nicht mit Muskelkraft.«

Wharton machte die Tür auf. »Sie können mich in Lake Forest erreichen.« Er trat ins Zimmer des Direktors. Der Direktor war nicht da.

Emily Lou Martin blieb hinter den anderen zurück. Sie küßte Westland. »Alles wird gut werden, Liebes.« Ihre gelbe Feder kitzelte Westland am Ohr. Er beugte den Kopf, küßte sie und sagte: »Das hoffe ich.« Hand in Hand gingen sie ins Büro des Direktors, wo William Crane wartete.

4

Montag mittag

Auf der breiten Treppe des Kriminalgerichtshofs vor dem Gefängnis gab sich William Crane rührend besorgt. Er hielt Emily Lous pelzumhüllten Arm, geleitete sie über sämtliche Stufen. Im perlgrauen Tageslicht war ihr Haar mehr rot als braun.

»Wie kommen wir zu diesem Petro?« fragte er.

»Wir müssen ein Taxi nehmen.« Tränen sammelten sich in ihren Augen, kullerten die sanften Höhlungen zwischen ihrer Nase und ihren Wangen hinab und hinterließen zartgrüne Mascaraspuren. Sie betupfte die feuchten Stellen mit einem Leinentüchlein und lächelte William Crane hilflos an. »Ich versuche, tapfer zu sein, aber ich komme einfach nicht dagegen an«, sagte sie. »Die Chancen sind so gering.«

Crane sagte: »Es sieht schon ziemlich flau aus. Aber es ist besser, was zu unternehmen, als untätig rumzusitzen.«

Sie traten auf den Bürgersteig und sahen sich nach Williams und Miss Brentino um. Es war erst ein paar Minuten nach zwölf, aber der mit dünnen grauen Wolken verhangene Himmel war trübe. Die Luft war frostig, kein Lüftchen wehte; es schien, als stünden sie in einer gigantischen Gefriertruhe.

Miss Martin schauderte. »Ich habe Angst. Mir ist, als würde etwas Schreckliches passieren.«

»Das ist bloß die Kälte«, sagte William Crane. »Was zu essen wird Ihnen gut tun.«

Williams bewunderte gerade ein am Bordstein geparktes, riesiges Cabrio. »Das ist ein Bentley mit Rolls-Royce-Karosserie«, verkündete er ehrfurchtsvoll, als sie näherkamen. Sein rechter Daumen beschrieb einen Halbkreis zum Kühler hin. »Das ist der schnellste Tourenwagen der Welt. Letzten Monat hab ich auf Long Island so einen gesehen. Fast würd ich meinen alten Chevy für so einen eintauschen.«

»Das ist Mr. Bolstons Wagen«, sagte Emily Lou. »Wo er wohl steckt?«

»Ihn seh ich nicht, aber da hinten, ein Stückchen die Straße runter, ist Woodbury«, stellte Williams fest. »Er redet mit der Schwarzhaarigen.«

Woodbury und Miss Brentino hatten die Köpfe zusammengesteckt, als tuschelten sie miteinander, fuhren aber rasch auseinander, als die anderen herankamen.

Emily Lou sagte: »Ihr seht aus wie Verschwörer.«

Woodbury wandte sich an Crane: »Bloß ein paar Büroangelegenheiten. Miss Brentino ist als Sekretärin für mich tätig, seit Mr. Westland ...«

»Entschuldigung, wenn ich Sie unterbreche«, sagte Crane, »aber wir sollten uns wegen des Briefes auf die Socken machen.«

Woodbury pflichtete bei. »Gewiß. Warum lassen Sie mich nicht mitkommen? Ich könnte Sie zum Restaurant fahren, und zudem wären drei Männer sicherer als zwei.«

»Das find ich nicht«, sagte Crane. »Je mehr Männer, desto mißtrauischer wird Petro. Deswegen nehmen wir ja auch die jungen Ladies mit.« Er sah Miss Brentino in die schimmernden schwarzen Augen. »Es kann Ihnen überhaupt nichts passieren.«

»Ich habe keine Angst.«

Williams brüllte: »Hey!« Ein gelbes Taxi machte einen Schlenker und hielt mit quietschenden Reifen neben dem Bürgersteig. Williams öffnete mit schwungvoller Geste die Tür. Sie stiegen ein; William Crane saß zwischen den Frauen, Williams auf einem der Metallklappsitze.

»Neunhunderteins South Halstead Street«, sagte Crane zum Fahrer.

Als sie davonfuhren, rief Woodbury: »Viel Glück.«

Miss Brentino winkte ihm durch die Heckscheibe zu.

Die Fahrt zu der Adresse dauerte nur fünf Minuten. Crane warf dem Fahrer eine Fünfzig-Cent-Münze zu und sagte: »Der Rest ist für Sie.« Über die Fensterscheiben von Petros Restaurant waren bis auf Brusthöhe grünweiße Markisen herabgezogen. Drinnen konnte man die Oberkörper von Italienern sehen, die an einer Mahagonibar Bier tranken. William Crane öffnete die Eingangstür. In einem Hinterzimmer standen mit Tischtüchern gedeckte Tische. Crane hielt den anderen die Tür auf. Die Luft in der Bar roch scharf nach Bourbon und abgestandenem Bier.

»Können wir was zu essen kriegen?« fragte Crane den ungepflegten Barkeeper.

»Warum nicht?« sagte der Barkeeper.

Rissige Dielen knarrten unter ihren Füßen, als sie ins

Hinterzimmer gingen. Die Italiener an der Bar starrten die beiden Frauen an. An einem kleinen Tisch hatten eine tuberkulöse Blondine und ein dunkelhäutiger Mann mit grünem Filzhut eine heftige Auseinandersetzung. Crane suchte einen möglichst weit von dem Paar entfernten Tisch aus.

Als Williams gerade Emily Lou aus dem Pelzmantel half, kam ein Kellner mit einem Borsalino auf dem Kopf aus der Küche, starrte sie einen Moment lang überrascht an und verschwand dann wieder durch die Schwingtür. »Na so was«, sagte Williams, »vielleicht setzen wir lieber unsere Hüte wieder auf.« Er lächelte Miss Martin an. »Sonst erschießt uns womöglich noch einer.«

»Wenn wir unsere Hüte aufsetzen, halten sie uns für Zeitungsreporter«, sagte Crane. »Lieber laß ich mich erschießen.«

Der Kellner erschien wieder und stellte vier Gläser Wasser auf den Tisch. Er war unrasiert; seine Augen waren zusammengekniffen, und ihm fehlte das linke Ohrläppchen. Er trug nach wie vor den Borsalino. »Was soll's sein?« fragte er. Er musterte Williams argwöhnisch.

»Bourbon«, sagte Williams.

»Wären Martinis recht?« fragte William Crane die Ladies. Beide sagten, Martinis wären ihnen sehr recht. »Drei trockene Martinis und einen Bourbon«, sagte Crane.

Das Gesicht des Kellners war ungerührt. Er machte den Mund auf. »Drei Oliven und 'n Kentucky Straight«, brüllte er. Er verharrte in lauschender Haltung. Von fern röhrte der Barkeeper: »Alles klar, kommt sofort.« Das Gesicht des Kellners entspannte sich. »Woll'n Sie was essen?«

William Cranes Vorschlag – Antipasti, grüne Nudeln mit Pilzen und Endiviensalat – wurde von allen akzeptiert, sogar vom Kellner. Der wandte sich gerade ab, als Williams meinte: »Er hat 'n Hut auf, weil die Indianer ihn beim Massaker von Fort Dearborn skalpiert haben.«

Der Kellner blieb stehen und sagte: »Was war das, Freundchen?« Sein dunkles Gesicht war tückisch; ein bösartiges Grinsen verzerrte seine Lippen.

»Nichts«, sagte Williams. Er trank einen Schluck Wasser. Der Kellner ging durch die Schwingtür in die Küche. »Anscheinend quatsche ich zuviel«, meinte Williams.

»Was heißt hier anscheinend«, meinte Crane.

Nach den Drinks schmeckten die Antipasti köstlich. Es gab gesalzene Anchovis auf knackigen Tomatenscheiben, in Weinessig eingelegte, rote Peperoni, dünne Bologneser Würste, dicke weiße Shrimps, hauchdünne Schinkenscheiben und mit Hüttenkäse gefüllte Sellerie; alles paßte hervorragend zu dem knusprigen italienischen Brot, der ungesalzenen Butter und dem prickelnden Chianti aus einer Korbflasche.

Emily Lou aß mit gutem Appetit. »Ich habe noch nie etwas so Gutes gegessen!« rief sie. Mit ihrem zerzausten roten Haar und den lebhaften blauen Augen wirkte sie wie eine aufgeregte Oberschülerin. So wie sie aussah, fehlten nur noch die Sommersprossen. »Sie sind mir doch nicht böse, wenn ich so schlinge, oder, Mr. Williams?« Sie sprach mit gedehntem Südstaatenakzent.

Williams war entzückt. Seine durchtriebenen, hervortretenden Augen hatten einen anbetenden Ausdruck. »Lady«, sagte er und tupfte sich mit der Serviette kirschrote Weintropfen von den Lippen, »hauen Sie einfach rein.«

Der Wein schmeckte, als wäre Cayennepfeffer hineingestreut worden. Er schmeckte trocken und rein, und jedesmal wenn Crane etwas davon getrunken hatte, zog sich seine Mundschleimhaut zusammen, wie wenn er eine Zitrone gelutscht hätte, nur daß er nicht das Gefühl hatte, gleich weinen zu müssen. Er nippte an seinem Wein und betrachtete die beiden Frauen.

Er meinte, noch nie zwei Frauen mit so großen Augen gesehen zu haben. Die von Miss Brentino waren auffallender; vielleicht weil es in ihrem Gesicht nichts anderes gab, was von deren Einzigartigkeit ablenkte. Ihre Lippen waren exquisit geschnitten, voll, tiefrot und abweisend, und sie bewegten sich wenig, selbst wenn sie sprach. Auf ihrer Haut war kein Rouge. Ihr Gesicht war eine bleiche Ballettmaske, die, dachte Crane, Benda von Dolores del Rio gemacht haben könnte, aber dahinter lebten diese wunderbaren, dämmrig leuchtenden Augen.

Bei Emily Lou Martin war es anders. Ihre blauen Augen waren ebenso groß, aber sie waren nur ein Teil eines Gesichts, das ständig in Bewegung war. In ihren Wangen blinzelten Grübchen; ihre lächelnden Lippen entblößten kleine, vollkommene Zähne; sie zog sogar die Nase kraus.

Als sie die grünen Nudeln mit Pilzen aufgegessen hatten, fragte William Crane den Kellner, ob der Boss da sei.

»Was 'n los?« wollte der Kellner wissen. »Was nich' in

Ordnung mit'm Essen?« Er legte eine Hand auf den Tisch, zermalmte ein Stück Brot.

Williams stieß seinen Stuhl zurück, stand auf. »Ich glaub, ich bring den Kerl um«, verkündete er. Er legte seine Serviette neben seinen Teller. Crane packte ihn am Arm und sagte zu dem verblüfften Kellner: »Schaffen Sie Mr. Petro ran.« Der Kellner zog sich zurück, und Williams ließ sich auf seinen Stuhl fallen.

»Hätten Sie ihn wirklich umgebracht?« fragte Miss Martin aufgeregt.

William Crane sagte: »Ich hab dir doch gesagt, du sollst deinen Ballermann zu Hause lassen.«

»Der ist mir so in die Tasche gerutscht.« Williams tätschelte sein Jackett. »Ist 'ne Art Gewohnheit...«

Ein großer Italiener stand am Tisch. Er hatte ein pokkennarbiges Gesicht und verschlagene Augen, und sein Hals war zu dick für sein Hemd, so daß unter seiner roten Krawatte, wo die Kragenecken nicht zueinanderkamen, zwei Zentimeter Haut zu sehen waren. »Ich bin Joe Petro«, sagte er. Er trug ein violettes Hemd.

»Ich heiße Crane«, erwiderte William Crane. Er stellte die anderen vor und zog einen Stuhl für Mr. Petro heran. Nach einem Kompliment über das Essen sagte Crane: »Wir suchen einen Freund von Ihnen.«

Mr. Petro zuckte die massigen Schultern. »Ich hab viele Freunde.«

»Der hier hat Miss Martins Verlobtem einen Brief geschrieben. Er hat mit M. G. unterschrieben.«

Die wulstigen Hände des Italieners klopften auf seine Brust. Unter einem engen Diamantring quoll braunes

Fleisch hervor. »Ach so, klar, den Brief kenn ich. Den hat Mannie ihm geschrieben.«

»Mannie und wie weiter?«

»Mannie Grant.« Purpurne Lider senkten sich über tiefliegende Augen. »Warum sag ich Ihnen eigentlich seinen Namen?«

»Miss Martin würde gern mit ihm reden.«

Miss Martin machte unschuldige große Augen. Sie sagte: »Können Sie ihn nicht für mich finden, Mr. Petro?«

»Ich weiß nicht.« Petro beäugte die weiße Haut über ihrer Brust. »Der Bursche ist sehr schwer zu finden. Ich weiß nicht, ob er Sie überhaupt sehen will.« Er starrte Williams mit hartem Blick an. »Woher weiß ich, daß ihr keine G-men seid?«

»Sehe ich wie ein G-man aus?« fragte Miss Martin. Sie legte eine Hand auf Mr. Petros violetten Hemdsärmel. »Ich weiß einfach, daß Sie mir helfen werden, Mr. Petro. Ich sehe doch, daß Sie die Sorte Mann sind, die keine Mühe scheut, um einem armen, hilflosen Mädchen zu helfen.«

Der Restaurantbesitzer kratzte sich die Rippen. Schweiß hatte Halbmonde unter seinen Achseln gebildet. »Ich sag Ihnen, was ich mache«, sagte er endlich. »Ich mach das klar. Kennen Sie das Café Montmartre?« Miss Martin bejahte. »Da gehen Sie heute abend zum Essen hin. Mannie, der wird auch da sein. Und wenn er nach dem Essen, wenn er Sie beguckt hat, mit Ihnen reden will, dann kann er.«

Miss Martin zog einen Flunsch. »Können wir ihn nicht eher sehen?«

»Nein, Ma'am. Mehr kann ich wirklich nicht tun.«

William Crane fragte: »Wie erkennt er uns?«

»Er wird die Frauen hier überall erkennen, den Tizian und den schwarzen Da Vinci.« Mr. Petro hob die nach oben gedrehten Hände zu einer Gruppe rosa-goldener Putten an der Decke. »Ich bin im Herzen ein Künstler, und ich werde ihre Schönheit so beschreiben, daß Mannie sie erkennt.«

Während er seinen Mantel anzog, sagte Williams zu Mr. Petro: »Ihren Kellner mag ich nicht.«

»Kümmern Sie sich nicht um ihn; das ist bloß 'n blöder Kerl«, sagte der künstlerisch veranlagte Restaurantbesitzer.

Auf dem Bürgersteig draußen vereinbarte Crane mit Miss Martin und Miss Brentino, daß er sie um halb acht abends abholen würde.

Der klamme Luftzug strich unbarmherzig durch den schattigen Korridor. Es war fast wieder Abend, und die Zellen lagen in sanftem Halbdunkel. Von seiner schmalen Pritsche aus verfolgte Westland die subtilen Lichtveränderungen auf dem Korridor und dachte dabei abwesend und ohne Isadore Varechas Schluchzen überhaupt wahrzunehmen an seinen Fall. Er dachte an die Tage, die ihm noch blieben – Dienstag, Mittwoch, Donnerstag und Freitag –, und empfand eine unpersönliche Verärgerung über die Kürze der Zeit. Das Rätsel konnte gelöst werden, dachte er, aber vielleicht nicht so schnell. Er hoffte, daß Finklestein schon angefangen hatte, sich mit dem zu befassen, was der »M. G.« des Briefes an Hinweisen geliefert hatte.

Er verspürte Neugier auf den Mann und fragte sich, was er in der Mordnacht in dem Apartmenthaus gemacht hatte. Er fragte sich, ob er den wirklichen Mörder gesehen hatte. Wenn ja, dachte er, würde das alles vereinfachen. Die Aussage des Mannes würde ihm zunächst einen Aufschub verschaffen, und dann ginge es nur noch darum, Beweise gegen den wirklichen Mörder zu sammeln.

Das vom grauen Abendhimmel einfallende Licht auf dem Korridor hatte die Farbe von Holzrauch. Schritte, rasch und nervös, hallten aus Connors' Zelle – eins, zwei – eins, zwei, drei – eins, zwei – eins, zwei, drei –, während der Gangster unentwegt ein Viereck abschritt. Varecha durchbrach den eintönigen Rhythmus seines Weinens mit krampfhaftem Husten.

Der wirkliche Mörder! Westlands Verstand weigerte sich, sich jemanden in dieser Rolle vorzustellen. Er wußte, es mußte jemand gewesen sein, der entweder ihm oder seiner Frau nahestand. Entweder hatte der Mörder sie loswerden wollen und er, Westland, war nur zufällig hineingezogen worden, oder der Mörder hatte sie umgebracht, um ihn loszuwerden. Eigentlich war es unwahrscheinlich, daß jemand ein Motiv hatte, sie umzubringen, denn ihr Geld ging an ihn, aber beim Gedanken an die Alternative wurde ihm schwindlig. Warum, fragte er sich, hatte der Mörder nicht einfach ihn umgebracht, wenn er ihn aus dem Weg haben wollte?

Varecha schluchzte jetzt geräuschvoll, und seine Lunge rasselte wie bei einem Sterbenden, als er nach Atem rang.

Connors preßte sich gegen die Vorderseite seiner Zelle. »Du verdammter Itzig«, schrie er, »ich bring dich um, wenn du nicht die Schnauze hältst.« Seine Augen waren irr.

Verblüfftes Schweigen hing kurz über Varechas Zelle. Dann weinte er gedämpft weiter.

Westland versuchte, sich seinen Cousin Lawrence Wharton als ausgekochten Mörder vorzustellen, dann, der Reihe nach, den breitschultrigen Richard Bolston, den verbindlichen Ron Woodbury, seinen Bürovorsteher Amos Sprague ...

War einer von ihnen ein Mörder?

Auf der Mattglastür stand in Goldbuchstaben:

WESTLAND, BOLSTON & WOODBURY
EFFEKTENBÖRSE NEW YORK
FREIVERKEHRSBÖRSE NEW YORK
HANDELSKAMMER CHICAGO
FREIVERKEHRSBÖRSE CHICAGO

Rechtsanwalt Finklestein drehte den Chromknauf. Eine kesse Telefonistin wölbte die gezupften Augenbrauen, unterbrach ihr Kaugummikauen. Die Stahlspange ihres Kopfhörers kerbte ihre braune Bubikopffrisur.

»Ist Mr. Bolston da?« fragte Finklestein.

»Mr. Bolston?« Das Mädchen tat, als hörte sie den Namen zum ersten Mal. »Mr. Bolston?« Sie kaute nachdenklich auf ihrem Gummi. »Dafür ist es aber reichlich spät.«

»Und wenn er schon im Bett sein müßte, das ist mir egal.« Finklestein klopfte mit dem goldenen Knauf seines

Stocks auf das verchromte Geländer neben ihrem schwarzmetallenen Schaltkasten. »Ich hab Sie gefragt, ob er da ist.«

Das Mädchen hob das kesse Gesicht vor das Hängemikrofon. »Ich seh mal nach. Wie heißen Sie?«

»Charles Finklestein.«

»Und worum geht es?«

Finklestein fuhr auf das Geländer los wie ein wütender Bantamhahn. »Ich werd ihm ausrichten, daß Sie sich erkundigt haben«, sagte er, »und wenn er will, daß Sie's wissen, wird er's Ihnen ganz bestimmt gern selbst sagen.«

Das Mädchen knipste einen Schalter an, bewegte die roten Lippen vor dem schwarzen Mikrofon und sagte dann munter: »Mr. Bolston läßt bitten, Sir.«

Bis zum Boden reichende Fenster, in denen sich Lichtpünktchen aus anderen Büros fingen, bildeten den kargen Wandschmuck an zwei Seiten von Bolstons Zimmer. Aus einer silbernen Vase auf seinem großen Walnußschreibtisch beugten sich gelbe Rosen. Finklesteins Füße versanken in dem tiefen grünen Teppich.

Bolston kam um den Schreibtisch herum und schüttelte dem Anwalt die Hand. »Was gibt's?« fragte er. Sein brauner Tweedanzug roch nach Torfrauch.

»Crane hat mich gerade angerufen und gesagt, sie hätten noch keine Verbindung mit dem Kerl aufnehmen können, der den Brief geschrieben hat.« Finklestein setzte sich auf die Armlehne eines überpolsterten Sessels und stützte sich auf den goldenen Knauf seines Stocks. »Der Kerl heißt Mannie Grant, und Crane meint, er ist so eine Art Einbrecher. Er und die Mädchen treffen ihn heute abend beim Essen im Café Montmartre. Wenn sie ihm gefallen, kommt er an ihren Tisch.«

»Ich hoffe, sie kriegen ihn zu fassen«, sagte Bolston.

»Weiß Gott! Was er zu sagen hat, hört sich wichtig an. Aber wir sollten uns mal lieber mit ein paar anderen Aspekten befassen.« Der Anwalt zerrte sein Notizbuch aus der Tasche, durchblätterte die Seiten. »Wo ist Mr. Woodbury?«

Bolston nahm den Telefonhörer von der Gabel und sagte: »Mr. Woodbury, bitte.« Das Telefon klickte, und Bolston sagte: »Ron, könntest du mal eben kommen?«

Finklestein wiederholte gegenüber Woodbury, was Crane ihm gesagt hatte. Woodbury hörte kommentarlos zu.

Finklestein fuhr fort: »Es liegt an uns, die Sache voranzutreiben, und wir können jede Menge tun.« Er schaute in sein Notizbuch. »Wir arbeiten an den vier Hauptindizien gegen Mr. Westland. Indizien eins, zwei und drei sind die Schlüssel, die fehlende Pistole und der Anruf, der nicht von Miss Martin kam.

Nummer vier ist der Schuß. Ein Ehepaar namens Shuttle in der Wohnung darunter hat ihn gehört. Sie haben gesagt, es wäre gegen 0 Uhr 20 gewesen, als Westland nach eigenem Eingeständnis in der Wohnung seiner Frau war, aber ich glaube, daran ist irgendwas faul. Ich möchte, daß Sie beide das untersuchen. Könnten Sie heute abend noch zu den Shuttles gehen und mit ihnen reden? Vielleicht war ja ihre Uhr stehengeblieben oder so was.«

»Das machen wir gern«, sagte Bolston.

Finklestein steckte sein Notizbuch ein und stand von seinem Sessel auf. »Dann bis morgen früh«, sagte er munter. »Ich seh Sie im Gefängnis.«

5

Montag abend

Messingknöpfe schimmerten, als der schwarze Türsteher die Taxitür zuschlug und sie über den roten Läufer unter der Markise geleitete. Miss Martin und Miss Brentino ließen die beiden Männer allein, als sie das Café Montmartre betraten, und verschwanden durch die Tür mit der Aufschrift »Damen«. In der Ferne dudelte ein Orchester. Das Garderobenmädchen lächelte Williams an, reichte ihm seine Marke.

»Nehmen Sie sich vor den französischen Revuegirls in acht«, sagte sie.

»Die sollen sich mal lieber vor mir in acht nehmen, Schätzchen«, antwortete Williams.

Eine Gangway mit silbernem Geländer führte nach oben in Richtung der Musik. Zu beiden Seiten des Durchlasses spannte sich Leinwand, auf die zwecks Darstellung eines Schiffsrumpfes blaue Bullaugen gemalt waren. Auf einem Rettungsring stand in schwarzen Buchstaben *Normandie*. Eine hochgewachsene Frau in grauem Kleid mit purpurroten Orchideen auf der linken Schulter hatte Schwierigkeiten mit der untersten Stufe der Gangway. Sie stolperte, fiel Crane in die Arme und fragte: »Haben Sie meinen Mann gesehen?« Sie roch nach Jasmin.

Crane sagte: »Nein.«

»Gut!« Die Frau wand sich aus seinen Armen und torkelte auf die Tür mit der Aufschrift »Damen« zu.

»Scheint ja 'n toller Schuppen zu sein«, sagte Williams.

Miss Brentino erschien als erste wieder. Ihre wohlgerundeten, elfenbeinfarbenen Schultern kontrastierten mit ihrem schwarzen, enganliegenden Satinabendkleid, das über ihren glatten Brüsten extrem tief ausgeschnitten war. Ihre Gestalt war schlank, aber trotzdem von üppiger Weiblichkeit; ihr Gesicht mit der geschwungenen Kieferpartie war exquisit; ihr Haar glänzte schwarz wie der Flügel einer Krähe. Ihre großen Augen waren spöttisch. William Crane fand, daß sie die schönste Frau war, die er je im Leben gesehen hatte.

Miss Martin, die nach ihr kam, wirkte in ihrem zartgrünen Abendkleid, das ihr rotes Haar betonte, sehr hübsch und natürlich. Sie trug ein Cape aus weißem Hermelin und einen Ring mit viereckig geschnittenem Smaragd.

»Haben Sie reserviert?« fragte der rundliche Oberkellner am oberen Ende der Gangway.

»Mr. Williams und Begleitung«, sagte Crane.

»Ah ja.« Sofort gab sich der Kellner gewinnend. »Mr. Williams aus New York.«

Sie zwängten sich hinter ihm zwischen vollbesetzten Tischen durch. Das Orchester spielte am anderen Ende des protzig eingerichteten Raums. Auf der ovalen Tanzfläche wiegten sich viele Paare, die Gesichter in dem weichen, indirekten Licht nur halb erkennbar. Die Musik war unaufdringlich, näselnd.

Einen Moment lang verstellte ein Kellner ihnen den

Weg. An einem Tisch rechts von ihnen hielt eine Wasserstoffblondine mit grellroten Fingernägeln und nacktem Rücken einem stämmigen Mann in grauem Anzug ein Glas Whisky an die Lippen.

»Na los, Daddy«, drängte sie, »nur noch ’n klitzekleines Schlückchen.«

Der Stämmige schob das Glas weg. »Nicht, Baby, sonst krieg ich’s mit meiner Frau und meiner Leber zu tun.«

Auf einem freien Tisch an der Tanzfläche schimmerten matt Silber und Glas. Der dicke Oberkellner zog rasch die Stühle zurück und sagte zu Crane: »Ist Ihnen dieser Tisch genehm, Mr. Williams?«

Crane sagte: »Das hier ist Mr. Williams.«

»Er ist genehm«, räumte Williams ein, »aber sehen Sie zu, daß es mit der Bedienung klappt.«

Zwei Kellner rückten den Damen die Stühle zurecht, während der Oberkellner sich von einem Assistenten vier Speisekarten reichen ließ. Diese legte er den vieren ehrerbietig vor. »Nehmen Sie Cocktails?«

Williams bestellte zwei Bacardi ohne Grenadine für die Damen, Scotch mit Soda für sich selbst und einen trockenen Martini für Crane. »Machen Sie doppelte draus«, sagte er überschwenglich.

Sie einigten sich auf Hors d’œuvres, klare Brühe, Hummer Thermidor, Kartoffelsoufflé und französischen Chicoréesalat. Miss Brentino und Miss Martin bestanden beide darauf, daß sie lieber Burgundersekt als Champagner hätten. Crane bestellte zwei Flaschen Chauvenet Red Cap auf Eis.

Der dicke Oberkellner gab die Bestellung zufrieden an

seinen Assistenten weiter. »Falls Sie sonst noch etwas wünschen, Mr. Williams«, fügte er hinzu, »dann bringen wir es. Mr. Garvin, der Manager, hat gesagt, wir sollen uns gut um Sie kümmern.«

Williams machte eine lässige Handbewegung. »Okay. Falls wir auch nur die geringste Kleinigkeit brauchen, geb ich Ihnen Bescheid.«

Während sie die Hors d'œuvres aßen, beobachtete Crane das Orchester, um festzustellen, um welche Sorte Lokal es sich handelte. Er erkannte sehr rasch, daß es ein erstklassiges Lokal war, denn das Orchester langweilte sich schrecklich. In schlechten Lokalen legt sich das Orchester ins Zeug, aber das Spielen scheint ihm keinen Spaß zu machen. In besseren Lokalen legt sich das Orchester ins Zeug, und das Spielen scheint ihm Spaß zu machen. Aber die Orchester in wirklich erstklassigen Lokalen legen sich nicht ins Zeug, und die Musiker langweilen sich tödlich und spielen manchmal mit halb geschlossenen Augen, als wünschten sie, sie würden schlafen oder wären woanders, was sie zweifellos auch taten.

Als Crane sah, daß der erste Saxophonist die Augen geschlossen hatte, wußte er, daß es ein gutes Lokal war, und schickte sich an, das Essen zu genießen.

Sie wurden gerade mit der Suppe fertig, als Miss Martin sich mit der Schulter an ihn lehnte. Ihr Parfüm war süß und berauschend. Sie sagte: »Ich bin so aufgeregt. Meinen Sie, Mr. Grant wird sich tatsächlich mit uns treffen?«

Crane sagte, er wisse es nicht.

Unversehens hörte die Musik auf. Strahlende Lichter erhellten den Raum. Die Tänzer suchten blinzelnd nach ihren Tischen, als wären sie plötzlich aus einem Traum erwacht. Mit lauten, aufgekratzten Stimmen riefen die Frauen Bekannten etwas zu, unterhielten sich angeregt mit Begleitern. Die Männer gingen steif, gestraffte Schultern drückten gestärkte Hemdbrüste heraus, Kinne wurden von steifen Kragen hochgehalten.

»Ich weiß nicht, was Grant uns zu sagen hat«, meinte Crane, »aber seine Aussage ist unbedingt erforderlich« – er war leicht betrunken, brachte das »unbedingt erforderlich« aber ziemlich klar heraus –, »wenn wir Mr. Westland aus der Klemme helfen wollen.«

Emily Lou schloß die Augen. »Wir müssen einfach ...«

Der Chicorée, den sie nach amerikanischer Art zum Hummer aßen, war so knackig wie neues Papiergeld. Die französische Sauce war frisch zubereitet; sie enthielt nicht mehr als eine Andeutung von Knoblauch und wunderbarerweise keinen Zucker. Sie tranken sehr viel Sekt.

»Ich kann Italienisch lesen«, meinte Miss Brentino, »aber nicht Französisch.« Sie betrachtete die Wand auf der anderen Seite der leeren Tanzfläche. »Was steht auf dem Schild da?« Ihre tiefe Stimme jagte Crane wohlige Schauer über den Rücken.

Das Schild befand sich an der Fassade der kunstvoll gemalten Darstellung des Hôtel des Deux Anges. Crane übersetzte: »Zimmer tage- oder stundenweise.«

Er fügte hinzu: »Ich glaube, das Hotel ist ein bißchen anrüchig.«

»Es ist modern«, sagte Miss Brentino. Ihr Gesicht war gleichmütig, fast kalt und fast abweisend, aber Crane spürte die Leidenschaft, die ihre geschwungenen Lippen verhießen. Er sagte: »In Sie könnt ich mich gewaltig verknallen – genaugenommen bin ich's schon.«

Ihre feucht glänzenden Augen waren spöttisch. »Meinen Sie ›Zimmer stundenweise‹?« fragte sie.

»Ich hätt nichts dagegen«, sagte er ernst. »Für Sie würd ich sogar eins tageweise nehmen.« Er leerte sein Weinglas.

»Tut mir leid.« Ihr Gesicht war plötzlich nicht mehr verschlossen. »Ich mag Detektive, aber meine Freizeit ist total ausgebucht.«

»Woodbury?«

Sie nickte.

Williams erzählte Miss Martin gerade vom Rauschgiftschmuggel in San Francisco. »Da hab ich das Schlitzauge am Zopf gepackt wie 'ne Katze am Schwanz«, sagte er, »und ihn so weit in die Bucht rausgeschmissen, daß sie ihm 'n Küstenwachboot nachschicken mußten.«

Miss Martin bemerkte, daß die anderen beiden sie ansahen. »Mr. Williams führt ein schrecklich aufregendes Leben«, rief sie aus. »Er erzählt mir gerade, wie er den Rauschgifthandel in Kalifornien gestoppt hat. Er hat vier Männer umbringen müssen ...«

»Och, die zählen doch nicht.« Williams rückte seine Fliege zurecht. »Das waren bloß Chinesen.« Er spielte den Verlegenen.

Zum Abschluß aßen sie Käse und getoastete Cracker. Crane trank Brandy; die Damen Cointreau; Williams nahm Scotch mit Soda.

Der dicke Oberkellner verbeugte sich zu ihnen hin, während er einem kleinen Mann und einer drallen Blondine mit zuviel Schminke im Gesicht einen Tisch auf der gegenüberliegenden Seite der Tanzfläche anwies. Die Musiker kehrten hintereinander auf die niedrige Bühne zurück. Ein Spotlight zuckte probeweise über die Tanzfläche.

»Jetzt fängt wohl die Vorstellung an«, sagte Williams. Die Blondine, deren Kleid am Oberteil über und über mit weißen Federn besetzt war, schien ihm einladende Blicke zuzuwerfen. Er blinzelte ihr zu. Sie sah weg. Das Orchester begann, im Tangorhythmus »When You and I Were Young, Maggie« zu spielen. Williams sagte empört: »Herr im Himmel! Als nächstes machen sie 'n Rumba aus ›Rock of Ages‹.« Als das Stück vorbei war, trat ein rundlicher kleiner Jude mit Stöckchen auf und sang »I Kiss Your Hand, Madam«, so wie Al Jolson ein schwarzes Wiegenlied singen würde. Schließlich kündigte er in einem Sprechgesang an, die Mädchen, die gleich auftreten würden, seien die Schönheitsköniginnen von Paris, und die Amerikaner bräuchten sie nur zu sehen, um in den Ruf auszubrechen: »Ooo, là! là! Nischt ohne, die 'äschen, was?«

Als die Mädchen unter Trompetengeschmetter im Stechschritt auf die Tanzfläche kamen, sah William Crane, daß es wohl wirklich Französinnen waren. Jedenfalls waren sie offenherziger als amerikanische Revuegirls. Zur geräuschvollen Musik der Band marschierten sie feierlich um die Tanzfläche herum, in prachtvoll farbigen Kostümen, die spärlicher und spärlicher wurden, bis schließlich ein pummeliges, schwarzhaariges Mädchen auftrat, das nichts als ein paar weiße Pelzhandschuhe anhatte. Die benutzte sie wie eine Fächertänzerin ihren Fächer, aber der Effekt war verblüffend. Mit dem Aufsehen, das sie verursachte, höchst zufrieden, ging sie an Cranes Tisch vorbei, blieb stehen, winkte der Gesellschaft mit einer Hand gewagt zu und sagte:

»'allo, Miister Wiilams.«

Williams war nicht zu betrunken, um zu erröten. »Was zum Teufel...?« sagte er.

Beide Mädchen kicherten. »Eine Bekannte?« fragte Miss Brentino.

»Ich schwöre...«

Crane fragte: »Sag mal, wer bist du eigentlich? Maxie Baer?«

»Alles, was ich gemacht hab«, sagte Williams, »war, daß ich den Polizeichef gebeten habe, hier für uns reservieren zu lassen. Ich hab früher bei vielen Jobs mit ihm zusammengearbeitet, aber das Mädchen hab ich noch nie im Leben gesehen.« Er nahm einen Schluck Wasser. »Nicht daß ich was...«

»Jetzt verstehe ich, warum die so um uns herumscharwenzelt sind«, sagte Crane. »Ich hab schon geglaubt, du bist 'n reicher Playboy.«

Die Revue war zu Ende, und nun schleuderten auf der Tanzfläche zwei Männer in der blauen Kluft französischer Gepäckträger einen Mann hin und her, der sehr geschickt als ausgestopfte Puppe zurechtgemacht war. Sie warfen ihn in die Luft, sie ließen ihn fallen, sie verdrehten ihm die Arme, sie ohrfeigten ihn; aber die Puppe machte keinen Mucks, bis sie ihr den Rücken zuwandten. Da trat sie einen von ihnen. Schließlich packten sie die Puppe voller Zorn, steckten sie in eine Kiste, schlugen den Deckel zu und gingen im Gleichschritt damit hinaus.

Hohles Händeklatschen erfüllte den Raum. Das Orchester ging zu einer langsamen, klagenden Melodie über, und ein Musiker sülzte mit geschlossenen Augen melancholische Töne auf einem mit einem versilberten Bowler gestopften Kornett. Von der Seite tanzte eine Rothaarige im karierten Spielanzug herein. Ihre nackten Beine waren gepudert; ihr Gesicht war geschminkt wie eine grelle deutsche Puppe. Über ihre kalkweißen Oberschenkel wanden sich blaue Adern. Sie sah Williams an, sang:

»I can't give you anything but love, ba-hay-bee
That's the only thing I've plenty of, ba-hay-bee ...«

Vier Männer in gutsitzenden Abendanzügen schlenderten die Gangway am anderen Ende des Raums hinunter und blieben unten stehen, um dem Mädchen im Spotlight zuzusehen. Die dunklen Augen eines der beiden jüngeren Männer schweiften durch den Raum, verharrten eine Sekunde lang unverhohlen taxierend auf den beiden Mädchen an Cranes Tisch und glitten dann weiter. Schließlich stieß er den untersetzteren der beiden älteren Männer an, und drei von ihnen gingen auf die Tanzfläche zu; der andere, jüngere Mann blieb zurück. Mit mahnend erhobener Hand vertrat der dicke Oberkellner ihnen den Weg, aber der Untersetzte stieß ihn zur Seite. Die drei gingen gemächlich am Rand der Tanzfläche entlang weiter, und ihre Rücken bildeten düstere Flecken in dem Lichtviereck, in dem der Rotschopf im Spielanzug gerade sang:

»Diamond bracelets Woolworth doesn't sell, ba-hay-bee.«

Die drei Männer in Abendanzügen blieben vor dem kleinen Tisch stehen, an dem die üppige Blondine mit den Federn und ihr Begleiter saßen. Der kleine Mann aß gerade; er blickte auf; Überraschung wölbte seine Augenbrauen; dann versuchte er sich in sinnloser Hast hochzurappeln. Der Dicke zog eine blauschwarze Pistole unter seiner Achsel hervor und schoß ihm ins Gesicht. Die Blondine kreischte entsetzt, ihre Federn bauschten sich, als sie seitlich vom Stuhl fiel. Die Kugel traf weit unten und riß dem Kleinen einen Teil des Kiefers weg. Er schlug beide Hände vor die Wunde, kippte vornüber, und zwischen seinen Fingern hindurch tropfte Blut auf die Tischdecke. Der Untersetzte schoß ihm zweimal durch den Schädel.

Vom Mund des Rotschopfs im karierten Spielanzug gellte ein Schrei auf. Einer der Männer drohte ihr mit dem Finger.

»Schnauze, Süße«, sagte er, »sonst reiß ich dir die Höschen runter.«

Der Rotschopf erstarrte in empörtem Schweigen. Im Orchester hörte ein Instrument nach dem anderen zu spielen auf, und das Tempo wurde immer langsamer, wie bei einem abgelaufenen Grammophon. Schließlich bewegte nur noch der Schlagzeuger, den Blick starr auf den Toten geheftet, unbewußt den Fuß auf dem Pedal der Baßtrommel.

Der junge Mann, der an der Gangway stehengeblieben war, schlängelte sich zwischen den schweigenden Gästen hindurch auf seine Begleiter zu. Ein Mann mit eckigem Kinn in größerer Gesellschaft machte Anstalten aufzustehen, als er vorbeikam. Der junge Mann kniff die dunklen Augen zusammen; der Mann mit dem eckigen Kinn setzte sich.

Williams hatte seinen Revolver im Schoß. »Die Schweine!« sagte er. »Die Schweine!«

»Moment.« Crane stieß ihn unter dem Tisch mit dem Fuß an. »Willst du, daß wir alle abgeknallt werden?«

Die Männer gingen zusammen mit dem jungen Mann von der Gangway rückwärts zur Küchentür. Ein Kellner wuselte wie ein aufgeschreckter Krebs zur Seite. Der erste blieb stehen, um den anderen die Schwingtür aufzuhalten, dann verschwand er, immer noch ohne Eile.

Als hätte jemand ein Radio angemacht, war der Raum plötzlich von Lärm überflutet. Frauenstimmen schrillten... Stühle scharrten... »Nicht zu fassen!« sagte ein Mann hinter Miss Brentinos starrer Gestalt in einem fort. Zwei Kellner zogen die üppige Blondine unter dem Tisch des Toten hervor und trugen sie in Richtung Gangway. Auf den weißen Federn waren Staubflusen. Um die Leiche bildete sich ein Ring von Männern und Frauen; andere Gäste hasteten auf die Gangway zu. Die rothaarige Sängerin hatte die Hände vor die Brust geschlagen. »Mein Gott!« sagte sie mit durchdringender Stimme. »Will ihnen denn niemand nach?«

Die Lippen waren der einzige Farbtupfer in Emily Lou Martins Gesicht. Ihre Augen waren schreckerfüllt. Sie sagte: »Ich glaube, ich muß mich gleich übergeben.«

Miss Brentino sagte rasch: »Kommen Sie.« Sie führte Emily Lou weg, den nackten Arm um ihre Taille gelegt.

Crane und Williams gingen zu dem Toten hinüber und sahen ihn sich an. Er lag da, das Gesicht in die Arme gebettet wie ein Schüler, der über einer lateinischen Grammatik eingeschlafen ist. Die Tischdecke hatte das Blut größtenteils aufgesaugt. Gleich darauf warf jemand noch eine Tischdecke über die Leiche.

Eine Matrone mit Jadeohrringen fragte den rundlichen Oberkellner: »Wissen Sie, wer er ist?«

Der Oberkellner zupfte die Tischdecke zurecht, um die Blutflecken zu verdecken. »Er heißt Mannie Grant.«

6

Dienstag morgen

Die verfärbten Zähne zu einem schmierigen Lächeln gebleckt, sagte Wärter Percival Galt: »Hier ist Mr. Westland, Herr Direktor.« Er klappte in einer Art epileptischer Verbeugung ruckartig nach vorn und eilte davon.

»Alles in Ordnung, Herr Direktor?« fragte Robert Westland.

Wie ein Schwein grunzend, wuchtete sich Direktor Buckholtz von dem Drehstuhl hinter seinem Mahagonischreibtisch hoch. Auf seinen Wangen erschienen die dollargroßen Grübchen. »Aber sicher«, sagte er. »Ihr Partner, Mr. Bolston, hat mich gestern abend auf dem Nachhauseweg bezahlt.« Er watschelte auf Westland zu und legte ihm die knubbelige Hand auf die Schulter. »Ihr Partner ist wirklich ein prima Kerl.«

Westland zog die Schulter unter der Hand weg. »Jeder mit zehntausend Dollar ist ein prima Kerl.«

Direktor Buckholtz war tief gekränkt. »Das ist aber nicht nett von Ihnen, wo ich Ihnen doch bloß helfen will.« Er schüttelte traurig den Kopf. »Ich muß mich schützen, falls mir etwas passieren sollte.«

»Tut mir leid«, sagte Westland. »Ich bin heute etwas gereizt.«

Der Direktor neigte den Körper in Richtung des Büros der Stellvertretenden Direktorin. »Ein paar von Ihren Freunden sind schon da.«

Emily Lou Martin trug eine graue Eichhörnchenfelljacke, an deren Aufschlag eine pflaumenfarbene Orchidee steckte. Westland sagte: »Liebes!« Er küßte sie und blickte dann in die Runde. »Wo sind Dick und Ron?«

Rechtsanwalt Finklestein ließ den Deckel seiner goldenen Uhr aufschnappen. »Sie müssen jede Minute hier sein.«

Westland sah William Crane an, der neben Williams auf der Fensterbank saß. »Was gibt's Neues? Haben Sie M. G. erreicht?«

Im Gefängnishof zitterten nackte Bäume im Wind. Über dem Küchenkamin peitschte ein schwarzer Katzenschwanz aus Rauch wütend hin und her. Jemand hatte die Spinnweben von den Fenstern gewischt.

Crane schüttelte den Kopf. »Er war tot, als wir ihn erreicht haben.« Er schilderte die Ereignisse des Vortages.

»Es war so aufregend«, rief Emily Lou. »Wir wären beinah erschossen worden.«

Westland nahm sie fürsorglich beim Arm. »Ich hätte dich nicht mitgehen lassen sollen.« Sein Blick war besorgt. »So etwas lasse ich dich nie wieder tun.«

Williams bedachte den Mann und das hübsche rothaarige Mädchen mit einem mütterlichen Blick. »Der Junge ist schwer in Ordnung«, flüsterte er William Crane zu. »Der Tod von diesem Kerl bedeutet wahrscheinlich einen Sarg für Westland, aber er macht sich nur um seine Freundin Sorgen.«

»Herrgott, Bill«, blaffte Lawrence Wharton los, »sei nicht so hart mit der Kleinen. Wer konnte denn ahnen, daß der Bursche seine Abschiedsvorstellung gibt?« Sein rotes Gesicht war streitsüchtig.

Finklestein schob seine Goldrandbrille näher vor die Augen. »Sie glauben also nicht, daß seine Ermordung etwas mit unserer Untersuchung zu tun hat?«

»Lachhaft!«

Westland fragte: »Wie hätte jemand herausfinden können, daß wir hinter ihm her waren?«

»Da gibt's zig Möglichkeiten«, sagte Crane.

Miss Brentino, die neben Amos Sprague saß, lächelte ihm zu. Sie trug einen sandfarbenen Filzhut mit weicher Krempe, ein tabakbraunes Chanelkostüm und einen wie ein Plastron gebundenen, rotgelben Seidenschal um den Hals.

»Ach was!« sagte Wharton. »Das ist doch an den Haaren herbeigezogen. Dieser Grant war ein widerlicher kleiner Dieb, und solche ekelhaften Kerle leben ständig in Lebensgefahr.« Sein Bulldoggengesicht war puterrot. »Gestern abend hat es ihn eben erwischt.«

Crane sagte: »Widerliche, ekelhafte kleine Diebe werden aber nicht auf diese Weise umgebracht.«

Wharton trug graukarierte Knickerbocker zu blauen Golfsocken. Er wandte dem Detektiv das Gesicht zu. »Junger Freund, wollen Sie damit andeuten, daß ich nicht weiß, wovon ich rede?«

»So was in der Richtung.«

Wharton sagte: »Sie sind ein verdammter Narr.«

»Ich habe den Eindruck, Ihnen liegt ziemlich viel daran,

alle glauben zu machen, daß Grants Ermordung ein Zufall war.« Crane wippte auf der Fensterbank vor und zurück. »Sie haben doch keinen persönlichen Grund, uns davon überzeugen zu wollen, oder?«

Wharton ballte die Fäuste. Williams, der daneben stand, machte sich bereit, dem Alten den Kolben seiner Pistole über die Birne zu ziehen. Westland packte seinen Cousin am Arm. »Aber, aber, Larry«, sagte er besänftigend, »beruhige dich.«

Wharton ließ sich zu einem Stuhl führen. »Der Lump hat praktisch behauptet, daß ich den Burschen umgebracht habe«, grollte er.

»Mr. Crane meinte nur, daß wir jede Möglichkeit in Betracht ziehen müssen«, verkündete Finklestein; »nicht wahr, Mr. Crane?«

William Crane sagte: »Klar.«

»Wegen dieses Mordes können wir ohnehin nicht viel tun«, sagte Finklestein. »Das ist Sache der Polizei.«

»Das war die Arbeit von Gangstern«, sagte Williams.

Crane sagte: »Der Mann, hinter dem wir her sind, hat den Mord nicht begangen. Vielleicht hat er die Kerle angeheuert, um Grant umzulegen, aber die wissen sowieso nicht, wer sie angeheuert hat; das läuft immer über einen Dritten, und selbst wenn sie Bescheid wüßten und gefaßt würden, würden sie nicht reden. Wir halten uns besser an unsere Aufgabe und lassen die Finger von dem Mord gestern abend.«

»Ist es denn so leicht, Killer anzuheuern?« fragte Miss Brentino. Ihr Make-up – Mascara, Puder und Lippenstift – wirkte bei Tageslicht überzogen.

»Genau das ist der springende Punkt, Miss Brentino.« William Crane wandte sich an Finklestein. »Nicht jeder kann hergehen und ein paar Killer anheuern. Es sieht so aus, als hätte unser Mörder, falls er die Show gestern abend inszeniert hat, gewisse Verbindungen zur Unterwelt.«

»Ich schätze, Sie haben recht.« Finklestein schob die Unterlippe vor. »Mr. Westland, sind Sie jemals mit der Unterwelt in Berührung gekommen, mit Gangstern, Kidnappern oder solchen Leuten?«

»Niemand – jedenfalls mit keinem außer meinem Alkohollieferanten, vor Aufhebung der Prohibition.«

»Irgendwelchen Ärger mit ihm gehabt?«

»Nicht den geringsten. Wir sind sehr gut miteinander ausgekommen. Ich habe ihm sogar mein Lincoln-Coupé verkauft.«

»War der Wagen okay?« fragte Williams.

»Halt die Klappe«, sagte Crane.

Die Tür zum Büro des Direktors ging auf. Herein kamen Bolston in einem Anzug aus grauem, schottischem Twist, Woodbury und ein angestaubt wirkender Mann mittleren Alters. Die Tür schloß sich vor dem derben, neugierigen Gesicht des Direktors. »Das ist Dr. Shuttle«, sagte Bolston. »Er und seine Frau haben den Schuß gehört, der Mrs. Westland getötet hat.«

Finklestein zog sein Notizbuch hervor, durchblätterte die Seiten.

Dr. Shuttle sah aus wie ein Kongreßabgeordneter aus dem Westen oder ein Shakespeare-Schauspieler ohne Engagement. Sein Gesicht war ein Gewirr von Runzeln. Sein wie angelaufenes Messing gefärbtes Haar hing ihm über die Ohren. »Mir ist das sehr peinlich«, sagte er; »aber die Herren hier haben darauf bestanden.« Seine schwarze Seidenkrawatte war zu einem lockeren Knoten geschlungen; an einer schwarzen Kordel um seinen Hals hing ein Kneifer mit Goldrand.

Westland sagte: »Schon gut. Ich bin nicht nachtragend.«

»Ich habe nur meine Pflicht getan«, erklärte Dr. Shuttle würdevoll.

Woodbury machte in einem blauen, fast weibisch auf Taille gearbeiteten Straßenanzug eine makellose Figur. Seine schlanken Hände waren sorgfältig manikürt. Er setzte sich auf die Kante von Miss Brentinos Stuhl, und die beiden dunkelhaarigen, gesetzten Gestalten erinnerten Williams an ein Foto von einem spanischen Herzog und seiner Frau auf Besuch in New York, das er einmal im *Mirror* gesehen hatte.

Bolston sagte: »Bob, ich glaube, ich bin auf etwas gestoßen.« Sein Gesicht hatte eine gesunde, rosige Farbe, seine blauen Augen waren klar. »Ich möchte, daß du genau überlegst. Um welche Zeit bist du in der Nacht, in der deine Frau ermordet wurde, von zu Hause weggegangen?«

»Kurz nach halb zwölf. Ich hatte im Bett gelesen.«

»Und um welche Zeit bist du bei Joans Wohnung angekommen?«

»Kurz vor zwölf.«

Finklestein, der kurzsichtig auf die Zahlen in seinem Notizbuch guckte, nickte.

Bolston fragte: »Wie lange bist du dageblieben?«

»Etwa vierzig Minuten.«

»Du bist also vor ein Uhr gegangen?«

»Auf meiner Uhr war es eins, als ich nach Hause kam.«

»Gut.« Bolston steckte die Hände in die Taschen. »Erinnerst du dich an das Datum des Mordes?«

»Na sicher.« Westlands Augen rundeten sich überrascht. Er nahm die Hand von Emily Lous Arm. »Es war am Morgen des 28. April.«

»Der Tag davor war der 27. April. Fällt dir dabei etwas ein?«

»Nein.«

»Am 27. April um Mitternacht wurde in Chicago von Normalzeit auf Sommerzeit umgestellt.«

Westland war verwirrt. »Ja, und wenn schon?«

»Hast du deine Uhr nicht vorgestellt?«

»Aber ja. Bevor ich ins Bett gegangen bin.«

»Das heißt – bevor du zu Joans Wohnung gegangen bist?«

»Ja.«

»Gut.« Bolston straffte die breiten Schultern. Er sah aus wie eine Hemdenreklame. »Alle deine Angaben sind in Sommerzeit.«

Bolston wandte sich an Dr. Shuttle. »Also . . .« Crane schlich wie ein Indianer auf Zehenspitzen an der Wand entlang und riß die Tür auf. Davor kniete Direktor Buckholtz, die Handflächen wie betend nach vorn gerichtet. Sein rechtes Auge war dort, wo eben noch das Schlüsselloch gewesen war. Er kippte schwerfällig vornüber und plumpste unbeholfen auf seine dicken Hände. Crane half ihm auf und staubte ihn liebevoll ab. »Möchten Sie sich nicht zu uns setzen?« fragte er.

Direktor Buckholtz brachte schließlich Worte heraus. »Ich wollte sehen, ob der Wärter bei Ihnen ist, aber ich wollte Sie nicht stören.« Er quetschte sich rückwärts durch die Türöffnung. »Er muß im Gefängnistrakt sein.« Sein wabbeliges Gesicht verschwand hinter der sich schließenden Tür.

»Vielleicht ist so die Information nach außen gedrungen, daß wir den jüngst entschlafenen Mr. Grant suchen«, sagte Finklestein.

Crane lehnte sich an den Türknauf. »Er wird keine mehr kriegen.«

»Also, Dr. Shuttle«, sagte Bolston, »um welche Zeit haben Sie und Ihre Frau den Schuß gehört?«

Dr. Shuttle spielte an seinem Kneifer herum. Mit nervös zitternder Stimme sagte er: »Nach unserer Uhr genau um zwanzig nach zwölf.«

»Im Prozeß haben Sie der Anklage mit dieser Aussage geholfen nachzuweisen, daß Mr. Westland zu dieser Zeit in der Wohnung war.«

Dr. Shuttle warf sich würdevoll in Positur. »Ich habe lediglich die Wahrheit gesagt.«

Bolston beugte sich zu ihm vor. »Was haben Sie und Ihre Frau so spät noch gemacht?«

»Tee getrunken.«

Dies rief allgemeines Gelächter hervor. Dr. Shuttle schürzte mit gekränkter Miene die Lippen.

»Um welche Zeit sind Sie schließlich zu Bett gegangen?«

»Erst um kurz vor halb zwei.« Der Doktor zwirbelte die Seidenkordel seines Kneifers. »Wissen Sie, ich spiele Orgel.« Williams' plötzliches Kichern verwandelte sich unter Dr. Shuttles empörtem Funkeln in ein Husten. »Ich muß doch bitten! Ich habe vor dem europäischen Adel Konzerte gegeben.« Er wandte sich an Bolston. »Meine Frau und ich bleiben immer noch etwas auf, wenn ich ein Konzert gegeben habe. Es dauert eine Weile, bis meine künstlerische Ekstase sich legt. Ich habe äußerst empfindsame Nerven.«

»Sie hatten ein Konzert gegeben?«

»Ja, in der Orchestra Hall.« Dr. Shuttle warf sich in die Brust. Sein Rücken wölbte sich einwärts wie ein Eibenbogen. »Offenbar haben Sie meinen Namen nicht erkannt. Ich bin Dr. Frederick Shuttle, der Kirchenorganist.«

»Ich hätte ihn erkennen müssen.« Bolstons weiße Zähne schimmerten. »Ich habe Ihren Namen häufig gehört.« Die Haut über seinen Wangenknochen war fest und rosa wie Lachsfleisch. »Wir sind allerdings sehr daran interessiert, Dr. Shuttle, wann Sie Ihre Uhr vorgestellt haben.«

»Das habe ich Ihnen doch schon in der Wohnung gesagt. Ich habe die Uhr vorgestellt, als wir zu Bett gegangen sind.«

Bolston sprach langsam. »Dann haben Sie den Schuß um null Uhr zwanzig Normalzeit gehört. Nach Westlands Zeit war es da ein Uhr zwanzig, das heißt mehr als zwanzig Minuten nach seiner Rückkehr in seine Wohnung.«

Kurzes Schweigen trat ein. Auf einem der Baumskelette im Hof tschilpte ein Spatz. Dr. Shuttle machte ein ängstliches Gesicht. Westland packte Bolstons Arm. »Das war verdammt schlau, alter Junge.«

Dr. Shuttle begann: »Ich habe nur die Wahrheit gesagt, so wie...«

»Ist schon gut«, sagte Westland.

Miss Martin rief: »Ich finde das großartig. Jetzt müssen wir nur noch dem Gouverneur sagen, daß du nicht dagewesen sein kannst, als Joan umgebracht wurde, und dann...« Sie hatte Westlands linke Hand ergriffen.

»Moment mal.« Finklestein schwenkte sein Notizbuch. »Noch sind wir nicht aus dem Schneider. Selbst wenn Dr. Shuttle den Schuß gehört hat, nachdem Mr. Westland laut eigener Aussage schon gegangen war, nützt uns das überhaupt nichts.« Der Diamant des Anwalts funkelte. »Mr. Westland kann nicht beweisen, daß er die Wohnung seiner Frau zu der von ihm behaupteten Zeit verlassen hat, obwohl wir wissen, daß es so war, und das müßte er können, ehe der Gouverneur uns überhaupt zuhört.«

Bolston war geknickt. »Ich dachte, ich wäre auf was ziemlich Gutes gekommen.«

»Es hilft. Es hilft alles.« Finklestein klappte sein Notizbuch zu. »Aber wir müssen weitermachen. Wenn wir nur jemand auftreiben könnten, der ihn hat gehen sehen.«

»Da wäre uns Grant zupaß gekommen«, bemerkte Woodbury.

»Ich finde es jedenfalls ganz prima von Dick, und ganz schön schlau«, sagte Emily Lou. »Es beweist uns, daß Robbie es nicht gewesen sein kann.«

Miss Brentinos Stimme war beiläufig, ohne Modulation. »Das wußten Sie doch ohnehin, oder nicht, meine Liebe?«

Hastig sagte Westland: »Was sollten wir Ihrer Meinung nach als nächstes tun, Mr. Finklestein?«

»Ich würde gern die Sache mit der verschlossenen Tür untersuchen. Wir sind sicher, daß es nur zwei Schlüssel gibt. Mr. Westland hatte seinen, und der andere wurde bei Mrs. Westland in der verschlossenen Wohnung gefunden, aber der Mörder muß irgendwie rausgekommen sein. Ich finde, Crane, Williams und ich sollten uns die Wohnung mal ansehen.« Finklestein betupfte sich mit dem Seidentaschentuch die Lippen und hielt dabei die Knöchel so, daß der Diamant zur Geltung kam. »Aber der wichtigste Punkt ist das Motiv. Wenn wir rausfinden könnten, warum Mrs. Westland ermordet wurde, wären wir ein gutes Stück weiter.« In das Taschentuch war mit grünem Garn das Monogramm »C. F.« gestickt.

Amos Sprague hatte bislang still in einer Ecke gesessen. »Ich glaube, das Motiv kann ich Ihnen morgen sagen, Herr Rechtsanwalt.« Sein Lachen war ein vulgäres Gakkern, aber seine glänzenden Augen unter den zottigen weißen Brauen waren grimmig. »Morgen, Herr Rechtsanwalt.«

»Was wollten Sie damit sagen, Amos?« fragte Westland.

»Das kann ich Ihnen jetzt nicht sagen, Mr. Westland, das wäre verfrüht.« Der alte Mann nickte wie von Schüttellähmung gepackt mit dem Kopf. »Aber ich kann Ihnen sagen, daß es um Millionen geht.« Sein Falsettgackern schwoll an. »Millionen ... Millionen ... Millionen.«

Finklesteins goldene Uhr klappte auf. »Es ist fast schon

wieder Zeit zum Lunch«, sagte er. Er steckte die Uhr ein und schob sein Notizbuch in die Hüfttasche. »Immerhin hat Bolston die Sache mit der Todeszeit geklärt.«

Während die anderen hintereinander hinausgingen, fragte William Crane Bolston: »Wie sind Sie auf die Zeitumstellung gekommen?«

»Ich weiß auch nicht. Mir fiel ganz plötzlich ein, daß der letzte Sonntag im April der Tag war, an dem umgestellt wurde. Da habe ich Shuttle danach gefragt.«

»Jedenfalls war das verdammt gute Arbeit.« Crane eilte aus dem Zimmer, holte Finklestein am oberen Treppenabsatz ein. »Haben Sie Lust, mit mir und Williams essen zu gehen, Herr Rechtsanwalt?« fragte er.

»Klar.« Finklestein sah Woodbury und Miss Brentino nach. Sie gingen Arm in Arm, die Köpfe im Gespräch zusammengesteckt, die Treppe hinunter. »Sind scheint's ziemlich intim, wie?« sagte der Rechtsanwalt.

Crane betrachtete das elegant geschwungene Halbprofil der Frau, ihre schmale Taille, ihre schlanken Beine unter dem Persianermantel. »Ich hätte auch nichts dagegen, mit ihr intim zu sein«, sagte er.

Rechtsanwalt Finklestein sagte: »Dann wären wir uns ja einig.«

7

Dienstag nachmittag

Sie aßen bei Ricketts, in einer Seitenstraße des Boulevards an der Chicago Avenue. Sie tranken Martinis, und Williams nahm ein Crêpe Suzette zum Nachtisch. »Es schmeckt ziemlich gut«, sagte er; »aber was hat man davon, wenn man's gegessen hat?«

William Crane sagte: »Du kämst nicht mehr vom Stuhl hoch, Doc, wenn du noch einen von den Pfannkuchen essen würdest – schaffst es wahrscheinlich schon jetzt nicht mehr.«

Williams betrachtete die aschblonde Kellnerin, kniff für einen Augenblick anzüglich ein Auge zu. »Für 'n altgedientes G.A.R.-Mitglied bin ich noch ganz munter.« Die Augen auf der Kellnerin, tat er so, als könne er sich vor lauter Hexenschuß nicht im Stuhl aufrichten. Sein Jackett verhakte sich an der Stuhllehne und enthüllte ein schwarzes Lederhalfter mit einer Pistole unter seiner linken Achselhöhle. Die Kellnerin kicherte. Sie hatte die Waffe nicht gesehen.

William Crane sagte: »Ich dachte, du wolltest die Kanone im Hotel lassen?«

Doc Williams sagte reumütig: »Ich fühl mich ohne das Ding einfach nackt.«

»Machen Sie sich wegen der Pistole keine Sorgen«, sagte Finklestein. Er aß eine Schale mit eingelegten Feigen auf. »Ich hole ihn raus, wenn die Polizei ihn erwischt.«

»Wenn ihn die Polizei bloß erwischen würde. Deswegen mach ich mir keine Sorgen.« Crane trank Kaffee, nahm keinen Nachtisch. »Ich hab Angst, das verdammte Ding geht irgendwann los und erschießt mich.«

Finklestein zahlte die Rechnung. Williams wischte sich mit der Serviette den glatten, gestutzten Schnurrbart, den Blick immer noch auf der hübschen Kellnerin. »Wie heißen Sie, Baby?« fragte er.

Die Kellnerin hatte Grübchen. »Gladys«, antwortete sie.

»Ich komm Sie irgendwann mal besuchen, Happy Bottom.«

Die Augen der Kellnerin bildeten fast vollkommene Kreise. »Woher wissen Sie meinen Spitznamen?«

»Ich bin Detektiv«, sagte Williams.

Als sie zum Boulevard kamen, schlug Finklestein vor: »Schauen wir bei Westlands Diener Simmons vorbei. Wir können eigentlich zu Fuß gehen – es sind nur ein paar Straßen bis zu Westlands Wohnung.«

Schaufenster am Bürgersteig zeigten Frauenkleidung – robuste Tweedkostüme, zarte Abendkleider, weiche Silberfuchspelze, Nerzmäntel, pastellfarbene Unterwäsche, die aussah wie von einer Spinne gewoben. Genau von Nordosten peitschte ein vom See naßkalter, beißender Wind den Passanten das Blut in die Wangen. Jäh hochfliegende Röcke enthüllten wohlgeformte Schenkel, Fleisch und Strumpfhalter: rosa, weiß und schwarz. Gegen den

Wind gingen die Leute mit gesenkten Köpfen, als wäre ein Gebetstag ausgerufen worden. Mit dem Wind liefen sie zurückgelehnt, mit kurzen, ruckartigen Schritten, wie Rikschafahrer.

Williams, der sich im Schaufenster von Saks' Fifth Avenue eine Auslage von Hemden mit Kragenspiegeln ansah, stieß Crane an. »Schau mal, wer da drin ist.«

Es war Miss Martin. Sie stand vor einem Ladentisch und hielt eine Krawatte mit Regimentsstreifen ins Licht. Neben ihr stand Richard Bolston, zwei weitere Krawatten über dem Arm. Er sah Crane und Williams, lächelte zur Begrüßung und winkte sie herein. Crane schüttelte den Kopf, zeigte auf Finklesteins sich entfernenden Rücken und formte mit den Lippen das Wort »Arbeit«. Bolston nickte zum Zeichen, daß er verstanden hatte.

Crane war froh, als sie Westlands Wohnung in der Astor Street erreichten. Sein rechtes Jochbein schmerzte vor Kälte, und seine Hände waren taub. Sie nahmen den automatischen Fahrstuhl in den achten Stock, wo Simmons auf ihr Läuten hin öffnete. Er war ein nervöser Mann mittleren Alters mit klugem Gesicht, und er trug einen schwarzen Anzug mit steifem Kragen. Er sah aus wie ein Lehrer.

»Ich bin Mr. Finklestein«, sagte der Anwalt. »Hat Mr. Bolston Sie heute morgen nicht angerufen?«

Der Argwohn schwand aus dem Blick des Mannes. Er zog die Tür auf. »Treten Sie ein.«

Das neun auf zehn Meter große Wohnzimmer war schlicht in Apfelgrün und Elfenbeinweiß gehalten. Jalousien, verhängt mit grünen Satinvorhängen von Brewster, schirmten die beiden hohen Fenster ab, die auf die Straße hinausgingen. Über dem gediegenen Kamin aus schwarzem und weißem Marmor hing eine Pariser Cafészene von Toulouse-Lautrec in leuchtenden Farben ... drei Prostituierte, die einen bärtigen Herrn ansprachen, der aus einem hohen Glas smaragdgrünen Absinth trank. Der nach Maß gefertigte Läufer um die Kaminsohle aus schwarzem Zement war blaßgrau, und die modernen Möbel – Sessel und ein riesiger Diwan – waren mit einem Stoff bezogen, der aussah und sich anfühlte wie sonnengebleichte Juteleinwand. Auf einem Beistelltisch stand eine schwarzsilberne Directoirelampe mit Pergamentschirm.

»Wir interessieren uns für Mr. Westlands Pistole«, sagte Finklestein. Er zog seinen hellbraunen Mantel aus, riß ihn vor Simmons weg. »Lassen Sie nur; wir bleiben nicht lang.« Er warf den Mantel über einen der braunen Sessel. »Wo hat er sie aufbewahrt?«

»In diesem Schrank, Sir.«

Auf dem Schrank trompeteten sich zwei Jadeelefanten an, und auf der Vorderseite befand sich eine Reihe goldener Griffe für die Schubladen. Simmons zog eine leere Schublade auf. »Da war sie drin.«

Crane fragte: »Wann haben Sie die Pistole zuletzt gesehen?«

Der Mann zögerte, stülpte die dünnen Lippen nach innen über die Zähne. »Ich habe sie am Nachmittag vor dem Mord gesehen.«

»Ach ja? Haben Sie das der Polizei gesagt?«

Simmons schaute unbehaglich von Crane zu Finklestein.

»Schon gut«, sagte Crane. »Wir mögen die Polizei genausowenig wie Sie.«

»Nun ja, um Ihnen die Wahrheit zu sagen, Sir, ich habe es nicht gesagt. Ich habe nicht geglaubt, daß es Mr. Westlands Sache nützen würde.«

»Wahrscheinlich hatten Sie recht«, sagte Finklestein.

Crane strich mit der Hand über den rauhen Bezugsstoff der Couch. »Waren Sie den ganzen Nachmittag über hier, nachdem Sie die Pistole gesehen hatten?«

»Ja, Sir. Ich war kein einziges Mal weg.«

»Westland hat zu Hause gegessen?«

»Ja. Er hat allein gegessen, und als dann Mr. Woodbury gegangen war, ist er ...«

Finklestein und Crane wechselten einen Blick. »Woodbury?« fragte der Anwalt. »Was hat der hier gemacht?«

»Er ist nach dem Essen gekommen, um irgendeine geschäftliche Angelegenheit zu besprechen. Ich habe nicht gehört, worum es ging. Er ist nur ein paar Minuten geblieben.«

Crane fragte: »Haben viele Leute gewußt, daß Mr. Westland die Pistole in der Schublade da aufbewahrt hat?«

»O ja, Sir. Es gibt eine Geschichte dazu – wie er einmal ein deutsches Bombenflugzeug damit angegriffen hat, als sein Maschinengewehr ihn im Stich ließ. Er hat die Pistole immer gezeigt, wenn er die Geschichte erzählt hat; es war ein silbernes Namensschildchen daran.«

Finklestein fragte: »Hat Mr. Westland Woodbury irgendwann im Zimmer alleingelassen, als er an dem Abend hier war?«

»Sie meinen –« Simmons' Finger zupften nervös an den

Aufschlägen seines schwarzen Anzugs – »Sie meinen, Woodbury ist der Mörder?«

Der Anwalt hob die Hand. »Keineswegs.« Licht funkelte in seinem Diamantring. »Wir überprüfen nur jede denkbare Möglichkeit.«

Simmons runzelte konzentriert die Stirn. »Ich weiß nicht... doch! Er hat ihn alleingelassen. Er hat in der Küche noch Soda geholt, nachdem ich die Drinks serviert hatte.« Er fügte erklärend hinzu: »Verstehen Sie, ich war schon zu Bett gegangen.«

»Na bitte.« Finklesteins aneinanderreibende Handflächen machten saugende Geräusche. »Allmählich machen wir Fortschritte.«

Crane fragte: »Sind Woodbury und Mr. Westland immer gute Freunde gewesen? Keine Kräche oder Probleme wegen Geld oder sonst was?«

»Aber nein, Sir. Sie haben sich immer bestens verstanden, seit ich gleich nach dem Krieg angefangen habe, für Mr. Westland zu arbeiten. Wissen Sie, sie haben zusammen in Frankreich gedient.«

Doc Williams hatte die ganze Zeit mit in die Stirn geschobenem Hut in einem der braunen Sessel gesessen. Er nahm im Haus niemals seinen Hut ab, außer in Gegenwart von Damen. »Ich hab 'ne Frage«, verkündete er. »Jemand was dagegen, daß ich 'ne Frage hab?«

Alle sagten, sie hätten nichts dagegen.

»Was ich wissen will, ist folgendes: Hat die rothaarige Biene ihn angerufen, wie er behauptet hat?«

»Das kann ich Ihnen nicht sagen. Jemand hat ihn angerufen, und kurz danach ist er weggegangen.«

»Haben Sie ihn zurückkommen hören?« fragte Crane.

»Nein, Sir. Ich war schon zu Bett gegangen. Mein Zimmer ist hinter der Küche – ich könnte gar nichts hören.«

Finklestein nahm seinen hellbraunen Mantel vom Sessel. Er betrachtete unschlüssig den Schrank mit den Goldgriffen an den Schubladen. »Fingerabdrücke werden wohl keine da sein?«

Crane sagte: »Ich könnte mir denken, daß Simmons das Ding poliert hat, seit Mr. Woodbury an dem Abend da war.«

»Ja, Sir.« Simmons' mageres Lehrergesicht war ängstlich. »War das falsch?«

»Sie konnten ja nichts von Fingerabdrücken ahnen«, beruhigte ihn Crane. Er machte eine ruckartige Kopfbewegung zu Williams hin.

Finklestein ließ sich von Simmons in den Mantel helfen. Er sagte: »Ich schätze, wir sollten uns mal ein bißchen um Woodbury kümmern.«

Simmons sagte: »Wenn ich irgend etwas tun kann . . .«

»Behalten Sie einfach für sich, was wir Sie gefragt haben.« Crane probierte die Schranktüren aus. Sie funktionierten reibungslos und ohne Geräusch. »Wo ist Mr. Westland eigentlich festgenommen worden?« fragte er plötzlich.

Simmons wirkte überrascht. »Er war im Sportclub. Die Polizei hat hier angerufen, und ich habe ihnen gesagt, wo er ist. Da wußte ich noch nicht, daß etwas nicht stimmte.«

»Was hat er morgens im Club gemacht?«

»Er hat jeden Werktag um elf Uhr mit einem Profi Squash gespielt.«

Der Anwalt drehte seinen Hut in den Händen. »Wir haben heute nachmittag eine Menge zu tun...«

»Moment noch.« Crane probierte nach wie vor die Schrankschubladen aus. »Ich möchte die näheren Umstände klarkriegen. Simmons, ist Mr. Westland festgehalten worden, nachdem sie ihn im Club erreicht haben?«

»Ja, Sir. Sie haben ihn zum Polizeipräsidium in der State Street mitgenommen, um ihn wegen des Briefes zu verhören, den er seiner Frau geschrieben hatte – den haben sie in ihrer Handtasche gefunden, wissen Sie –, aber sogar da wollten sie ihn noch gehen lassen, bis das Büro des Coroners berichtete, daß sie mit einer Webley Automatic erschossen wurde.«

»Woher wissen Sie, daß sie ihn gehen lassen wollten?«

»Ich war im Polizeipräsidium.«

»Ach ja! Hat man Sie auch festgenommen?«

»Nein. Sehen Sie, Mr. Bolston hat mich angerufen und gesagt, die Polizei wolle Mr. Westland festnehmen und würde ihn zum Präsidium mitnehmen. Er hat mir gesagt, ich solle hingehen, damit ich helfen könne, falls Mr. Westland jemanden braucht, der wegen einer Kaution oder so anruft.«

»Warum ist er nicht selber hingegangen?«

»Er wollte ins Büro gehen, um Geld für eine Kaution zu beschaffen und um Mr. Westlands Anwalt zu verständigen. Er ist gegen ein Uhr zum Polizeipräsidium gekommen und hat mich nach Hause geschickt.«

Crane blinzelte dem ungeduldigen Williams zu. »Um welche Zeit hat Bolston Sie angerufen?« fragte er Simmons.

»Das war genau um halb zwölf, Sir. Ich habe zufällig auf die Uhr gesehen.«

»Jetzt möchte ich Sie etwas Wichtiges fragen.« William Crane trat vom Schrank weg, um den antiken Kaminbock aus Messing zu bewundern. »Wissen Sie, ob Mr. Westland einen Nachschlüssel für die Wohnung seiner Frau hat machen lassen?«

»Ganz bestimmt nicht. Die Ärmste hatte Angst davor, ihren Schmuck und die Wertpapiere im Wandsafe zu verlieren. Deswegen haben sie ja ein Spezialschloß an der Tür anbringen lassen. Mr. Westlands Schlüssel war an einem Ring befestigt.«

Finklestein kniff interessiert die Augen zusammen. »Hätte jemand den Schlüssel an sich nehmen und einen Nachschlüssel machen lassen können?«

»Nur wenn er den ganzen Ring genommen hätte, und das hätte Mr. Westland bemerkt.«

»Hatte jemand außer Ihnen einen Schlüssel zu *dieser* Wohnung?« fragte Crane.

»Niemand« – Simmons schaute leicht verlegen drein – »außer Miss Martin. Sie schaute nachmittags nach einem Einkaufsbummel gelegentlich herein. In aller Schicklichkeit, Sie verstehen.«

»Ich verstehe.« Crane bewegte sich zur Tür. »Sagen Sie Mr. Woodbury nichts von alledem, Simmons.«

Der Diener hielt ihnen die Tür auf. »Ich hoffe, Sie können ihn retten.« Er sah ihnen nach, bis der abwärts fahrende Aufzug ihn mitsamt dem Boden wie auf einem umgekehrt funktionierenden Zwischenaktvorhang entschweben ließ.

Der Wind schüttelte krampfhaft ruckend die Bäume und toste um die Ecken hoher Wohnhäuser. Auf der anderen Seite des Boulevards versuchte der See, sich über den steinernen Wellenbrecher zu werfen, und schleuderte, zurückgeschlagen, Gischtfontänen in die bewegte Luft. Ein Wirbel von Laub, Papier und Staub hüllte Doc Williams ein.

»Jetzt weiß ich, warum die das die windige Stadt nennen«, sagte er. »Wo gehen wir hin?«

»Die nennen das die windige Stadt, weil die früheren Bewohner hohle Schwätzer waren«, antwortete Crane. »Und Mr. Finklestein weiß, wo wir hingehen.«

Der Anwalt ging mit kurzen, raschen Schritten. »Ich glaube, wir sollten bei Miss June Dea vorbeischauen. Sie war Mrs. Westlands Hausmädchen und arbeitet hier in dieser Straße.« Er beäugte Crane durch seine Goldrandbrille. »Sieht so aus, als wären wir bei Woodbury auf was gestoßen.«

»Es kann nichts schaden, ihn zu überprüfen«, pflichtete Crane bei. »Aber vergessen Sie nicht, daß Simmons nach dem Testament zehn Riesen kriegt.«

Auf ihr Läuten machte die Metro-Goldwyn-Mayer-Version eines englischen Butlers die Tür auf. »Miss Dea?« Er beäugte sie hochnäsig. »Ich glaube, es gibt hier jemand dieses Namens.« Er stand mitten in der Tür.

»Na, dann schaffen Sie sie ran«, sagte Williams.

»Miss Dea gehört zum Personal. Wenn Sie sich mit ihr in Verbindung setzen möchten, dann schlage ich vor, Sie tun das bei ihr zu Hause.«

Finklestein stellte den Fuß in die sich schließende Tür.

»Wir kommen vom Polizeipräsidium«, sagte er, »und wenn Sie Ihre Haltung nicht verdammt schnell ändern, buchten wir Sie wegen Behinderung einer Ermittlung ein.«

Williams fügte hinzu: »Wie wär's, wenn ich Ihnen gleich mal kräftig eine vor den Rüssel knalle?«

Leicht erschüttert verschwand der Butler in der dunklen Eingangshalle. Er ließ die Tür weit offen, und aus dem Haus kam warme Luft. Sie fühlte sich auf ihren Gesichtern und Händen angenehm an. Miss Dea war, als sie auftauchte, stinkwütend.

»Was soll das eigentlich, ihr Plattfüße?« fragte sie. »Wollt ihr, daß ich meinen Job loswerde?« Ihr Haar war schwarz wie Lakritze, und sie sah in ihrer seidenen Dienstmädchenkluft hübsch und keß, allerdings nicht mehr ganz jung aus.

Sie wurde freundlicher, als Finklestein erklärte, sie kämen von Westland. Sie sagte, Mr. Westland sei ein feiner Mann. Sie habe Mr. Westland immer gemocht.

Finklestein fragte: »Wo können wir mit Ihnen reden? Wir möchten Ihnen ein paar Fragen stellen.«

Miss Dea führte sie durch einen holzgetäfelten Flur und eine kurze Treppe hinunter in eine hellgestrichene Küche. Eine große, ältere Irin in blauem Baumwollkleid und weißer Schürze hatte ein aufmerksames Auge auf einen blubbernden Kessel auf dem Elektroherd. Der süß-saure, herbe Duft kochender Marmelade erfüllte die Küche. Die alte Frau betrachtete sie argwöhnisch.

Miss Dea erklärte: »Es sind Polizeibeamte.«

Der Gesichtsausdruck der alten Frau änderte sich nicht,

aber sie beugte sich wieder über den Kessel und rührte mit einem Löffel in der kirschfarbenen Mischung.

Crane erklärte Miss Dea, daß sie hofften, einen Hinweis auf die Identität des wirklichen Mörders zu finden. »Wir interessieren uns besonders für die Spezialschlüssel zu der Wohnung«, fügte er hinzu. »Sind Sie sicher, daß Mrs. Westland nicht mehr als einen hatte?«

Miss Dea schüttelte den hübschen Kopf. »Da bin ich ganz sicher. Sie hat mir vertraut, aber sie wollte für mich keinen Zweitschlüssel machen lassen, weil sie Angst hatte, ich würde ihn verlieren. Und ohne ihr Wissen hätte man keinen Zweitschlüssel machen lassen können, weil sie ihren Schlüssel nie aus der Hand gegeben hat.«

Finklestein fragte: »Glauben Sie, daß Mr. Westland möglicherweise einen zweiten hat machen lassen?«

»Ganz bestimmt nicht. Er hat gewußt, welche Angst seine Frau um ihren Safe hatte, und er hat ihr versprochen (ich hab's gehört), daß er seinen Schlüssel nicht aus der Hand geben würde.«

»Wieso hat sie ihn seinen Schlüssel überhaupt behalten lassen, nachdem sie sich getrennt hatten?« wollte Crane wissen.

»Er hatte einen speziell konstruierten Weinkeller mit automatischer Temperaturkontrolle in die Wohnung einbauen lassen und hat dort ein paar sehr wertvolle Weine gelagert. Sie haben sich darauf geeinigt, daß er den Keller weiterbenutzen darf, denn es hätte ihn fürchterlich viel Geld gekostet, in seine Wohnung einen neuen einbauen zu lassen. Er ist ab und zu gekommen und hat sich ein, zwei Flaschen geholt.«

Finklestein fragte: »Gehört ihm denn die Wohnung, daß er da so einfach einen Weinkeller einbauen läßt?«

»Ja; ein Teil der Wohnungen in dem Haus sind Eigentumswohnungen.«

Crane fragte: »Hätte der Mörder außer durch die Tür noch auf irgendeine andere Art aus der Wohnung kommen können?«

Miss Dea schüttelte langsam den schwarzen Kopf.

Die alte irische Köchin hatte das süß-saure Gebräu sich selbst überlassen und putzte an der Chromstahlspüle Sellerie. Ihr Messer machte über dem Rauschen laufenden Wassers ein schrappendes Geräusch. Sie schnitt den Sellerie zu appetitlichen Quasten mit dreieckigen Herzstücken am stumpfen Ende.

»Sind Sie morgens immer um die gleiche Zeit in Mrs. Westlands Wohnung gekommen, Miss Dea?« fragte Crane.

»Ja, um halb zehn. Mrs. Westland ist immer spät aufgestanden und wollte nicht, daß ich früher komme.«

»Können Sie sich erinnern, wie genau Sie und die anderen ins Zimmer gegangen sind, nachdem Sie die Tür aufgebrochen hatten?« Crane warf einen sehnsüchtigen Blick auf den Sellerie. »Ich meine, in welcher Reihenfolge?«

»Na ja, der Hausdetektiv hat die Tür aufgebrochen. Er war als erster drin. Wir anderen sind ihm nach. Ich glaube, Mr. Bolston und ich sind als letzte reingegangen. Ich weiß noch, daß Sullivan, das ist der Hausdetektiv, so was wie ein Schnauben von sich gegeben hat, als er vom Flur ins Wohnzimmer ging. Wir sind alle hinter ihm hergerannt, und da lag sie auf dem Wohnzimmerteppich. Sie hat ausgesehen, als würde sie schlafen, bis auf ihr hübsches braunes Haar.«

»Ihr Haar?«

»Es war ganz blutverschmiert.«

Mit einemmal war kein Schneidegeräusch mehr zu hören.

Crane fragte: »Wohin geht der Flur in die andere Richtung?«

»Er führt nach hinten zu den Schlafzimmern.«

»Hätte der Mörder dann nicht im Schlafzimmer warten können, bis Sie alle im Wohnzimmer waren, und dann einfach zum Fahrstuhl hinausschlendern?«

Miss Dea zog ihr kesses Näschen kraus. »Unmöglich. Tony, der Fahrstuhlführer, hat draußen im Treppenhaus gewartet. Er ist in der Fahrstuhlkabine geblieben, während die Tür aufgebrochen wurde. Hinterher hat er dann den Hausverwalter nach unten gefahren, um die Polizei anzurufen.«

Die Finger an der Goldrandbrille, sagte Finklestein: »Tja, das ist schon verdammt komisch. Sind Sie sicher, daß der Schlüssel zu dem Spezialschloß da war?«

Crane versuchte, einen von den Selleriestengeln zu stibitzen. »Finger weg«, sagte die alte Dame. Sie nahm das Bündel Sellerie in beide Hände und trug es zum Kühlschrank.

»Der Schlüssel war da.« Miss Dea lächelte William Crane an. »Ich hab ihn gesehen. Er lag zusammen mit ihren anderen Schlüsseln und ein paar Münzen neben ihrer Handtasche auf dem Tisch. Mrs. Westland lag direkt unter dem Tisch.«

Die Köchin, die gebückt vor dem offenen Kühlschrank stand, raschelte mit Papier.

»Was war mit Mrs. Westlands Schmuck?« fragte Finklestein Miss Dea. »War etwas davon gestohlen?«

»Es war alles da. Sogar die Stücke, die sie getragen hat.«

Williams fragte: »Wo ist sie getroffen worden?«

»In die Schläfe. Mir kam es so vor, als hätte sie's nicht kommen sehen, als wär's völlig unerwartet passiert.«

»Das wär wohl alles«, sagte Finklestein.

Miss Dea machte die Küchentür auf. »Sie gehen besser hintenrum raus; der Butler hat Hummeln im Hintern.« Sie lächelte Doc Williams an. »Ich hoffe, Sie erwischen jemand, ehe der arme Mr. Westland dran glauben muß.«

Als Crane an der Speisekammer vorbeikam, hielt ihm die irische Köchin ein in Zeitungspapier eingewickeltes Päckchen hin. »Da ha'm Sie was, das wird Ihnen helfen«, flüsterte sie geheimnisvoll, das rechte Auge zu einem monströsen Zwinkern zugekniffen. »Mein Ed ist selber Polizist, in Detroit.«

Crane nahm das Päckchen eifrig entgegen. Draußen war es völlig dunkel, und jede Straßenlaterne stand in einem kreisförmigen Lichttümpel. In einem davon blieben die drei stehen, während Crane das Päckchen auswickelte. Es enthielt ein halbes Brathähnchen. Crane nahm sich den Schenkel und reichte den Rest Finklestein. Der Anwalt riß einen Flügel ab und ließ Williams die Brust. Sie mampften versonnen und ungeniert, während sie den Boulevard entlanggingen.

»Kein schlechtes Leben«, meinte Crane, »so als Polizist.«

8

Dienstag spätnachmittag

Sie befragten Gregory Wayne, den Hausverwalter des Gebäudes, in dem Westland und seine Frau ihre Eigentumswohnung hatten, eine ganze Weile in seinem altertümlichen Büro mit Buntglasfenstern, aber es kam nichts dabei heraus. Mr. Wayne war vierzig, hatte einen Bauch und war um die Backen aufgedunsen. Er war überzeugt, daß Westland seine Frau umgebracht hatte.

»Er muß sie erschossen und die Tür abgeschlossen haben«, sagte er. »Ein gewöhnlicher Schlosser hätte die Schlüssel für dieses Schloß gar nicht nachmachen können.«

Wie ein gelangweilter und höflich herablassender Kurat wahrte er ohne Begeisterung die Etikette des Fragenbeantwortens. Er war sich ganz sicher, daß die Wohnung bis auf die eine Tür von innen verschlossen gewesen war. Er habe die Fensterriegel selbst gesehen. Er war sich ebenso sicher, daß niemand in einem der Schlafzimmer versteckt gewesen sein konnte.

»Zu dumm, daß Mike Sullivan, der Hausdetektiv, nach Cleveland gezogen ist«, sagte er, »sonst würde er das bestätigen. Tony wird Ihnen außerdem sagen, daß niemand herausgekommen sein kann. Er konnte von seinem Fahrstuhl aus die Tür sehen.«

Auf Finklesteins fragenden Blick hin zuckte Crane die Achseln. Wayne erzählte genau das gleiche wie Miss Dea.

»Was war mit ihrem Schlüssel?« fragte Finklestein. »Sind Sie sicher, daß Sie ihn gesehen haben?«

»Gewiß bin ich sicher.« Der Ton des Hausverwalters war scharf. »Ich habe ihn zusammen mit den anderen Schlüsseln und dem Kleingeld auf dem Tisch liegen sehen. Der Mann vom Büro des Coroners hat ihn an sich genommen, nachdem Miss Dea darauf hingewiesen hatte, daß er für das Spezialschloß war. Die Polizei, insbesondere Deputy Strom, erkannte sofort die Bedeutung der Tatsache, daß die Wohnung verschlossen war.« Wayne legte die glatten Hände auf die mit rotem Leder bezogenen Armlehnen seines Stuhls und erhob sich. »Und nun, meine Herren ...«

Crane sagte: »Ich möchte mir die Wohnung mal ansehen.«

Der Hausverwalter blähte die Backen. »Es tut mir leid, aber da wohnt jetzt eine Miss Hogan. Sie hätte ...«

»Wie ich höre, gehört die Wohnung Mr. Westland«, sagte Finklestein.

»So ist es, aber ich habe sie vermietet.«

»So!« Finklestein hielt dem verblüfften Dicken den Finger unter die Nase. »Vermietet haben Sie sie, was? Und jetzt müssen wir uns eine gerichtliche Verfügung besorgen, um reinzukommen?« Der Anwalt plusterte sich auf wie eine Kropftaube. »Eins sag ich Ihnen, wenn wir das tun, besorgen wir uns gleich noch einen Haftbefehl für Sie.«

»Ich dachte doch bloß« – die Finger des Hausverwalters

zupften an einem Knopf seines blaßlila Anzuges – »ich dachte, wo sie doch nicht benutzt wird, wäre es ratsam, jemanden darin wohnen zu haben … Ich meine, um sie in Ordnung zu halten …« Es gelang ihm, ein schwaches Lächeln auf seinem feisten Gesicht zustande zu bringen.

»Das kann Sie Ihre Stellung kosten.« Finklestein gab sich sehr ernst. »Sie rufen die Dame an und sagen ihr, daß wir raufkommen. Falls in der Wohnung irgend etwas beschädigt ist oder fehlt, werden Sie es ersetzen.« Er drehte dem Hausverwalter den Rücken zu und blinzelte Crane und Williams an. »Wir entscheiden später, wie wir mit Ihnen verfahren, Mr. Wayne.«

Wayne hantierte fahrig mit einem elfenbeinfarbenen Telefon auf dem Schreibtisch. »Verbinden Sie mich mit Miss Hogan.« Er hielt die feuchte Hand über die Sprechmuschel. »Ich konnte doch nicht ahnen, daß jemand etwas dage …« Er zog die Hand weg. »Hallo, Liebes.« Seine Stimme schmolz. »Ein paar von Mr. Westlands Anwälten wollen einen Blick in seine Wohnung werfen. Sie kommen gleich rauf.« Der Hörer gab ein Blubbern von sich. »Ich kann's nicht ändern«, sagte Wayne mit lauterer Stimme; »sie haben es eilig. Zieh dir einfach was über.« Der Hörer blubberte erneut. »Das ist mir völlig egal«, sagte Wayne. »Wir kommen gleich rauf.« Er knallte den Hörer auf die Gabel.

Finklestein sagte: »Sie kommen nicht mit rauf. Wir haben genug von Ihnen. Bleiben Sie lieber hier sitzen und beten Sie, daß nichts fehlt.«

Sie traten aus dem Fahrstuhl, klopften bei 2303, und die Tür wurde von einer abweisenden Rötlichblonden mit scharlachroten Lippen und blauen Lidschatten aufgerissen. Ihre Stimme war metallisch. »Sie haben sich ja 'ne komische Besuchszeit ausgesucht.« Sie trat zur Seite; dabei enthüllte ihr leuchtend rot, blau und grün gemusterter Morgenmantel flüchtig ein schlankes, nacktes Bein von milchkaffeebrauner Farbe. »Was wollen Sie?« Ihre Kiefer mahlten auf einem Stück Kaugummi.

Finklestein ließ seinen ganzen Charme spielen. »Gnädige Frau, es tut uns wirklich leid, Sie stören zu müssen.« Er hielt seinen Hut so, daß das Treppenhauslicht sich in dem Diamantring brach. »Wir führen eine abschließende Untersuchung des tragischen Ereignisses im letzten Frühjahr durch. Es ist von entscheidender Bedeutung, daß wir uns die Wohnung ansehen.«

Der Ring entging dem Blick der Frau nicht. »Dann muß ich Sie wohl rumschnüffeln lassen.« Sie schlappte in Richtung Wohnzimmer.

Von einem blauroten Teppich erhoben sich graue Terrakottawände – Wände, die an zwei Stellen mit Münzbehängen aus Indien und dem farbenprächtigen Porträt eines spanischen Jungen geschmückt waren, der sich riesige, purpurne Weintrauben in den roten Mund steckte. Am einen Ende stand ein Steinway von Zimmergröße; in der Mitte, gegenüber dem Marmorkamin, war ein gediegenes, schwarzseidenes Sofa. Schlichte Stühle und zwei antike Tische ergänzten das Mobiliar. Auf zwei Seiten waren Fenster. Miss Hogan drückte einen Schalter, und der Raum wurde in indirektes Licht getaucht.

Sie sagte: »Ihre Leiche ist bei dem Tisch da gefunden worden.«

Während die anderen warteten, untersuchte Crane in bester Sherlock-Holmes-Manier mit einer kleinen Lupe den Teppich. Er musterte den leicht verfärbten Fleck, wo das Blut gewesen war, sah sich den Tisch daneben genau an. Er tastete die Seiten des Sofas ab, hob die Polster an, klopfte die Rückenlehne ab, kroch ein Stück weit darunter.

Die grellen Lippen der Frau verzogen sich spöttisch. »Der Mörder muß vom Warten da unten müde geworden sein.« Sie lehnte die geschwungene Hüfte gegen den anderen, größeren Tisch.

Zu dem kleinen Tisch zurückgekehrt, fragte Crane: »Haben Sie eine Nadel? Und Bindfaden?«

Miss Hogan runzelte die Stirn, sagte: »Ich denke schon.« Sie schlenderte in Richtung Flur.

Williams sah ihr mit glitzernden Augen nach. »Der Hintern sieht nach Revue aus, oder nach erstklassigem Varieté«, sagte er.

Crane setzte sich auf den Boden. »Machst du mal die Tür zum Eßzimmer auf, Doc?« Er deutete auf die kleine Glasschiebetür am Ende des Wohnzimmers, neben dem Flureingang.

Williams schob die Türflügel auseinander und schaute den Flur entlang zu Miss Hogans Schlafzimmer. Das Eßzimmer hatte einen rotgefliesten Boden und einen großen, unpolierten Tisch mit schmiedeeisernen Beinen; an der Wand hing ein farbenfrohes Bild von einer lachsrosa Brücke über einem zu blauen Fluß. Die Schwingtür zur Küche befand sich links, in Richtung Treppenhaus.

Miss Hogan kam zurück und ließ Crane eine Stecknadel

und ein Knäuel braune Schnur in den Schoß fallen. Sie roch stark nach Flieder. Wieder erhaschte er einen Blick auf ihr Bein, fragte sich, ob sie unter dem seidenen Morgenmantel etwas anhatte.

»Es gibt nur eine Tür zu dieser Wohnung, oder?« fragte Crane sie.

»Durch die sind Sie reingekommen.«

»Aber in der Küche gibt's doch eine Durchreiche für Päckchen?«

»Klar, aber da käme nichts rein, was größer als ein Affe ist.«

»Dann sind Sie nachts ja ziemlich sicher, was?«

Die grün-braunen Augen hinter dem Mascara waren arrogant. »Ich brauch keine Türen, um nachts sicher zu sein.«

Mr. Williams sagte: »Das muß ja 'ne schlappe Stadt sein.«

»Die Dame ist reizend«, sagte Finklestein tadelnd, »aber wir haben zu tun.«

Williams starrte Miss Hogan dreist an. »Ich könnte jederzeit aufhören.«

Crane winkte ihm mit der Schnur zu. »Mach die Tür zwischen dem Eßzimmer und der Küche und der Paketdurchreiche auf.« Er sah Miss Hogan an. »Die Gnädigste interessiert sich nicht für uns.«

»Och, ich weiß nicht«, sagte sie.

Crane ging in den Flur und sah sich die Wohnungstür an. Sie saß paßgenau im Rahmen, und weder unten noch oben war Platz, um irgendeine Art von Schlüssel durchzuschieben. Das Spezialschloß war blockiert worden, aber er konnte sehen, daß es die Sorte war, die man nur durch Drehen des Schlüssels verriegeln konnte. Er kam zurück und ging in die Küche, wo Williams die Schwingtüren verkeilte, so daß sie offen blieben. Er sagte zu ihm: »Geh mal einen Moment raus ins Treppenhaus, Doc.«

Die Durchreiche befand sich in Kopfhöhe und war etwa dreißig mal dreißig Zentimeter groß. Da kam niemand durch. Als Williams auf der anderen Seite, im Treppenhaus, war, reichte Crane ihm das Ende des Bindfadens. »Halt mal.« Er wickelte das Knäuel ab, ging durchs Eßzimmer und blieb vor dem kleinen Tisch stehen. Er nahm ein Buch, *Candide*, und trieb die Nadel fest in eine Ritze in der Tischplatte. Er schnitt den Bindfaden vom Knäuel ab und schlang das Ende lose um die Nadel. Dann nahm er die Schnur auf und zog sie an, so daß sie gespannt, aber nicht stramm genug war, um den lockeren Knoten um die Nadel zu lösen. Er folgte der Schnur zurück zu Williams, wobei er sie ziemlich straff hielt. Das Mädchen und Finklestein gingen ihm verwundert nach. Er nahm einen flachen Schlüssel, fädelte ihn auf die Schnur und ließ ihn, die Hand an der Durchreiche, bis zu der Stelle gleiten, wo die Schnur in Richtung Wohnzimmer zur Eßzimmerwand hin abknickte. Der Schlüssel rutschte nicht über diesen Knick, und er schlenkerte mit der Schnur. Die Schnur rutschte von der Nadel, und der Schlüssel klirrte auf den Fliesenboden.

»Mist!« sagte Crane. »Das funktioniert nicht.«

Williams kam durch den Flur zurück. »Komm schon, Supergehirn; sag uns, was das soll.«

Crane wickelte die Schnur auf das Knäuel. »Ich hab

gedacht, man könnte vielleicht den Schlüssel von der Durchreiche in der Küche bis zum Tisch rutschen lassen und dann die Schnur von der Nadel und durch den Schlüssel fummeln, so daß der Schlüssel auf dem Tisch liegenbleibt.« Er zog die Nadel aus dem Tisch und gab sie zusammen mit dem Bindfadenknäuel Miss Hogan. Er konnte sehen, daß sie zumindest einen blaßgelben Büstenhalter anhatte. »So 'n Trick gibt's in jedem besseren Krimi. Man kann sich förmlich vorstellen, wie der Mörder nach dem Mord stundenlang geduldig da draußen rumbosselt, um den Schlüssel wieder auf den Tisch zu kriegen und die Schnur von der Nadel zu fieseln. Vielleicht fragt ihn jemand, was er da macht, und er sagt: ›Ich hab da drin grad 'ne Lady umgelegt und will es so hinbiegen, als hätte jemand anders mit 'nem Schlüssel die Tür von außen abgeschlossen.‹«

Finklestein sagte: »Vielleicht hatte er einen dressierten Affen, der den Schlüssel für ihn zurückbefördert hat. Ein Affe käme durch die Durchreiche.«

Mr. Williams nickte. »Oder 'n Seehund, den er durch den Abfluß in der Badewanne raufgeschickt hat.«

Miss Hogan stemmte die Hand in die rechte Hüfte. »Sagen Sie mal, aus welcher Klapsmühle sind Sie eigentlich ausgebrochen?«

»Verpetzen Sie uns nicht«, sagte Crane. »Wir sind seit Jahren das erste Mal wieder draußen.« Er setzte sich auf das schwarzseidene Sofa. »Miss Hogan, angenommen, Sie wollten die Polizei glauben machen, die Wohnung hier wäre mit Mr. Westlands Schlüssel von außen abgeschlossen worden. Sie müssen entweder den Schlüssel auf dem

Tisch lassen und anders als durch die Tür rauskommen, oder Sie müssen durch die Tür rausgehen und dann den Schlüssel irgendwie wieder auf den Tisch befördern, ohne die Tür nochmal aufzuschließen. Wie würden Sie das machen?«

»Das ginge nicht.« Miss Hogan schüttelte entschieden den rotblonden Kopf. »Ich wette mit Ihnen, daß die Tür mit Mr. Westlands Schlüssel abgeschlossen worden ist. Ich hab in der Zeitung davon gelesen und die ganze Zeit gedacht, daß er's war. Diesen reichen Playboys ist nicht zu trauen.«

»Woher wissen Sie das?«

»Ich hab zu meiner Zeit so einige Freunde gehabt.«

»Glaub's gern.« Crane dachte, daß das die Freunde bestimmt eine ganze Stange gekostet hatte. »Aber wir arbeiten für Mr. Westland, Miss Hogan, und wir müssen davon ausgehen, daß er nicht schuldig ist.«

»Lang werden Sie nicht mehr für ihn arbeiten.« Miss Hogan zog sich den Morgenmantel eng um den schlanken Hintern. »Es sei denn, Sie finden schleunigst was raus.«

»Es sieht nicht so aus, als kämen wir hier irgendwie weiter«, meinte Finklestein.

Crane sagte: »Williams, sieh mal nach, ob's nicht 'ne Möglichkeit gibt, durch die Schlafzimmer rauszukommen. Ich hab so das Gefühl, die Geschichte ist irgendwie zu knacken.«

»Der Kerl kann nicht durchs Fenster ausgestiegen sein, weil die alle von innen verriegelt waren«, sagte Finklestein. »Und es gibt nur eine Tür.«

Miss Hogan ging hinter Williams aus dem Zimmer und zeigte dabei wieder ihre schlanken, gebräunten Beine.

Cranes Blick folgte ihr. »Wenn ich noch zu was kommen will, verschwinde ich besser von hier. Ich frag mich, wie der Verwalter sich die geangelt hat.«

»Die Wirtschaftskrise.« Finklestein blickte aus einem der Fenster auf den erleuchteten Boulevard. »Die hängt ihn ab, sobald richtiger Zaster auftaucht.«

»Ich steh auf solche Käfer«, sagte Crane. »Da weißt du immer genau, woran du bist. Du weißt, du mußt beim Schlafen ein Auge offenhalten, damit du nicht die Kehle durchgeschnitten kriegst. Und wenn sie dich leimt, bist du nicht so überrascht, wie du's bei 'nem netten Mädchen wärst.«

»Sie meinen doch nicht, ein Mädchen – vielleicht diese Miss Brentino – hat Westland reingelegt?«

»Sie ist ziemlich eng mit Woodbury, das hat sie mir selber gesagt; und er hätte Westlands Kanone klauen können, wenn Simmons die Wahrheit sagt.«

»Was wäre das Motiv? Warum nicht einfach Westland umlegen, wenn man ihn aus dem Weg haben will?«

»Ich weiß nicht«, sagte Crane müde. »Wenn Colonel Black bloß hier wäre anstatt in Europa. Ich bin schon 'n klasse Detektiv: vom Denken krieg ich Kopfweh.« Er stemmte sich vom Sofa hoch. »Ob der alte Bürohengst, dieser Sprague, wohl Stuß geredet hat, als er gesagt hat, er würde uns das Motiv nennen?«

»Auf mich wirkt er leicht gaga. Ich glaube, er hat bloß so dahergeredet.«

Mr. Williams kam mit Miss Hogan zurück. »Überhaupt

keine Chance, durch die Schlafzimmer rauszukommen«, berichtete er.

»Wir verziehen uns wohl besser«, sagte Crane. Er kniff die abweisend dreinblickende Miss Hogan in die Wange. »Ich schaue mal wieder rein, Schätzchen.«

Sie sagte: »Hoffentlich nicht in diesem Jahrhundert.« Sie sah Finklestein freundlich an, als er in die Halle hinausging. »Wenn ich Ihnen je behilflich sein kann, Mister...«

»Finklestein«, sagte der Anwalt.

Als die Tür sich geschlossen hatte, meinte Crane: »Jungejunge, Sie müssen ja 'n richtiger Sonnenschein sein, daß der Feger so schnell auf sie fliegt.«

Der Anwalt schnippte sich eine Fussel von seinem Kamelhaarmantel. »Ich komme rum«, gab er zu.

Robert Westland hatte wieder einen Obstkorb von Emily Lou bekommen, und nach dem Essen, das aus Rindfleischaufschnitt auf altbackenem Brot und Kaffee bestand, reichte er ihn Varecha. Der Pole hatte den ganzen Tag nur wenig geweint. Er suchte sich eine grüne Birne aus.

»Danke«, sagte er. Sein Lächeln entblößte schwarze Zähne. »Ich hab selber ma' Obst verkauft.« Sein Hals war eine einzige, purpurn verfärbte Abschürfung.

Connors nahm sich eine Handvoll Trauben und sagte: »Ihr werdet noch richtig dicke Kumpel, du und der kleine Itzig, wie?«

»Der Kerl tut mir leid«, sagte Westland. »Der gehört in eine Klinik anstatt hierher.«

Er stellte den Korb auf den Boden, schauderte in der

kühlen Zugluft vom Korridor. Wieder fragte er sich, wie der Gangster die Kälte mit nacktem Oberkörper aushielt.

»Hör mal«, sagte Connors. »Ich hab über diesen Grant nachgedacht. Die haben den nicht zufällig gerade jetzt umgelegt. Die haben ihn erledigt, weil sie Angst hatten, daß er was ausspuckt, was er nicht ausspucken sollte.«

»Ich glaube, du hast recht, aber was sollen wir machen? Wir haben keine Zeit, die Kerle zu jagen, die ihn umgebracht haben. Nur noch drei Tage... Wir müssen was finden, was mir hilft.«

Connors sprach aus dem Mundwinkel, ohne die Lippen zu bewegen. »Wenn du die Typen kriegst, die die Killer angeheuert haben, hast du auch den Kerl, der's deiner Frau besorgt hat.«

»Das würde nichts nützen. Vielleicht könnten wir ihn letztlich mit dem Mord an meiner Frau in Verbindung bringen, aber bis dahin wäre ich längst...«

»Schon kapiert. Du mußt was in die Hand kriegen, was beweist, daß du unschuldig bist.«

»Eben. Wenn ich einen Aufschub bekomme, habe ich mehr Zeit, die wirklichen Mörder zu fassen.«

Connors nahm sich einen Apfel, schlug die Zähne hinein. »Es könnte trotzdem nichts schaden, sich mal um die Schießerei zu kümmern. Das war Profiarbeit, das kann ich dir sagen. Ich hab 'n paar Freunde, die hören sich gern mal um, welcher Verein das war.«

Ein zweiter Biß riß den halben Apfel weg. »Du wirst sehen, es ist jemand, der dran interessiert ist, dich aus dem Weg zu räumen.«

»Mein Gott, ich habe doch nie im Leben irgendwas mit

einem Gangster zu tun gehabt. Warum sollen die sich für mich interessieren?«

Der Luftzug wehte Westland unablässig an den Hals. Vom fernen Güterbahnhof Burlington kam das Schnauben einer Lokomotive, die einen schweren Zug bewegte.

»Sieh zu, daß ich einen Brief an meine Kumpel rausbefördern kann«, sagte Connors; »mal sehen, was wir rauskriegen können.«

Finklestein hatte sich mit der Begründung, er habe etwas Wichtiges zu erledigen, in der Innenstadt von ihnen getrennt. Im Hotel Sherman gingen sie auf ihre Zimmer, machten sich frisch und verbrachten ungefähr eine Stunde damit, kanadischen Whisky mit White Rock zu trinken.

»Das ist der verzwickteste Job, den ich je hatte«, sagte Crane, als sie ihre Zimmer verließen, um essen zu gehen. »Ich hab noch nie im Leben so Lust gehabt, mich zu besaufen, aber ich trau mich nicht.« Er schloß die Tür ab. »Bei 'nem normalen Fall hast du massenhaft Zeit, ein Jahr, wenn's sein muß, aber hier mußt du alles bis Freitag haben. Ich werd noch verrückt.«

Williams sagte: »Wenn bloß der Colonel hier wäre.«

Beim Warten auf den Fahrstuhl stellte sich ein öliger Italiener in erbsengrünem Anzug zu ihnen. Als die Stahltüren aufschwangen, drängelte er sich grob an ihnen vorbei und stieg ein. Während der Fahrt nach unten starrte er sie finster an. Er roch nach Parfüm, und sein dunkles Gesicht war kräftig gepudert. Beim Aussteigen drängelte er sich wieder an ihnen vorbei.

»Der Kerl gefällt mir nicht«, meinte Williams im Plauderton, als sie an den Münzautomaten in der Eingangshalle vorbeigingen.

»Wir ihm auch nicht«, sagte Crane.

Sie gingen in ein Steakhaus in der Dearborn Street. Nachdem der Kellner ihre Bestellung entgegengenommen hatte, sagte Williams: »Was Finklestein wohl so Wichtiges vorhat?«

»Ich kann's mir denken.« Crane nahm einen Nickel aus der Tasche, ging zu der Telefonzelle neben der Kasse und wählte eine Nummer. »Die Wohnung von Miss Hogan«, sagte er. Kurz darauf redete er weiter. »Hier ist die Staatsanwaltschaft, wir müssen Mr. Finklestein sprechen.« Wieder trat eine Pause ein. »Mr. Finklestein? – Mr. Finklestein, haben Sie doch bitte soviel Anstand, die Jalousien im Wohnzimmer herunterzulassen.«

Er kehrte so vergnügt zum Tisch zurück, als hätte er den Fall Westland gelöst.

9

Dienstag abend

Nach dem Essen beschlossen sie, mit Deputy Strom vom Polizeipräsidium zu reden. Draußen war es nicht mehr so windig, und ein leiser, ganz trockener Schneefall hatte eingesetzt, als zerschnitte jemand mit einer Nagelschere eine Federboa. Schon glitten die Straßenbahnen still über verschneite Gleise, Autos bewegten sich vorsichtig auf dem weißen Pflaster, und so ruhig und sauber wirkte die State Street nachgerade idyllisch. Während sie südwärts gingen, starrten sie bewundernd in die Schaufenster der großen Warenhäuser.

William Crane dachte über Westland nach. »Wir kommen einfach nicht richtig vorwärts«, meinte er düster.

»Ich weiß nicht«, sagte Mr. Williams. »Ich finde es noch immer eine gute Idee, Woodbury im Auge zu behalten.«

Sie gingen unter der Überführung hindurch in das Amüsierviertel südlich der Van Buren Street. Sie durchquerten einen kleinen Vergnügungspark mit einer Schießbude, einem Tingeltangel mit »Fünfzig Zuckerpuppen aus New York«, einer weiteren Show, die einem roten Schild zufolge »mit sieben lebenden Modellen schonungslos die Laster der Großstadt anprangerte«, einem Tätowierladen und einer Pfandleihe.

»Hör mal«, sagte Mr. Williams, »falls du dich je tätowieren läßt, dann laß den Kerl bloß nicht den Namen von deiner Freundin druntersetzen.«

»Ich will mich nicht tätowieren lassen.«

»Falls doch, dann laß dir sowas wie 'n gebrochenes Herz oder die Freiheitsstatue oder so 'ne Taube mit 'nem Grasbüschel im Schnabel machen, aber keine Namen. Du weißt nie, wann du die Freundin wechselst, und eins kann ich dir sagen, die Stickerei rauszumachen ist die reine Hölle.«

Sie näherten sich dem Polizeipräsidium, und die Straße war düster. Rechts von ihnen lagen Schrottplätze und Kohlenhöfe, umgeben von schmutzigen Bretterzäunen. Auf der anderen Straßenseite zog sich eine Reihe brauner, vierstöckiger Mietshäuser hin. Sie begegneten nur vereinzelten Leuten.

»Ich hab mal 'ne Biene namens Mary gehabt«, fuhr Williams fort, »und mir von 'nem Kerl drüben in Hoboken 'ne Meerjungfrau mit dem Namen Mary drunter auf die Brust stechen lassen. Das war auch okay, bis ich mich mit 'nem italienischen Mädchen namens Angela zusammengetan hab. Die wollte nichts von mir wissen, bis ich mir das ›Mary‹ hab wegmachen lassen. Sie hat gesagt, es wäre nichts Religiöses, aber ich kapier immer noch nicht, warum sie sich so aufgeregt hat.«

Crane sagte: »Vielleicht wollte sie nicht gleichzeitig freveln und Unzucht begehen?«

Mr. Williams blickte über die Schulter. »Mein Gott!«

Er packte Crane um die Hüfte, riß ihn um. Beide stürzten schwer auf den Bürgersteig. Man hörte ein schnelles, unregelmäßiges Rattern, als würde ein Besenstiel sehr rasch an einem Lattenzaun entlanggezogen, und ein Tourenwagen mit schwarzen Seitenvorhängen fuhr mit fünfzig Sachen an ihnen vorbei. Aus dem Beifahrerfenster lehnte ein Mann und schoß mit einer Maschinenpistole auf sie.

Der Schnee an Cranes Gesicht war eiskalt.

Williams zerrte seinen Revolver aus seinem verhedderten Mantel und erwiderte das Feuer in rasch aufeinanderfolgenden Blitzen. Hinter ihnen, im gelben Licht einer Straßenlaterne, machte ein aufgetakelter Schwarzer mit Bowler und hellbraunem Mantel Stielaugen. Der Mann mit der Maschinenpistole feuerte eine letzte Salve auf sie ab und verschwand im Innern des Wagens. Crane duckte sich wieder, und als er das Gesicht vom Schnee hob, war das Auto weg, und der Schwarze zappelte im Rinnstein wie ein gefangener Barsch in einem Ruderboot.

Crane rappelte sich wacklig vom Beton hoch, tastete nach seinem Hut. Der Schwarze machte mit Armen und Beinen Schwimmbewegungen, rutschte halb auf den Bürgersteig und glitt dann wieder vom Bordstein auf die Straße. Er zuckte krampfhaft, als Williams sich über ihn beugte.

»Ich bring dich nicht um«, sagte Williams. »Wo hat's dich erwischt?«

Die Augen des Schwarzen waren so groß wie verlorene Eier. Er deutete auf sein Bein. Aus dem unteren Teil seiner Hose sickerte Blut, tränkte dick und glänzend den Schnee. Williams steckte seinen Revolver weg und schlitzte mit einem Messer das Hosenbein auf.

Der Schwarze stöhnte, sagte: »Das's mein bester Anzug.«

»Willst du vielleicht verbluten?« Williams nahm dem protestierenden Farbigen das getüpfelte Seidentuch vom Hals und schlang es oberhalb der Wunde um das Bein. Er und Crane faßten je ein Ende, zogen es fest. Dann verknotete er es.

Neben ihnen hielt ein Lastwagen. »Was 'n los?« fragte der Fahrer. Der Lastwagen trug die Aufschrift »Bachelor's Friend – die Wäscherei für den Junggesellen«. Darunter stand: »Warum heiraten, solange es uns gibt?«

Williams sagte: »Der Bimbo hier hat was abgekriegt. Fahrerflucht.« Er zeigte eine vernickelte Marke. »Sie fahren ihn rüber ins St. Luke's Hospital.«

Das Gesicht des Fahrers war feist und jung. »Jawohl, Sir.« Er half ihnen, den Schwarzen auf den Beifahrersitz zu heben, und fuhr rasch weg.

William Crane sagte: »Wir machen besser, daß wir hier wegkommen.«

»Du sagst es! Wenn die Polizei uns hier findet, haben wir 'ne Menge zu erklären ...«

»Ich hab an die Burschen in dem Tourenwagen gedacht.«

»Diese Nieten!« Williams' Stimme war verächtlich. »Ich wollte, die kämen zurück. Als Schützen sind sie glatte Versager.«

»Gott sei Dank.«

Sie gingen sehr rasch durch den knirschenden Schnee und waren nur noch wenige Häuser vom Polizeipräsidium entfernt, als Williams Crane am Arm packte. »Der geleckte Makkaroni im Fahrstuhl!« rief er. »Der mit dem grünen Anzug!«

»Was ist mit ihm?«

»Der hat uns beschattet. Mir ist der Knabe gleich komisch vorgekommen. So hat der Schützenverein in dem Auto uns eingeholt. Er hat ihnen den Tip gegeben.«

»Aber warum sollten die auf uns schießen?«

»Ich bin kein Superschnüffler wie du; ich war noch nicht mal auf'm College«, sagte Williams; »aber ich wette, es war dieselbe Bande, die Grant abserviert hat. Wir haben ihnen Angst gemacht.«

Zahlreiche Füße hatten den Schnee vor den Glasschwingtüren des Polizeipräsidiums zu Matsch zertrampelt. Die dicken Scheiben waren beschlagen.

»Die hätten keinen Schiß, wenn sie wüßten, wie wenig wir wissen«, sagte William Crane trübsinnig.

Im Polizeigebäude roch es nach Schweiß.

Den dicken linken Arm um Williams Schultern, drückte Lieutenant Ernest Strom, Deputy Chief of Detectives, William Crane kräftig die Hand.

»Jeder Freund von Doc Williams ist auch mein Freund.« Er war ein Bierfaß von einem Mann mit blauen Augen und rosigen Backen und hatte eine Stimme wie ein Bahnhofsansager. »Freut mich, Sie kennenzulernen, Mr. Crane.«

Er führte sie in ein kleines einfenstriges Büro, bot ihnen Stühle und Zigarren an. Der braune Drehstuhl hinter seinem Schreibtisch knarrte, als er sich setzte. Er zündete sich eine Zigarre an und legte die Füße auf den Schreibtisch. Sein grauer Anzug konnte eine Reinigung vertragen.

»Es ist lang her, daß ich dich gesehen habe, Doc.« Er sprach um die Zigarre herum. »Verdammt lang her.«

Williams sagte: »Ich bin seit fünf Jahren in New York. Privatschnüffler.«

»Machst du Kohle dabei?«

»Nicht schlecht.«

»Gut.« Deputy Strom fixierte Crane. »Ich hab vor Jahren mit Doc zusammengearbeitet. Wir haben 'ne Menge Fälle geknackt, darunter 'n paar verdammt große.« Blauer Rauch strömte aus seinem Mund. »Doc, erinnerst du dich noch an Birkhoffs Diplomfabrik?«

»Und ob! Ich hab immer noch 'ne Narbe, wo der Alte mir 'n Brieföffner reingerammt hat.«

Das Gelächter des Deputys brachte die Fensterscheibe zum Zittern. »Du hast schon immer 'n besonderes Talent dafür gehabt, dich beinah umbringen zu lassen.« Wieder sah er Crane unter geraden Brauen hervor an. »Aber ich nehm nicht an, daß du hier bist, um mit mir zu plaudern.«

Williams sagte: »Es geht um den Fall Westland.«

»Aha! Was ist damit?«

»Den hast du doch bearbeitet, oder?«

»Klar.« Der Ton des Deputys war weniger herzlich. »Das war mein Bier. Was ist passiert?«

»Nichts.« Williams wandte sich halb zu William Crane, der sagte: »Wir sind engagiert worden, um Westland zu helfen. Wir glauben nicht, daß er schuldig ist, und versuchen, ihn zu retten.«

Deputy Stroms blaue Augen verhärteten sich. Er schien den Atem anzuhalten. Schließlich sagte er: »Na, da habt ihr euch ja auf was eingelassen! Ihr habt nur noch drei Tage

Zeit, und ihr könnt ihn nur retten, wenn ihr den wirklichen Mörder ranschafft – das heißt, falls er's nicht ist.«

Crane sagte: »Wir wollen es versuchen. Wir haben ein paar ziemlich gute Indizien dafür, daß er seine Frau nicht umgebracht hat, aber nicht genügend, um ihm einen Aufschub zu verschaffen.«

»Nämlich?«

»Zuerst möchte ich Sie was fragen. Wie weit sind Sie im Fall Mannie Grant? Sie erinnern sich doch? Der Kerl, der in dem Nachtclub abge...«

»Klar erinnere ich mich.« Deputy Strom hielt die schwarze Zigarre geziert mit zwei Fingern. »Wir gehen da grade 'n paar ziemlich heißen Spuren nach.«

»Komm uns nicht mit dem alten Schmus«, sagte Doc Williams. »Wir sind keine Pressefritzen.«

»Wozu wollt ihr was über ihn wissen?«

Crane erzählte ihm von dem Brief und von ihrer Suche nach Grant.

»Hmm.« Die blonden Brauen des Deputys verdeckten fast seine Augen. »Ihr beide seid im Moment wahrscheinlich bei einigen von Grants Freunden nicht sonderlich beliebt – jedenfalls nicht, wenn die wissen, daß ihr versucht habt, ihn zu finden.«

»Aber was ist mit dem Brief?« beharrte Crane. »Glauben Sie nicht, daß Grant was gesehen hat?«

»Ach was, jedesmal wenn 'n Mord von den Zeitungen hochgespielt wird, kriegen wir körbeweise solche Briefe. Dieser Grant war 'n Spinner – genau wie alle anderen. Wahrscheinlich hat er in der Mordnacht unter Stoff gestanden und geglaubt, er hätte sie erschossen...«

Williams wandte sich an Crane. »Erzähl ihm von dem Zeitunterschied.«

William Crane erklärte, was Bolston herausgefunden hatte, und erzählte dem Deputy von der Änderung in Dr. Shuttles Aussage. »Sie sehen also«, fügte er hinzu, »das bestätigt Westlands Geschichte. Er könnte, wie er behauptet, weggegangen sein, als seine Frau noch lebte.«

»Wie er behauptet...« Deputy Strom schüttelte den massiven Kopf. »Natürlich behauptet er, daß er gegangen ist, bevor seine Frau umgebracht wurde. Wer würde das nicht?« Plötzlich musterte er Cranes Gesicht. »Was ist denn mit Ihnen passiert? Eine gelangt gekriegt?«

Crane rieb sich mit der Hand die Stelle im Gesicht, die er gegen den Bürgersteig gedrückt hatte. »Ich bin im Schnee ausgerutscht.«

»Da hat Sie's ja ganz schön hingehauen.«

»Hör mal«, sagte Doc Williams, »wir versuchen, 'n paar Informationen aus dir rauszuholen.«

»Ich glaube, ihr habt euch da in was verrannt, Jungs«, sagte der Deputy. »Ich weiß, daß es Westland war.«

»Und daß Grant erschossen worden ist? Kommt Ihnen das nicht komisch vor?«

Von der schräg gehaltenen Zigarre kräuselte Rauch nach oben. »Reiner Zufall. Jawohl, reiner Zufall. Jemand wollte ihn abservieren und hat das zufällig gerade getan, während ihr nach ihm gesucht habt.« Deputy Stroms Füße glitten scharrend vom Tisch. »Ich sag euch die Wahrheit, Jungs, wir sind in dem Fall grade an 'ner ziemlich hübschen Sache dran. Grant war 'n Juwelendieb und hat bei 'n paar ziemlich hübschen Geschichten mitgemischt. Wir haben einen Tip gekriegt, daß er bei dem großen Walbaum-Juwelenraub in Miami 'n paar von seinen Kumpels aufs Kreuz gelegt hat. Ihr erinnert euch doch? Letzten Winter?« Zeigefinger und Daumen liebkosten die Zigarre. »Ich verlaß mich natürlich drauf, daß ihr das für euch behaltet.«

»Uns interessiert nichts außer Westland«, antwortete ihm Crane. »Aber der interessiert uns. Meinen Sie, Sie könnten mal nachsehen, ob noch jemand, der mit der Sache zu tun hat, vorbestraft ist?«

»Wer denn?«

»Woodbury, Bolston und Wharton, dann die beiden Ladies, Miss Martin und Miss Brentino. Und dieser Büroangestellte – Sprague.«

Mr. Williams richtete sich im Stuhl auf. »Du glaubst doch nicht, daß die kleine Miss Martin ...«

»Es schadet nichts, alle zu überprüfen.«

Deputy Strom sagte: »Aber die machen doch keine krummen Touren. Ich hab selber mit ihnen geredet. Die würden nie ...«

»Haben Sie sie in der Kartei nachgeschlagen?«

»Nein. Warum sollte ich? Ich hatte Westland todsicher.«

»Würde es Ihnen dann was ausmachen, sie jetzt nachzuschlagen?«

Der Deputy grunzte.

Crane schrieb die Namen auf ein Blatt Papier und gab es einem aus dem Vorzimmer hereingerufenen Beamten. »Beeilung«, sagte Deputy Strom zu dem Mann. Seine blauen Augen waren hellwach, als er Crane ansah. »Wenn

Sie's auf die sechs eingeschränkt haben, dürfte es für 'n hellen Jungen wie Sie nicht so schwer sein, gegen einen davon was in die Hand zu kriegen.«

»Bis jetzt haben wir uns noch nicht besonders dahintergeklemmt. Keine Zeit gehabt. Wir wissen nur, daß Woodbury Westlands Pistole hätte klauen können. Er war in der Mordnacht in Westlands Wohnung. Das heißt, falls tatsächlich Westlands Pistole benutzt wurde.«

»Klar wurde sie benutzt. Major Lee, der Ballistikexperte, hat festgestellt, daß die Kugel aus einer Webley-Pistole desselben Typs stammte, wie er im Krieg verwendet wurde. Und der Major irrt sich nie, das können Sie mir glauben.«

»Warum ist die Pistole dann versteckt worden?«

»Weil Westland gewußt hat, daß sie ihn überführen würde. Er hat sie versteckt.«

»Ja, aber wenn Westland seine Frau nicht umgebracht hat, warum ist dann seine Pistole versteckt worden?«

Deputy Strom verzog den nicht von der Zigarre beanspruchten Mundwinkel zu einem Grinsen. »Sie erwarten doch nicht, daß ich gegen mich selbst argumentiere, oder?«

Der Beamte kam mit der Namensliste zurück. »Kein einziger in den Akten«, verkündete er.

Der Deputy nickte triumphierend. »Na bitte. Sie sind alle sauber.«

Williams sagte: »Ich steig nicht mehr durch.«

Die Tür schloß sich mit einem Klicken hinter dem Beamten.

»Haben Sie versucht, den Anruf zu überprüfen, den

Westland laut eigener Aussage von einer Frau bekommen hat, die sich für Miss Martin ausgegeben hat?« fragte Crane.

»Das war doch alles Quatsch.« Der Deputy lehnte sich im Drehstuhl zurück. »Zuerst sagte er, es war Miss Martin, und als die das dann bestreitet, sagt er, es war irgend 'ne Frau, die sich für sie ausgegeben hat. Schon komisch, daß einer am Telefon seine eigene Freundin nicht erkennt.«

»Allerdings.«

»Wir haben Miss Martin trotzdem überprüft. Sie wohnt bei ihrem Onkel und ihrer Tante in Rogers Park, und die haben nur einen Apparat im Haus. Der ist im Flur neben dem Wohnzimmer. Sie waren zu der Zeit, als Miss Martin angeblich Westland angerufen hat, im Wohnzimmer, und keiner hat das Telefon benutzt. Ich hab selber mit ihnen geredet.«

Williams sagte: »Vielleicht ist Miss Martin nach draußen gegangen.«

»Ist sie aber nicht. Sie ist an dem Abend zu Hause geblieben. Onkel und Tante sind ganz sicher, daß sie das Haus nicht verlassen hat.«

»Was soll's«, sagte William Crane. »Es hat ihn sowieso jemand anders angerufen.«

Der Deputy sagte: »Kein Mensch hat ihn angerufen. Er hat die Geschichte erfunden.«

»Sie scheinen Westland nicht zu mögen.«

»Ich mag ihn schon. Ich glaube bloß, daß er seine Frau umgenietet hat.« Der Deputy gab durch ein Wedeln mit seiner Zigarre zu verstehen, daß eine solche Lappalie seiner Anteilnahme an Westland keinen Abbruch tun würde. »Möchten Sie noch was wissen?«

»Die härteste Nuß ist die verschlossene Wohnung«, sagte Crane. »Meinen Sie nicht, daß es irgend 'ne Möglichkeit gegeben haben könnte, wie der Mörder ohne Schlüssel rausgekommen ist?«

»Die Wohnung war überall von innen verschlossen. Wir haben sie verdammt genau untersucht, und jedes Fenster war verriegelt«, antwortete Deputy Strom. »Die einzige Möglichkeit rauszukommen war, durch die Tür zu gehen und dann von außen abzuschließen. Und genauso war's auch.«

»Dann muß jemand einen Nachschlüssel gehabt haben.«

»Es gibt keinen Nachschlüssel. Es gibt nur zwei. Das wissen wir, weil die Zeitungen Fotos von den beiden Schlüsseln gebracht und die Frage gestellt haben: ›Gibt es einen dritten Schlüssel?‹ Die Verteidiger haben sie den Schlüssel fotografieren lassen, weil sie wußten, daß Westlands einzige Chance darin bestand, jemand aufzutreiben, der von einem Nachschlüssel wußte. Wenn ein Schlosser einen Nachschlüssel gemacht hätte, hätte er sich ganz bestimmt gemeldet.«

Williams stützte den Ellbogen auf den Schreibtisch. »Das ist so ungefähr das einzig Gescheite, was die Anwälte gemacht haben.«

Deputy Strom zuckte mit den breiten Schultern. »Was konnten sie machen? Der Kerl hat mehr getan, um sich zu überführen, als der Staatsanwalt. Er hat sogar zugegeben, daß es keinen Nachschlüssel geben kann.«

Crane fragte: »Wie ist der Mörder dann rausgekommen?«

»Ganz einfach. Westland hat seine Frau ermordet und sich dann mit seinem eigenen Schlüssel rausgelassen.«

»Wir landen immer wieder bei Westland.«

Der Deputy ließ den Rauch über seine Unterlippe quellen. »Eben.«

Ein junger Beamter öffnete die Tür, steckte den Kopf ins Zimmer. »St. Luke's hat 'ne komische Schußverletzung«, verkündete er. »'n Schwarzer ist mit 'ner Kugel im Bein eingeliefert worden. Er sagt, er hätte das Ding bei 'ner Schießerei mit Maschinenpistolen zwischen Bullen und 'ner Wagenladung Ganoven 'n paar Straßen weiter verpaßt gekriegt. Möchten Sie rübergehen und mit ihm reden?«

»Klar.« Der Deputy stemmte sich vom Drehstuhl hoch. »Könnte interessant werden.« Er kämpfte sich in seinen Mantel. »Wollt ihr mitkommen und mit ihm reden?«

Crane sagte hastig: »Nein danke. Wir müssen los.«

Es war erst zehn, als sie in ihr Hotelzimmer zurückkehrten, und sie beschlossen, ein paar Drinks zu nehmen. Diesmal mischten sie den kanadischen Whisky mit Wasser. Crane nahm einen kräftigen Schluck und fragte: »Hab ich mich schon dafür bedankt, daß du mir das Leben gerettet hast?«

Williams redete über sein Glas hinweg. »Ich muß völlig daneben gewesen sein, als ich dich umgestoßen hab.«

»Tja, trotzdem danke. Ich würd mir ungern so 'ne Kugel einfangen.«

»Geht mir genauso.«

Crane wechselte von seinem Stuhl zum Bett. Er stopfte sich ein Kissen unter den Kopf und besah sich mißmutig das Zimmer. »Das hier ist nicht so schick wie Westlands Wohnung.«

»Nein; hier gibt's keine Puppen mit rotblonden Haaren.«

»Wie er wohl klarkommt?«

»Wer? Finklestein?« Williams goß sich noch einen Drink ein. »Ich wette, die hat den Klunker mittlerweile.«

Crane lag mit geschlossenen Augen auf dem Kissen. Wo sein Gesicht aufs Pflaster geschlagen war, tat es ein bißchen weh, aber nicht genug, um zu verhindern, daß er sich angenehm schläfrig fühlte. »Der Bulle war nicht allzu überzeugt von der Unschuld unseres Klienten, was?«

»Manchmal hab ich selber Zweifel.«

Eine Straße weiter blinkte die rote Leuchtreklame des Palace Theaters und warf in Abständen Lichtstrahlen ins Zimmer. Es fiel immer noch Schnee, und mittlerweile war es völlig windstill.

Crane sagte: »Ich glaub nicht, daß er gelogen hat, was die Zeit angeht. Er hat Finklestein oder mich nicht überzeugen müssen, daß er unschuldig ist. Wir hätten uns auf jeden Fall genauso ins Zeug gelegt.« Er griff nach dem Glas Whisky, führte es an die Lippen. »Daß Bolston den Irrtum in Shuttles Aussage entdeckt hat, beweist meiner Meinung nach, daß Westland nicht mehr da war, als der Mord begangen wurde.«

»Für dich vielleicht, aber nicht für den Gouverneur.«

»Nein, für den Gouverneur nicht.«

»Tja, und was machen wir jetzt?«

»Ich hab nicht die leiseste Ahnung.«

Williams schnickte den Daumennagel über den roten Kopf eines Streichholzes und zündete sich eine Zigarette an. »Ich hätte da 'ne Idee.« Er inhalierte, ließ den Rauch beim Reden aus dem Mund sickern. »Du hast die Liste auf sechs zusammengestrichen. Warum findest du nicht raus, wo die alle in der Mordnacht waren?«

Crane machte ein Auge auf. »Das ist 'ne gute Idee. Da machen wir uns gleich morgen mit Finklestein dran.«

»Falls der nach der Puppe noch lebt...«

Schrill klingelte das Telefon. Crane zuckte zusammen, stieß sein Glas um, fing es geschickt auf, als es vom Tisch rollte. »Ich bin noch ganz flattrig von der Ballerei.« Das Telefon klingelte erneut, und er nahm den Hörer ab. »Hallo!... Klar, kommen Sie rauf.«

»Wer war das?«

»Bolston. Er sagt, er möchte mit uns reden.«

Unter seinem schwarzen Burberry trug Bolston betont vornehm ein Dinnerjackett mit weißen Aufschlägen. In seinem Knopfloch steckte eine elfenbeinweiße Gardenie. Er setzte sich auf den Stuhl am Schreibtisch und nahm dankend ein Glas Whisky mit Wasser an. »Ich komme gerade von einem späten Abendessen im Loop«, erklärte er, »und dachte mir, ich schaue mal herein und frage nach, ob ich irgend etwas tun kann.«

»Genau das ist das Problem«, sagte Crane. »Es sieht nicht so aus, als könnten wir irgendwas tun.«

Bolstons Kopf mit dem sorgfältig gebürsteten blonden Haar bewegte sich auf und ab. »Es ist sicher schwierig, und es kostet Westland eine Menge Geld, die Sache voranzutreiben ... Ich habe dem Direktor zehntausend bezahlt, und Gott weiß, wieviel Finklestein bekommt.«

Williams sagte: »Das letzte Hemd hat keine Taschen, oder?«

»Ja, das stimmt. Aber für soviel Geld kann er auch sehr viel Leistung erwarten.«

»Sie meinen«, sagte Crane schläfrig, »sehr viel mehr, als wir ihm bieten?«

»Nun ja ...«

»Ich gebe zu, daß wir nicht sehr schnell vorankommen, aber wir bemühen uns. Jawohl, wir bemühen uns. Wenn Sie irgendwelche Ideen haben, dann raus damit.« Crane goß sich Alkohol nach. Es war sein fünfter Drink. »Sie können nicht behaupten, daß wir keine Zeit investieren. Nehmen Sie zum Beispiel Finklestein. Der arbeitet im Moment gerade.«

Williams wurde von einem Hustenanfall gepackt.

Bolstons gebräuntes Gesicht entspannte sich. »Ich beklage mich ja nicht, aber ich hätte gern, daß Sie die Geschichte hinkriegen.« Er schüttelte den Kopf. »Es ist schrecklich für einen Unschuldigen, auf den elektrischen Stuhl zu kommen.«

Williams sagte: »Für 'n Schuldigen ist es auch nicht besonders lustig.«

»Das einzig Konkrete, was wir bis jetzt haben, ist das, was Sie über die Zeit rausgefunden haben«, sagte Crane. »Wir scheinen jedesmal gegen eine Wand zu laufen, wenn wir versuchen, dahinterzusteigen, wie der Mörder aus der Wohnung gekommen ist. Wir haben heute abend mit

Strom, dem Deputy Chief of Detectives, darüber geredet, und es gibt keinen Zweifel, daß die Wohnung verschlossen war.« Er wälzte sich auf dem Bett herum, setzte sich auf und fuhr sich mit den Fingern durch das Haar. »Es ist ein hübsches Problem. Mit Ausnahme der Tür ist die Wohnung überall von innen verschlossen. Die Tür ist mit einem der beiden Wohnungsschlüssel abgeschlossen worden. Das Schloß kann nicht zugeschnappt sein, weil es die Sorte Schloß ist, die man abschließen muß. Einer der beiden Schlüssel ist in der Wohnung, den anderen hat Westland. Frage: Wie ist der Mörder ohne den Schlüssel rausgekommen?«

Nach einer Weile sagte Bolston: »Könnte Mrs. Westland sich nicht selbst umgebracht und es so hingedreht haben, als wäre sie ermordet worden? Sie wissen doch, daß sie nicht wollte, daß ihr Mann Miss Martin heiratet?«

»Wie hätte sie die Pistole loswerden können?«

»Ich erinnere mich an eine Sherlock-Holmes-Geschichte, in der sich eine Frau auf einer Brücke mit einem Revolver umbringt, an dem ein schwerer Stein festgebunden ist. Sie schießt sich durch den Kopf, und der Stein reißt ihr die Pistole aus der Hand ins Wasser. Wenn Holmes nicht gewesen wäre, wäre jemand anders, der die gleiche Pistole hatte, als Mörder gehängt worden.«

Crane sagte: »An so was hab ich auch schon gedacht, aber ich bin nicht dahintergekommen, wo die Pistole versteckt worden sein könnte. Die einzige Stelle, auf die ich gekommen bin, war unterm Sofa, aber da war sie nicht.«

»Tja, es könnte eine Variante dieses Tricks sein.«

Flüssigkeit gluckerte in Gläser, als Williams drei weitere

Drinks eingoß. Auf der Straße unten rief ein Zeitungsjunge: »Alles über den Großbrand. Zwei Tote. Lesen Sie alles über den Großbrand.«

»Hätte Woodbury irgendeinen Grund, Westland aus dem Weg zu räumen?« fragte Crane.

»Woodbury?« Bolston lachte. »Du lieber Gott, nein. Sie sind die besten Freunde. Woodbury hätte durch so etwas nichts zu gewinnen.«

»Wo war Woodbury an dem Vormittag nach dem Mord?«

»Im Büro. Ich bin mit meinem Rolls von Mr. Westlands Wohnung zum Büro gefahren, habe mit Woodbury einen Anwalt und Geld für die Kaution besorgt und bin dann zum Polizeipräsidium gefahren.«

Williams fragte: »Wie finden Sie in der Innenstadt eigentlich einen Parkplatz für Ihren Riesenschlitten?«

»Och, ich parke nicht auf der Straße.« Bolston zeigte die Zähne. »Ich benutze die Garage beim La Salle Hotel, eine Straße vom Büro.«

Crane hakte nach. »Bekäme Woodbury nicht einen größeren Anteil an der Maklerfirma?«

»Nein. Er würde vielleicht ein paar Kunden übernehmen, das ist alles. Westland war ohnehin nicht sehr aktiv.«

»Ja, er hat gesagt, er hätte Privatvermögen. Sie haben wohl auch welches.«

»Nein. Ich habe nur, was ich verdiene.«

»Also, wer würde von Westlands Tod profitieren?«

»Ich denke, der einzige wäre Wharton. Er ist Westlands nächster Verwandter.«

»Ist er knapp bei Kasse?«

»Ich glaube schon. Woodbury führt seine Geschäfte, wenn Westland nicht da ist, aber ich habe gehört, daß er bei ein paar Sachen ziemlich draufgezahlt hat.« Bolston lächelte Crane an. »Ich möchte nicht, daß Sie den Eindruck bekommen, ich wollte Sie auf ihn hetzen. Ich habe nicht den leisesten Verdacht gegen ihn, aber ich glaube, es könnte nichts schaden, ihn zu überprüfen.«

»Sonst wissen Sie nichts über ihn?«

»Er spielt Golf, ist Glücksspieler und steckt mit dieser Reiterclique von Lake Forest zusammen. Das ist alles, was ich weiß.«

»Keine Skandalgeschichten?«

»Nie welche gehört.«

Im Zimmer war es heiß, und William Crane schob ein Fenster hoch. Die durch die Öffnung strömende Luft kühlte sein Gesicht und seine Hände. Er lehnte sich hinaus, um auf die Straße zu sehen, und sagte: »Wenn ich bloß rausfinden könnte, wo Sie alle in der Mordnacht waren. Dann hätte ich was, wovon ich ausgehen könnte.« Die Straßenbahnen verursachten gedämpfte Geräusche auf den mit Schnee wattierten Gleisen.

»Wie kommen Sie darauf, daß es einer von uns gewesen sein muß?«

»Wer sonst hätte ein Motiv, Westland aus dem Weg zu räumen?«

»Ich sehe nicht, daß einer von uns eins hätte.« Bolston schob die Hände in die Hosentaschen, streckte die Beine aus. Seine Socken waren aus gerippter schwarzer Seide mit einer Andeutung von Weiß in den senkrechten Streifen. »Warum könnte nicht jemand Mrs. Westland umgebracht haben, um sie aus dem Weg zu räumen, und gleichzeitig die Indizien so hingedreht haben, daß Bob belastet wird? Das wäre die einfachste Methode, die Polizei von der Spur abzulenken. Vielleicht hatte sie einen Liebhaber, der sie satt hatte, oder sie wußte etwas über jemanden.«

»Liebhaber bringen ihre Schätzchen normalerweise nicht um, wenn sie sie satt kriegen, aber vielleicht haben Sie recht.« Crane nippte am Whisky. »Die ganze Sache macht mich noch verrückt.«

»Mich auch«, sagte Williams. »Jedesmal wenn ich an den Knaben im Gefängnis denke, der sich drauf verläßt, daß wir ihm das Leben retten, krieg ich das Flattern.«

Bolston sagte: »Wenn Sie herausfinden möchten, wo jeder in der Mordnacht war, helfe ich Ihnen gern.«

»Wissen Sie, wo die anderen in dieser Nacht waren?«

»Nein – nur wo ich war.«

»Nämlich?«

»Mein Alibi ist nicht viel wert. Ich bin ins Theater gegangen, auf einen Drink im Sportclub gewesen und dann nach Hause gefahren.«

»Wer ist mit Ihnen im Theater gewesen?«

»Ich war allein dort, aber im Club habe ich mit Peter Brady einen getrunken. Er hat mich gegen zwölf nach Hause gefahren.«

»Sind Sie verheiratet, Mr. Bolston?«

»Nein, aber mein japanischer Diener wird Ihnen bestätigen, daß ich die Nacht zu Hause verbracht habe.«

»Na gut. Und wer ist Brady?«

»Das ist ein Anwalt. Seine Kanzlei ist in der North La Salle Street 160.« Bolston lächelte. »Allerdings glaube ich nicht, daß Sie sich bei ihm erkundigen müssen. Selbst wenn er mich nach Hause gebracht hat, hätte ich immer noch Zeit gehabt, den Mord zu begehen.«

Crane sagte: »Wahrscheinlich finden wir raus, daß die meisten von Ihnen dort gewesen sein könnten. Aber wenn wir irgendeinen mit Sicherheit ausschließen können, sind wir schon ein Stück weiter.«

»Ich hoffe, Sie haben Glück.«

Crane befragte Bolston über die Entdeckung der Leiche, doch dieser erzählte das gleiche wie Miss Dea und der Verwalter. Am Freitag vor dem Mord habe Woodbury ihm von Mrs. Westland ausgerichtet, er möchte am Montagmorgen auf dem Weg zur Arbeit bei ihr vorbeikommen, um sich einige Wertpapiere anzusehen. »Wollte sich wohl wegen irgendwelcher Anlagen beraten lassen.« Er habe sich im Hintergrund gehalten, während der Hausdetektiv die Tür aufbrach, und sei dann mit den anderen hineingestürzt. Er habe sich nicht in der Wohnung umgesehen, ob alles verschlossen war, das habe er der Polizei überlassen.

Crane fragte unvermittelt: »Haben Sie die Pistole aufgehoben und rausgeschmuggelt, um Ihren Partner zu decken?«

Bolston nahm einen langen Schluck aus seinem Glas. »Sehe ich so dumm aus?« Er war belustigt. »Ich habe keine Pistole gesehen, und wenn eine dagewesen wäre, hätte ich sie nicht unbemerkt aufheben können.«

»Nein, vermutlich nicht«, sagte Crane. »Erinnern Sie sich, wie Mrs. Westland gekleidet war?«

»Nicht sehr genau. Sie hatte ein grünes Kleid an« –

Bolstons Ton war entschuldigend – »aber was noch, kann ich Ihnen nicht sagen. Wissen Sie, ich war schrecklich erschüttert.«

»Ich weiß«, sagte Crane. »Ich hab auch nicht erwartet, daß Sie sich an viel erinnern. Ich wollte nur wissen, ob sie voll bekleidet war und nicht einen Pyjama oder so was anhatte.«

»Ich bin sicher, sie war voll bekleidet.« Bolston erhob sich geschmeidig. »Ich denke, ihr Hausmädchen könnte Ihnen genau sagen, was sie anhatte.« Er schlüpfte in seinen Burberry, faßte seinen Hut an der Krempe. »Ich muß los – harter Tag morgen im Büro.«

An der Tür fragte Crane: »Sie schauen doch morgen bei der Besprechung im Gefängnis rein, oder?«

»Ich sehe zu, daß ich es schaffe«, rief Bolston vom Flur aus.

Crane machte die Tür zu. Doc Williams sagte über seinen Drink hinweg: »Der Kerl hat zuviel zu tun, um seinem Partner das Leben zu retten.«

»Was soll's!« Crane goß sich einen Schlummertrunk ein. Die Flasche war fast leer. »Er ist bis jetzt der einzige, der sich nützlich gemacht hat.«

»Warum hast du ihm nicht erzählt, daß Woodbury in der Mordnacht die Möglichkeit hatte, die Pistole zu klauen?«

Crane sagte beleidigt: »'n paar Geheimnisse muß 'n Detektiv haben, oder?«

»Wenn das das Beste ist, was wir haben, dann gehen wir besser zu den Pfadfindern.« Williams trank sein Glas aus und öffnete die Verbindungstür zu seinem Zimmer. »Ich geh jetzt ins Bett und träum von der rotblonden Biene, die bei 'ner Revue sein müßte, und von diesen Ganoven, die versucht haben, uns umzunieten.«

Als William Crane sich die Zähne geputzt hatte, ins Bett gegangen war und gerade das Licht ausmachen wollte, trat Williams in die Tür. Er trug einen karminroten Seidenpyjama mit Monogramm über dem Herzen. Er sagte aufgeregt: »Ich weiß, wer heute abend auf uns geschossen hat.«

»Ich auch«, sagte William Crane. »Geh schlafen.«

10

Mittwoch morgen

Schnee überzog den Gefängnishof und glitzerte im buttergelben Sonnenlicht. Von einem Sims über einem Fenster im Büro der Stellvertretenden Direktorin tropfte Wasser und sprühte beim Auftreffen auf die Zementfensterbank als feiner Regen gegen die Scheibe. Der Himmel hatte den Farbton eines verblichenen Overalls.

Westland machte ein erstauntes Gesicht. »Wenn die das gewaltige Risiko eingehen, so nahe beim Polizeipräsidium auf Sie zu schießen«, sagte er zu William Crane und Doc Williams, »dann müssen sie allmählich ziemliche Angst kriegen. Es sieht so aus, als wären wir dicht an was dran.«

»Ich weiß nicht«, sagte Crane. »Ich weiß nicht, ob die Knallerei was mit Ihnen zu tun hat.«

»Aber ganz bestimmt. Sie will doch niemand umbringen, oder?«

»Nein.« Crane rieb sich die aufgeschürfte Wange. »Jedenfalls nicht in Chicago – ich kenne hier niemanden. Aber ich kann mir ziemlich gut vorstellen ...«

»Hören Sie«, sagte Westland. »Sie sollten auf keinen Fall das Risiko eingehen, erschossen zu werden. Ein Freund von mir hier im Gefängnis hat gesagt, er würde sich gern an ein paar von seinen Freunden wenden, wenn ich Hilfe brauche. Ich könnte mir vorstellen, daß die als Leibwächter ziemlich tüchtig sind.«

»Doc Williams wird schon auf mich aufpassen«, sagte Crane. Er starrte durchs Fenster auf einen Spatz, der versuchte, ein gefrorenes Stück Bindfaden unter einem Stein hervorzuzerren. »Trotzdem, ich habe so das Gefühl, wir könnten ein paar von den Jungs für was anderes gebrauchen. Meinen Sie, Sie könnten uns für heute nachmittag zwei besorgen?«

»Klar. Ich rede mit Connors und lasse den Direktor eine Nachricht von ihm hinausbringen.«

»Connors?« fragte Williams. »Ist das der Gewerkschaftsgangster, der Al Capone aus der Transportarbeitergewerkschaft gejagt hat?«

»Ich glaube ja.«

»Dann sind seine Kumpels genau die Sorte, die wir brauchen.«

Crane fragte: »Wie setzen wir uns mit ihnen in Verbindung?«

»Rufen Sie gegen Mittag den Direktor an. Er wird einen Treffpunkt für Sie vereinbaren.« Westland warf einen Blick zur Tür. »Was meinen Sie, wo Emily Lou ist?«

»Sie wird gleich da sein«, sagte Crane. »Wir sind ein bißchen früher gekommen. Wir wollten Ihnen von der Knallerei gestern abend erzählen, aber ohne daß die anderen es hören. Sie behalten das doch für sich?«

»Natürlich.« Westland wirkte überrascht. »Aber warum ...«

»Reine Vorsicht«, sagte Crane. »Außerdem wollte ich

Sie nach Ihrem Testament fragen. Weiß irgend jemand, daß Sie Ihr Geld Miss Martin hinterlassen?«

»Niemand außer meinen Partnern und dem Anwalt, der das Testament aufgesetzt hat. Ich bin sicher, sie haben niemandem etwas davon gesagt.«

»Und was Ihre Frau angeht...«

Direktor Buckholtz machte Woodbury und Miss Brentino die Tür auf. Der Direktor sagte taktvoll: »Sieht nicht so aus, als hätt ich noch viel länger das Vergnügen Ihrer Gesellschaft.« Im Bewußtsein seiner guten Umgangsformen schloß er mit selbstzufriedenem Gesicht die Tür.

»Was ist mit Bobs Frau?« fragte Woodbury.

Miss Brentino trug ein feingewebtes, blaues Wollkostüm mit leicht ausgestelltem Rock, das an den Schultern militärisch gerade geschnitten war und in der Taille eng anlag. Ihr Gesicht über der Silberfuchsstola glich einer blassen Blume. Crane bewunderte sie unauffällig, während er Woodbury antwortete: »Ich wollte Mr. Westland fragen, was seine Frau anhatte, als er sie in dieser Nacht besuchte.«

Westland sagte: »Sie trug ein grünes Abendkleid. Ich erinnere mich deutlich daran.«

»Haben Sie auf einem der Tische im Wohnzimmer ein Häufchen Kleingeld bemerkt?«

»Ja, auf dem kleinen Tisch war etwas Kleingeld. Es lag neben Joans Schlüsseln.«

Crane nickte. »Dann ist zwischen dem Zeitpunkt, als Sie gegangen sind, und dem Zeitpunkt, als man morgens Ihre Frau gefunden hat, wohl nichts angerührt worden.«

»Das stimmt.« Westland sah noch immer zur Tür. »Als

ich die Zeugenaussagen im Prozeß hörte, hatte ich den Eindruck, daß sie gleich, nachdem ich gegangen war, erschossen worden sein muß.«

»Mein Gott!« Crane trat vom Fenster weg. »Sie meinen doch nicht, jemand könnte sie vom Treppenhaus aus mit einer schallgedämpften Pistole erschossen haben, als Sie gerade aus der Tür kamen? Das wär bis jetzt das Verrückteste, aber ...«

»Sie ist mit mir an die Tür gekommen«, wandte Westland ein; »und außerdem ist sie aus solcher Nähe erschossen worden, daß sie eine Pulververbrennung hatte.«

»Es ergibt einfach keinen Sinn.« Crane kehrte ans Fenster zurück. Der Spatz mühte sich immer noch mit der gefrorenen Schnur ab. »Aber ich kann's nicht ändern.« Er sah zu Woodbury hin. »Eins können wir allerdings tun. Ich möchte überprüfen, was jeder in der Mordnacht gemacht hat. Wissen Sie noch, was Sie gemacht haben, Mr. Woodbury?«

Woodbury wirkte in seiner makellosen Kleidung sehr französisch. Er trug einen dunkelgrauen, zweireihigen Flanellanzug mit Nadelstreifen in etwas hellerem Grau. Ein blaßgrünes Hemd mit Kragenspiegeln harmonierte mit einer olivgrünen Krawatte. Aus seiner Brusttasche lugte ein Taschentuch mit grünen Initialen. Er antwortete:

»Ich habe mit Bob über einen seiner ehemaligen Klienten gesprochen, den ich übernommen hatte – das war in seiner Wohnung –, und danach habe ich Miss Brentino ins Black Hawk ausgeführt. Ich habe sie gegen zehn abgeholt, und wir waren bis nach zwei tanzen.«

»Kommen die Zeiten ungefähr hin, Miss Brentino?«

Ihr blasses Gesicht mit den dunkel leuchtenden Augen wirkte im Halblicht exquisit. »Von dem Besuch in Mr. Westlands Wohnung weiß ich nichts« – ihre Stimme war ausdruckslos, ohne Modulation –, »aber wir waren bis zwei im Black Hawk tanzen.«

Crane sah sie scharf an, und sie hielt seinem Blick unbewegt stand. Er dachte, Jungejunge, wenn ich bloß ein bißchen Zeit hätte, mir die Puppe zu angeln. Er sagte: »Ich schätze, Sie beide haben ein gußeisernes Alibi.«

Sie sagte: »Meinen Sie denn, wir brauchen ein Alibi, Mr. Crane?«

Crane fiel eine alte Polizeiweisheit ein. »Ein Alibi zu haben ist nie verkehrt«, sagte er.

Wieder wurde die Tür aufgerissen, und herein kam Miss Martin, gefolgt von Finklestein. Sie rief: »Schatz!« und warf sich in Westlands Arme.

Finklesteins Haut war zitronengelb, und seine Augen waren blutunterlaufen. Er sank auf einen Stuhl und ächzte: »Oi!« Williams nahm überrascht und beifällig zur Kenntnis, daß er nach wie vor seinen Diamantring trug.

Miss Martin löste sich halb aus Westlands Armen und betrachtete sein abgespanntes Gesicht. »Gibt es etwas Neues?« Ihre großen, blauen Augen unter den feingezeichneten Brauen waren weit offen und bang. Der weiße Spitzenkragen an ihrem marineblauen Kleid ließ ihr hübsches Gesicht spröde wirken.

Westland schüttelte den Kopf. Er hatte eine ungesunde Farbe, bemerkte Crane: fahlgelb, und seine Haut war ohne Glanz, wie bei den Leichen in den Kühlfächern einer

Leichenhalle. Westland warf Finklestein, der mit an die Stirn gepreßter Hand niedergeschlagen dasaß, einen fragenden Blick zu.

»Ich habe nichts«, sagte Finklestein. »Was hat Crane erreicht?«

Crane sagte: »Nichts.« Vom Anlehnen an die Fensterscheibe hatte er kalte Schultern.

Der Anwalt warf einen Blick in die Runde. »Wir scheinen heute nicht vollzählig zu sein.«

Woodbury fragte: »Wo ist eigentlich Sprague abgeblieben? Er wollte uns doch was Wichtiges sagen.«

»Sie müßten es doch wissen«, sagte Crane. »Er arbeitet für Sie.«

»Ich war heute noch nicht im Büro. Wo ist Bolston? Er könnte uns sagen, ob Sprague zur Arbeit gekommen ist.«

Westland hatte einen Arm um Emily Lous Hüfte gelegt, stützte sich halb auf sie. »Dick hat den Direktor angerufen und ihm gesagt, er könne heute morgen nicht kommen. Irgendwelche Geschäfte, um die er sich kümmern muß.«

Miss Brentinos gleichförmige Stimme klang beiläufig. »Ich erkundige mich wegen Mr. Sprague, wenn ich zur Arbeit gehe.«

»Dann wär da noch unser rotberockter Jägersmann«, sagte Finklestein.

Woodbury war amüsiert. »Sie meinen Wharton?«

»Ja. Wo ist er?«

»Man kann sich nicht darauf verlassen, daß er Verabredungen einhält«, sagte Westland. »Vielleicht reitet er ein neues Jagdpferd zu, oder er dressiert irgendwelche

Hunde. Er vergißt alles, wenn er einen Hund oder ein Pferd sieht.«

»Wie manche Männer bei einer Frau«, meinte Crane.

Finklestein runzelte die Stirn, fragte: »Was haben Sie denn heute vor, um sich die Zeit zu vertreiben, Herr Detektiv?«

»'ne Menge. Ich möchte noch ein paar Fragen stellen, und dann legen wir los.«

Finklestein sagte: »Es wird auch langsam Zeit.«

»Ach ja?« Williams betrachtete den Anwalt mit halbgeschlossenen Augen. »Ich weiß nicht, worüber Sie sich beschweren, wo Sie doch...«

»Schon gut.« Die Hände in den Hosentaschen, die Absätze gegen den Boden gestemmt, balancierte Crane auf der Fensterbank. »Nur der Form halber, Miss Martin, wir versuchen gerade herauszufinden, wo jeder zu der Zeit war, als Mrs. Westland ermordet wurde.«

Westlands Blick war wütend. »Mit diesem Zeug brauchen Sie sie nicht zu belästigen.« Er trat auf Crane zu.

»Aber ich antworte gern.« Miss Martin lächelte Crane an. »Ich weiß, daß Sie jeden überprüfen müssen. Ich war in dieser Nacht ab sieben Uhr zu Hause.«

»Waren Sie mit jemand zusammen?«

»Ja. Mit meinem Onkel und meiner Tante. Wir haben Backgammon gespielt und Radio gehört und sind dann gegen halb eins schlafen gegangen.«

»Okay«, sagte Crane. »Okay. Wieder ein Name, den wir streichen können.« Er drückte das Kreuz durch, schob sich von der Fensterbank auf die Zehenspitzen. »Jetzt möchte ich die Einzelheiten des Anrufs wissen, von dem Sie geglaubt haben, er käme von Miss Martin. Hat es wirklich so einen Anruf gegeben, Mr. Westland, oder haben Sie den erfunden?«

Westland wirkte verärgert und verlegen. »Natürlich hat es einen Anruf gegeben. Was meinen Sie denn, warum ich zu Joan gegangen bin?«

»Und Sie haben gedacht, es wäre Emily – ich meine Miss Martin?«

Das mattrote Haar an Westlands Wange gedrückt, sagte Miss Martin: »Natürlich hat er gedacht, ich wäre es. Ich kann es ihm nicht verdenken, daß ...«

»Damals ja«, sagte Westland, »aber jetzt nicht mehr. Die Stimme am Telefon hat Ausdrücke gebraucht, die Emily Lou nicht gebraucht hätte.«

Crane kniff ein Auge zu. »Sie meinen, sie hat – geflucht?«

»Natürlich nicht. Ich meine, sie hat Sachen gesagt, die grammatisch nicht ganz richtig waren.«

»Was hat sie gesagt?« Crane ging gemächlich im Zimmer auf und ab. »Erzählen Sie uns alles, was Sie von dem Gespräch noch wissen.«

Westlands Augen schlossen sich, Runzeln furchten seine Stirn. »Es ist so lange her ... Tja, das Telefon hat geklingelt, ich habe abgenommen, und eine Stimme hat gesagt: ›Robbie?‹ Sie hat wie Emily Lou geklungen, und ich habe gesagt: ›Nanu, hallo, Emily Lou.‹«

»Gut«, sagte William Crane interessiert. »Weiter.«

»Dann hat sie gesagt: ›Schatz, es ist was ganz Schreckliches passiert. Deine Frau hat mich gerade angerufen und gesagt, sie läßt mich verhaften, wenn ich dich weiterhin sehe.‹« Westland drückte Emily Lous Arm. »Ich weiß nicht mehr genau, was sie sonst noch gesagt hat, aber sie hat mir erzählt, meine Frau hätte sie ›Schlampe‹ genannt. Ich weiß noch, daß sie gesagt hat: ›Das laß ich mich von der nicht bieten.‹« Westland schüttelte den Kopf. »Später ist mir klargeworden, daß Emily Lou das nicht gesagt hätte. Die Frau am Telefon war aufgeregt, aber sie hat sich beruhigt, als ich ihr gesagt habe, ich würde gleich zu Joan gehen.«

Crane fragte: »Wessen Idee war das?«

»Na, meine. Ich habe gesagt: ›Ich ziehe mich gleich an und ...‹«

»Sie hat nicht gesagt, warte bis morgen?«

»Aber nein. Ich habe gesagt ...«

»Wie hat das Gespräch geendet?«

»Ich habe gesagt: ›Mach dir keine Sorgen, Emily Lou‹, und sie hat gesagt: ›Ich weiß, daß ich mich auf dich verlassen kann, Schatz.‹«

»Nennt Miss Martin Sie Schatz?« fragte William Crane.

»Sicher. Warum nicht?«

»Ihr gutes Recht.« Crane klimperte mit ein paar Münzen in seiner Tasche. »Aber ich kann nicht behaupten, daß es uns hilft.«

»Ich weiß nicht, wovon Sie reden.«

»Ich auch nicht«, gab Crane zu; »aber ich hab trotzdem noch eine Frage.«

Finklestein fragte: »Nur eine?«

Crane ignorierte ihn. Aus dem Augenwinkel beobachtete er Woodbury, der sein rechtes Bein vom Schreibtisch baumeln ließ, und wandte sich gleichzeitig an Westland.

»Glauben Sie, daß Ihre Pistole bis zur Mordnacht in der Schrankschublade war?«

»Ja, da bin ich ganz sicher; jedenfalls habe ich sie an dem Tag vor... vor ihrem Tod noch in der Schublade gesehen.«

»Dann muß sie irgendwann im Laufe des Abends gestohlen worden sein, denn Ihr Diener Simmons hat sie dort gesehen, als er am Nachmittag vor ihrem Tod saubergemacht hat.«

Westland machte ein überraschtes Gesicht.

»Er hat nichts davon gesagt, aus Angst, daß es dann noch mehr Probleme geben würde«, fuhr Crane fort und behielt dabei Woodbury im Auge. »Also, Mr. Westland, haben Sie an diesem Abend irgendwelche Besucher gehabt?«

Woodburys baumelndes Bein kam abrupt zum Stillstand.

»Niemand außer Woodbury hier«, antwortete Westland.

Crane drehte sich in der Hüfte, sah Woodbury an. »Sie haben die Pistole nicht genommen, oder?«

Woodburys dunkles Gesicht war ruhig, aber er hielt das Bein immer noch unnatürlich ausgestreckt. »Warum sollte ich seine Pistole nehmen, wo ich selber die gleiche habe?«

»Ich weiß nicht«, sagte Crane. »Ich frage Sie bloß, ob Sie seine genommen haben.«

»Nein.«

Crane sah Woodbury weiter an. »Sind an diesem Abend noch andere Besucher dagewesen, Mr. Westland?«

»Nein, aber...«

»Was ist mit Miss Martin? Hat sie irgendwann vorbeigeschaut?«

»Nicht, solange ich da war.«

Miss Martins blaue Augen waren nicht mehr ganz so freundlich. »Ich bin den ganzen Tag nicht dortgewesen.«

»Nichts für ungut«, sagte Crane. »Ich bin bloß 'n junger Detektiv, der über die Runden zu kommen versucht.« Er warf Williams, der die ganze Zeit Miss Martins wohlgeformte Beine bewunderte, einen warnenden Blick zu und ging in Richtung Tür. »Jedenfalls sind mir jetzt erstmal die Fragen ausgegangen.«

Finklestein folgte ihm über den von Brandflecken gezierten Läufer des Direktors auf den Korridor hinaus. Er sagte: »Mein Gott, hab ich einen Kater.«

Williams trat von hinten an ihn heran und fragte: »Wieviel hat die Puppe Ihnen abgeknöpft?«

»Na, na«, sagte Finklestein, »das ist ein nettes Mädchen.«

»Nett und gefährlich«, sagte Crane.

Miss Brentino und Woodbury kamen aus dem Büro des Direktors und stellten sich zu ihnen. Miss Brentino legte die behandschuhte Hand auf Cranes Arm. Ihre Stimme war flüssig und voller Nuancen. »Haben Sie je daran gedacht«, sagte sie, »daß die Stimme, die der Stimme einer bestimmten Person am meisten ähnelt, die Stimme eben dieser Person wäre?«

Miss Martin war keine zwei Meter von ihnen entfernt. Ihre Augen waren zusammengekniffen, ihre Brauen nicht mehr gewölbt. »Ich hab Sie gehört.« Ihre Stimme hallte im Korridor wider. »Sie hinterhältige Schlange!« Sie trat auf sie zu, und William Crane wich zwei Schritte zurück. »Sie haben versucht, Mr. Westland rumzukriegen, als Sie noch seine Sekretärin waren, aber er wollte lieber mich.« Sie zitterte vor Zorn. »Und jetzt versuchen Sie's mir heimzuzahlen, aber das lasse ich mir von Ihnen nicht bieten.«

Miss Brentinos weißes Gesicht war gefaßt. Ihre scharlachroten Lippen krümmten sich verächtlich; ihre Stimme war wieder ausdruckslos. »Seien Sie nicht kindisch.« Sie kehrte Miss Martins wütendem Gesicht den Rücken zu und ging mit tigerhaft geschmeidigen Bewegungen ihrer schmalen Hüften unter dem engen, blauen Rock davon.

Die Luft auf der Straße war frisch, und der Schnee unter den Füßen federte wie eine Gummimatte. Auf den Straßenbahnschienen kam ruckelnd ein gelbes Taxi an ihnen vorbei, gegen dessen linken hinteren Kotflügel die Glieder einer gebrochenen Schneekette schepperten.

Finklestein schauderte, schlug sich den Mantelkragen bis zu den Ohren hoch. »Ich fühl mich nicht besonders.«

»Reißen Sie sich mal lieber zusammen«, sagte William Crane, »Sie haben nämlich noch 'ne Menge zu tun.«

»Wir sollten ziemlich schnell was tun.« Der Anwalt zog sich ein Paar sichtlich handgenähter Schweinslederhandschuhe an. »Haben Sie Westlands Gesicht bemerkt?«

»Ja, er hat 'ne Heidenangst.«

Doc Williams sagte: »Ich kann's ihm nicht verdenken.«

»Hören Sie«, sagte Crane, »wir haben nur noch drei Tage, und ich kann meine Zeit nicht damit vergeuden, die Alibis von all den Leuten zu überprüfen. Aber ich finde, jemand sollte das tun.«

»Klar«, stimmte Finklestein ohne Begeisterung zu. »Was soll ich machen?«

»Erkundigen Sie sich im Black Hawk, ob Woodbury und Miss Brentino da waren – vielleicht hat sie jemand gesehen –, und dann finden Sie raus, ob Bolstons Geschichte, er hätte in seinem Club mit einem Anwalt namens Peter Brady ...«

»Den kenn ich, der ist Firmenanwalt.«

»Bolston hat kein komplettes Alibi, aber ich möchte feststellen, ob es stimmt, daß Brady ihn in der Mordnacht nach Hause gefahren hat.« Crane winkte ein Taxi heran. Es hatte keine Schneeketten. »Ich übernehme Wharton und Miss Martin.«

Finklestein steckte den Kopf zur Taxitür hinein. »Was ist mit Sprague?«

»Stimmt. Den übernehmen Sie besser auch. Ich rufe Sie gegen Mittag in Ihrer Kanzlei an.«

Finklestein knallte die Taxitür zu. Die Hinterräder drehten sich im Schnee, als das Taxi vorsichtig auf die Straße hinausglitt. Der Fahrer ließ die Trennscheibe herunter. »Wohin soll's gehen, Mister?«

»Wissen Sie, wo die Deerpath Road in Lake Forest ist?«

»Lake Forest?« Die Haare des Fahrers waren hinten rundgeschnitten, und seine Nackenhaut war von der Kälte aufgesprungen. »Hui! Das sind ja dreißig Meilen – draußen in der Pampa – ganz oben im Norden.«

»Fahren Sie halt, so weit Sie können«, sagte Crane, »fürs letzte Stück nehmen wir dann 'n Hundeschlitten.«

»Das ist der Schuppen«, sagte der Fahrer. Das Taxi legte sich schräg, als die Räder sich durch den Schnee im Rinnstein wühlten, und kam schlitternd zum Stehen. Das Taxameter zeigte 6 Dollar 55 an, und der zusätzliche Fahrgast kostete noch einmal 5 Cents. »Soll ich warten?«

Der ländliche Schnee war sauber wie Ivory-Seifenflokken. Blaugrüne Tannen tupften das abschüssige Gelände vor einem zweistöckigen Steinhaus.

»Klar«, sagte William Crane. »Wir werden nicht sehr lange brauchen.«

»Brauchen Sie, solang Sie wollen.« Der Fahrer spuckte aus, und der Tabaksaft machte einen Fleck im Schnee. »Ich bin nich' mehr auf'm Land gewesen, seit meine Süße urplötzlich 'n Polizisten geheiratet hat.«

Unmittelbar hinter der Haustür kläffte wütend ein Hund. Crane wollte den Messingklopfer gerade ein zweites Mal anheben, als ein aufgeblasener Bedienter die Eichentür aufmachte. Der Hund, ein rötlich-schwarzer Scotchterrier, knurrte und tat so, als wollte er sich zwischen den Beinen des Mannes hindurch auf sie stürzen.

Der Bediente hob die Augenbrauen.

»Mr. Wharton da?«

»Wen darf ich melden?«

Hinter dem Mann tauchte Wharton auf. Er trug, der englischen Mode entsprechend, sackartige Knickerbokker, ein dunkelbraunes Tweedjackett und einen Kamelhaarpullover. »Tag zusammen.« Sein rotes Gesicht war unfreundlich. »Was gibt's?«

Der Bediente zog sich ins Haus zurück. In dem vielfenstrigen Wohnzimmer loderte ein Kaminfeuer, aber Wharton bat sie nicht hinein.

Crane sagte: »Ich wollte Ihnen ein paar Fragen stellen.«

»Hätten Sie nicht anrufen können?«

»Am Telefon kann man immer auflegen.«

Der Scotchterrier begann sich für den Geruch von Cranes Hosenbeinen zu interessieren.

»Was wollen Sie damit sagen?« Wharton funkelte Crane an. »Hören Sie, ich lasse mir Ihre verdammten Frechheiten nicht gefallen.«

»Das ist mir völlig egal«, sagte Crane. »Ich versuche, Ihrem Cousin zu helfen. Wenn Ihnen so wenig an ihm liegt, daß Sie nicht mal ein paar Fragen beantworten, dann ist das Ihre Sache.«

Whartons Hand verharrte unschlüssig auf dem Türknauf, dann sagte er: »Was wollen Sie wissen?«

»Als erstes möchte ich wissen, wie gut Sie Mrs. Westland gekannt haben.«

»Ich habe sie praktisch kaum gekannt – eine Grußbekanntschaft, mehr nicht.«

»Sie wissen nicht zufällig, ob sie irgendwelche Feinde hatte?«

Wharton schüttelte den Kopf.

»Wann haben Sie von ihrem Tod erfahren?«

»Bolston hat es mir in Westlands Büro gesagt. Ich hatte an dem Tag, als er verhaftet wurde, einen Termin mit Bob. Ich habe auf ihn gewartet, als Bolston hereinkam und mir von dem Mord erzählte.«

»Um welche Zeit war Ihr Termin mit Westland?«

»Elf Uhr dreißig.« Wharton zog in einem fort die Tür

zu sich heran und stieß sie dann wieder weg. »Ich war ein paar Minuten vor der Zeit da und habe ungefähr vierzig Minuten gewartet, bis Mittag. Ich wollte gerade gehen, als Bolston hereinkam.«

»Um welche Zeit war das?«

»Vielleicht zwei Minuten nach zwölf. Ich hatte Miss Brentino gerade gesagt, daß es Mittag sei und ich nicht länger warten würde.«

»War Woodbury nicht im Büro?«

»Doch, aber ich war mit Westland verabredet.«

Der Scotchterrier fand Gefallen am Geruch von Cranes Tweedhosen, aber er schreckte zurück, als Crane ihn an den Ohren zu kraulen versuchte.

Williams starrte sehnsüchtig auf das prasselnde Kaminfeuer im Wohnzimmer.

»Jetzt zu der Mordnacht«, sagte Crane. »Können Sie uns sagen, wo Sie zwischen elf und zwei waren?«

Wharton plusterte sich sichtlich auf. »Herrgott, ich sehe nicht ein, warum ich Ihnen das sagen sollte.« Sein Gesicht lief rot an. »Wollen Sie etwa andeuten, daß ich einer der Verdächtigen bin?«

»Keineswegs«, log Crane. »Ich führe bloß eine Routine-Überprüfung durch.«

»Jedenfalls fällt es mir nicht im Traum ein, Ihnen das zu erzählen. Das ist eine persönliche Angelegenheit.«

»Hören Sie zu!« Williams schob Crane zur Seite. »Wenn Sie kein Alibi haben, dann sagen Sie's einfach. Das spart uns 'ne Menge Zeit.«

Crane sagte: »Wir versuchen, Ihrem Cousin zu helfen, und das können wir nur, wenn wir den wirklichen Mörder finden. Wenn Sie ein Alibi haben, brauchen wir uns um Sie überhaupt keine Gedanken zu machen.«

Ein graues Eichhörnchen kam wie ein Ballettänzer über den Schnee auf sie zu, sah den Scotchterrier und flitzte einen Baum hinauf. Es begann keckernd zu schimpfen. Der Taxifahrer schien zu schlafen.

»Verdammt!« Wharton sah sie wütend und betroffen an. »Können Sie sich nicht auf mein Wort verlassen?«

»Warum zum Teufel sollten wir?« fragte Crane.

»Herrgott! Ich ...« Wharton hielt inne, rieb sich heftig den Schnurrbart. »Bob ist ein anständiger Kerl, und ich möchte nicht, daß er hingerichtet wird. Es ist zwar ausgesprochen blöd von mir, aber ich tu's. Ich bringe Sie zu jemandem, der weiß, wo ich in dieser Nacht war.« Er stieß heftig die Tür auf. »Carter! Meinen Mantel.«

Der Bediente erschien mit einem derben Mantel und einem braunen Hut. Wharton zog beides an, rief dem Scotchterrier zu: »Komm, Bogey.« Auf der Treppe blieb er stehen. »Glauben Sie ja nicht, ich täte das für Sie, das tu ich nämlich nicht. Ich mag Sie nicht.«

Crane sagte: »Kraft-Ebbing wird auch nie die Geschichte meiner Leidenschaft für Sie schreiben müssen.«

Aus einem erfrischenden Nickerchen geweckt, jagte der Fahrer das Taxi in flottem Tempo über die verschneiten Straßen. Wharton lotste sie zu einem ausgedehnten Anwesen im Tudorstil an der Green Bay Road und läutete. Ein Dienstmädchen in adretter Uniform machte auf, rief: »Da ist ja Mr. Wharton« und führte sie in ein Wohnzimmer mit Balkendecke. Williams und der Scotchterrier blieben dankbar vor dem Kamin stehen, in dem auf einem Rost aus

Kupferlegierung zwei Eisenbahnschwellen glommen. Wharton und Crane betrachteten einander mit gegenseitigem Widerwillen.

Gleich darauf kam eine Dame die geschwungene Treppe herunter und arbeitete sich über sattgrüne Läufer schwankend auf sie zu. »Hallo, Larry-Warry«, rief sie mit unglaublich rauher Stimme. Sie war eine üppige Frau hoch in den Vierzigern, ihr breites Gesicht war vom flotten Leben gerötet und geädert, und sie war blau wie ein Veilchen. Sie erreichte den großen Tisch beim Kamin wie ein ausgepumpter Schwimmer ein Riff, klammerte sich daran fest und zwinkerte Williams zu.

»Tagchen, schöner Mann«, sagte sie.

Wharton äußerte schockierte Mißbilligung. »Amy! Schon so früh am Morgen?«

»Du alter Schurke«, sagte die Dame, gefährlich taumelnd. »Ich wette, du has' auch 'ne Whiskyfahne.« Wieder grinste sie Williams anzüglich an. »Wer's dein kleiner Spielkamerad?«

»Diese Männer sind Detektive«, sagte Wharton streng. »Sie untersuchen den Mord an Joan Westland.«

»Mord? Mord?« Die Dame holte tief Atem, so daß ihre Brüste sich hoben, und brüllte: »An-nah!«

Bogey, der Scotchterrier, spitzte höflich überrascht die Ohren.

Aus einem Flur neben dem Treppenhaus erschien das schmucke Dienstmädchen. »Whisky«, sagte ihre Herrin heiser. Das Mädchen drehte sich elegant um die eigene Achse und verschwand.

Wharton sagte: »Diese Männer versuchen, Westland zu

retten, Amy. Sie versuchen, die möglichen Verdächtigen abzuhaken.« Er artikulierte deutlich, als spräche er mit einer Ausländerin. »Sie wollen von mir wissen, wo ich in der Nacht war, als Mrs. Westland umgebracht wurde.«

»Na, dann sag's Ihnen, mein Lieber.« Die Dame schob sich um den Tisch herum auf Williams zu. »Wie heißen Sie, schöner Mann?«

»Aber es hat keinen Sinn, wenn ich es ihnen sage.« Wharton begann laut zu werden. »Sie wollen mir nicht glauben.«

Die Dame unterbrach die Verfolgung von Williams. »Schnuckelchen, woher soll ich wissen, wo du warst?«

Gläser klingelten, als das Mädchen ein Tablett auf den Tisch stellte. Die füllige Dame goß aus einer Flasche Dewar's Ne Plus Ultra steife Schlucke in vier Gläser. »Das ist alles, Anna.« Sie spritzte aus einem Siphon Sodawasser in drei der Gläser und griff nach dem vierten. »Na denn Prost.« Sie leerte das Glas.

Während Crane und Williams an ihren Drinks nippten, fuhr Wharton fort: »Du erinnerst dich sehr wohl, wo ich war. Das war der Morgen, an dem ich in die Stadt fahren mußte, um mich mit Westland im Loop zu treffen. Du hast mich hingefahren.« Mittlerweile brüllte er auf sie ein.

Die Dame lachte laut, goß sich vergnügt noch einen Drink ein. »Ich glaub fast, du wills' mich kompromittier'n, Schnuckelchen.«

»Du erinnerst dich doch, daß du mich hingefahren hast, oder?«

»Ich bin viel zu sehr Dame, um mich an irgendwas zu erinnern.« Sie rückte näher an Williams heran; er zog sich in Richtung Kamin zurück. »Aber bitte, wenn's dir was nützt, hab ich dich halt an dem Morgen hingefahren.« Sie zwinkerte Crane zu, verzog das dick geschminkte Gesicht zu einem Grinsen. »Ich weiß es noch, weil ich damals gedacht hab, es is' komisch, daß Larry 'ne Verabredung« – das Wort machte ihr Schwierigkeiten – »Verabredung mit Westland hat, wo er doch grade seine Frau umgebracht hatte.«

»Wer hatte seine Frau umgebracht?« wollte Crane wissen. »Larry?«

Das löste neuerlich Gelächter aus. »Larry verheiratet! Schnuckelchen, die Frau, die den heiratet, müßte in 'nem Zwinger wohnen.«

Crane wandte sich an Wharton. »Was beweist es, wenn sie Sie an dem Tag zum Loop gefahren hat?«

»Moment. Amy, erinnerst du dich nicht mehr, wo ich die Mordnacht verbracht habe?«

»Nö«, sagte Amy.

Sie runzelte die Stirn, ihr Blick war auf ihre Füße gerichtet, und sie wirkte gar nicht mehr so betrunken.

»Hör zu, Amy«, sagte Wharton. »Ich möchte, daß du die Wahrheit sagst, weil das meinem Cousin hilft. Ich würde dich nicht darum bitten, wenn es bloß um mich ginge.«

Sie hatte den Kopf gesenkt, so daß ihr Kinn die Brust berührte.

»Sag ihnen einfach, wo ich die Nacht verbracht habe.« Sie rührte sich nicht, und Wharton fuhr fort: »Oder ruf Anna herein. Sie weiß es.«

Die Frau erwachte urplötzlich zum Leben, als hätte sie

auf einem Rummelplatz einen Schockautomaten angefaßt. »Ich ruf gar niemand«, brüllte sie. »Was mich angeht, hast du in der Nacht im Stall geschlafen.« Sie packte den Siphon aus Silber und Glas. »Du hast wirklich Nerven, den Ruf einer anständigen Frau ruinieren zu wollen, Lawrence Wharton. Aber mich kriegst du nicht dazu, daß ich dir ein Alibi verschaffe. Und jetzt mach, daß du rauskommst, aber dalli.« Unversehens drückte sie den Hebel der Siphonflasche und bespritzte alle drei mit kalten, zischenden Wasserstrahlen. »Raus, verstanden? Raus! Ihr Mistkerle! Raus! Raus!«

Wasser lief ihnen vom Gesicht auf die Kleider und in den Kragen, während sie, den Scotchterrier zwischen den Füßen, die Flucht ergriffen. Sie rannten zur Tür hinaus und über den Schnee zum Taxi. Die Dame verfolgte sie bis auf die Veranda und schleuderte ihnen von dieser erhöhten Stellung aus den Siphon nach. Er zersplitterte auf dem Asphaltweg. Der Fahrer sagte: »Jesusmaria!« und fuhr mit einem Ruck los.

Den Scotchterrier unterm Arm, sank Crane im Sitz zurück, außer Atem vom Rennen und Lachen. Wharton war völlig durcheinander. »Die verdammte Närrin«, sagte er in einem fort; »die verdammte, alte Närrin.«

Doc Williams dachte an den Dewar's-Whisky. »Gastfreundlich war sie aber«, meinte er, »jedenfalls 'ne Zeitlang.«

11

Mittwoch mittag

Der Fall wird immer bekloppter«, sagte Crane. Er trank seinen zweiten Bacardi-Cocktail aus. »Ständig mach ich mir Sorgen um den armen Kerl im Knast und denke, er hat noch fünf Tage, vier Tage, drei Tage zu leben, und in meinem Kopf ist kein Platz für irgendwelche wirklich konstruktiven Gedanken zu dem Fall. Können Sie beim Gouverneur nicht trotzdem einen Aufschub erreichen, Finklestein?«

Der Anwalt schüttelte trübselig den Kopf. »Ich hab mit dem Gouverneur gesprochen, als er Montag abend hier war. Er hat gesagt, er könne gar nichts machen, solange wir nicht echte Beweise beschaffen.«

Während die Kellnerin ihnen Venusmuscheln in der Schale servierte, erzählte ihm Crane von dem Vormittag mit Wharton und seiner Freundin.

»Er hat versucht, sich 'n Alibi zu besorgen, wie's Jack McGurn, Capones MP-Schütze, mit seiner Freundin gemacht hat«, erklärte Doc Williams. »Erinnert ihr euch noch an das blonde Alibi? Allerdings hat McGurn die Kleine später geheiratet.«

»So gehört sich das auch für 'n Gentleman«, sagte Crane.

Finklestein fragte: »Also sieht es so aus, als hielte Whartons Geschichte nicht stand?«

»Vor Gericht jedenfalls nicht.« Crane träufelte Zitronensaft auf eine feste Muschel, schob sie sich zusammen mit einem Stück Brötchen in den Mund. »Aber ich neige dazu, sie zu glauben. Wenn die Lady zuckersüß gesagt hätte: ›Aber ja doch, Larry-Warry und ich waren die ganze Nacht mit 'ner Schaufel zugange und haben die christliche Moral untergraben‹, hätt ich ihr nicht geglaubt, aber meiner Meinung nach hat Amy seine Geschichte wie 'ne echte Dame bestätigt, indem sie uns rausgeschmissen hat.«

»Amy?« Finklestein sah Crane neugierig an. »Doch nicht Amy Dunmar, die Witwe des Getreidemagnaten?«

»Ich weiß nicht, wer sie ist. Sie wohnt in 'nem großen Haus an der Green Bay Road und hat guten Whisky.«

»Das ist Amy Dunmar. Sie ist Dipsomanin und hat mehr Geld als die Münze der Vereinigten Staaten.«

Williams war verblüfft. »Was ist 'ne Dipsomanin?«

»Das ist bloß 'n hochgestochener Ausdruck dafür«, sagte Crane, »daß sie ab und an einen zur Brust nimmt.«

»Wem sagt er das!«

Finklestein sagte: »Dadurch kriegt unsere Untersuchung zwar ein bißchen Klasse, aber es scheint uns nicht viel zu helfen. Was kommt als nächstes?«

»Was ist bei Ihren Überprüfungen rausgekommen?« fragte Crane.

Finklestein kostete behutsam seine auf einer braunen Keramikschale angerichteten Eier Benedict. »Woodburys Geschichte, er wäre mit Miss Brentino im Black Hawk tanzen gewesen, stimmt nicht.« Er mümmelte das letzte Wort mit einem großen Mundvoll Ei.

»Stimmt nicht! Wieso?«

»In dieser Nacht war das Black Hawk von einem Verbindungsfest der Northwestern University belegt. Der Manager hat mir die Reservierungen herausgesucht.«

»Das sieht ja gar nicht gut aus für Woodbury.« Crane haßte Obstsalat, aber er aß ihn, weil er Angst vor dem Dickwerden hatte. »Was ist mit Bolston?«

»Brady sagt, er hat bis gegen halb eins mit ihm getrunken und ihn dann nach Hause gefahren.« Finklestein wedelte Crane mit einem Brötchen vor der Nase herum. »Aber damit ist er nicht aus dem Schneider. Er hatte immer noch massenhaft Zeit, zu Mrs. Westland zu fahren und sie umzubringen.«

»Das weiß ich. Ich wollte bloß sehen, ob seine Geschichte hinhaut.«

Den Rest der Mahlzeit über, der für Crane und Williams aus mehreren Scotch mit Soda bestand, sprachen sie über Miss Hogan, die Dame mit dem rotblonden Haar. Die Detektive löcherten Finklestein mit Fragen, aber der Anwalt schwieg sich aus. »Kann man denn gar kein Privatleben haben?« fragte er.

Crane sagte: »An Miss Hogan ist nichts Privates.«

»Hat sie irgendwelche Freundinnen von der gleichen Kragenweite?« fragte Williams.

»Wenn ich sie das nächste Mal sehe«, versprach Finklestein, »frag ich sie.«

»Fragen Sie sie gleich«, drängte ihn Williams. »Wir wollen doch keine Ungewißheiten.«

Crane überließ sie ihrer Diskussion über die mutmaßliche Unmoral von Miss Hogans Freundinnen – so sie welche hatte – und ging in eine Telefonzelle. Zuerst wählte er die Nummer von Westlands Wohnung.

Simmons' Stimme war unfreundlich. »Wer spricht da?« fragte er.

»Crane.«

»Ich kenne keinen Crane.«

»Der Detektiv, der für Mr. Finklestein arbeitet.«

»Ja?«

»Ich wollte Sie fragen, ob Miss Martin an dem Tag, an dem Mrs. Westland ermordet wurde, überhaupt in die Wohnung gekommen ist.«

»Nein.«

»Sind Sie sicher?«

»Ja. Auf Wiedersehen.«

Als nächstes rief er Westlands Büro an. Eine Frauenstimme sagte: »Westland, Bolston und Woodbury.«

»Ist Mr. Woodbury da?«

»Ich verbinde Sie mit seiner Sekretärin.«

Miss Brentinos Stimme war ruhig und tief. Sie sagte: »Hallo.«

»Hallo, Baby. Wie sieht's aus mit Sprague?«

Einen Moment lang kam keine Antwort, und Crane schüttelte ärgerlich den Hörer, weil er meinte, sie seien getrennt worden. Dann sagte die leblose und irgendwie verführerische Stimme der Frau: »Sprague ist tot.«

»Was!«

»Er ist gestern abend um acht bei einem Unfall mit Fahrerflucht ums Leben gekommen.«

Crane fühlte sich plötzlich, als sei ihm der Obstsalat nicht bekommen. Er machte die Glastür auf, um frische Luft in die Zelle zu lassen.

»Wie ist das passiert?«

»Ich weiß nicht. Die Polizei von Lawndale hat ein Protokoll aufgenommen. Ich weiß nur, daß die Leiche bei einem Bestattungsinstitut namens Bascom in der Crawford Avenue eingeliefert wurde.«

»Wir kümmern uns sofort darum.« Crane schrieb den Namen auf einen Notizblock, der an einer Leiste unter dem Telefon befestigt war. »Übrigens, ist Mr. Woodbury da?«

»Ja. Möchten Sie mit ihm sprechen?«

»Nein danke. Wiedersehen.«

William Crane hatte leicht zu schwitzen begonnen. Er rieb sich das Gesicht mit einem Taschentuch und kramte dann in seiner Tasche nach einem weiteren Nickel. »Verflucht nochmal!« sagte er laut. »Verflucht nochmal!« Er wählte die dritte Nummer.

Direktor Buckholtz meldete sich unter seiner Privatnummer. »Hallo?«

»Hier spricht Crane. Haben Sie eine Nachricht für mich?«

»Sie sollen sich um drei Uhr in Weber's Tabakgeschäft, Ecke Randolph und Wells, mit zwei Männern treffen. Es sind Freunde von Connors, und sie werden Sie ansprechen. Drei Uhr.«

»Vielen Dank, Herr Direktor.«

»Kommen Sie voran?«

»Nicht besonders.«

»Sie beeilen sich besser – Sie haben nicht mehr viel Zeit.«

»Als ob ich das nicht wüßte.«

Crane kehrte an den Tisch zurück und erzählte den anderen von Sprague.

Finklestein sagte schließlich: »Sieht so aus, als hätte ihn jemand umgelegt. Eine andere Erklärung sehe ich nicht.«

»Es ist verdammt komisch«, sagte Williams. »Zumal uns ungefähr zur gleichen Zeit 'n paar Killer umlegen wollten.«

Crane mußte Finklestein erzählen, wie die Männer in dem Auto in der Nähe des Polizeipräsidiums auf sie geschossen hatten. Seine Erzählung, wie sie um Haaresbreite davongekommen waren, nahm ihn so mit, daß er bei der Kellnerin einen doppelten Scotch mit Soda bestellte. Williams schloß sich an.

Der Anwalt war fassungslos. »Aber das können die nicht machen. Zuerst war's Grant, dann haben sie's bei euch probiert, und jetzt Sprague. Die müssen zwangsläufig in Schwierigkeiten kommen.«

Crane trank mit einem Schluck die Hälfte seines Alkohols. Er begann sich geringfügig besser zu fühlen. Er fragte: »Warum haben die Sprague ausgerechnet jetzt umgebracht?«

»Die haben gewußt, daß er uns heute morgen irgendwas stecken wollte«, sagte Williams.

»Woher haben sie das gewußt?«

Finklestein runzelte die Stirn. »Bei Gott! Es sieht so aus, als hätte jemand aus unserer Gruppe geplaudert.«

»Der einzige andere Mensch, der hätte hören können,

was wir sagen«, meinte Crane, »ist der Direktor.« Er trank seinen Whisky aus und bestellte noch einen. »Aber ich glaube nicht, daß er das Risiko eingehen würde, über unsere Treffen zu plaudern. Er hätte Angst, selber in die Klemme zu geraten.«

»Und was wollen Sie wegen Sprague unternehmen?«

»Doc und ich fahren hin. Sie sehen zu, daß Sie rausfinden können, wo jeder zwischen sieben und neun gestern abend war.« Crane bekam von der Kellnerin den Whisky. »Sie könnten jemand drauf ansetzen, Spragues Bewegungen zurückzuverfolgen. Finden Sie raus, um welche Zeit er das Büro verlassen und ob er im Lauf des Tages irgendwas Ungewöhnliches getan hat.«

»In Ordnung.« Finklestein übernahm die Rechnung. »Wann sehe ich Sie wieder?«

»Ich weiß es nicht.« Crane kippte das Whiskyglas, fuhr mit der Zunge um den Rand und fügte geheimnisvoll hinzu: »Vielleicht nie.«

Als erstes fuhren sie zum Beerdigungsinstitut Bascom in der South Crawford Avenue 605 und sprachen mit einem Leichenbestatter mit lakritzfarbenen Leberflecken unter den Augen.

»Ich kann Ihnen versichern, daß der Verblichene an Verletzungen verstorben ist, die er beim Aufprall des Autos davontrug«, wiederholte der Leichenbestatter. »Wenn Sie sich den Leichnam ansehen wollen, dann ...«

»Lassen Sie nur«, sagte Crane. »Wir hatten uns gedacht, daß Mr. Sprague vielleicht ermordet worden sein könnte, aber wenn Sie sicher sind, daß er nicht erschossen oder erstochen wurde, dann verlassen wir uns darauf.«

Der Leichenbestatter war gekränkt. »Ich habe den Leichnam persönlich hergerichtet.« Er stand unter einer Palme, die so aussah, als hätte er sie ebenfalls einbalsamiert.

»Okay.« Crane machte Anstalten, seinen Hut aufzusetzen, überlegte es sich anders. »Sie richten ihm doch ein schönes Begräbnis aus?«

»Aber ja, Sir!« Der Leichenbestatter deutete auf ein Schild, das neben einer kleinen und noch hinfälligeren Palme an der mahagonigetäfelten Wand hing. »Eins von unseren Bascom-Galabegräbnissen.«

Das Schild verriet, daß ein Galabegräbnis, einschließlich eines repräsentativen Lincoln-Leichenwagens, dreier Wagenladungen Trauernder (auf Wunsch stellen wir zusätzliche Trauergäste) und der Benutzung der Privatkapelle mit der 8000-Dollar-Bartonorgel und dem Golden-Isle-Quartett nur 217 Dollar zu stehen käme. Außerdem stünden fünf spezielle Sargmodelle zur Auswahl.

»Das ist ja ganz prima«, sagte Crane herzlich. »Ich könnt mir für meinen Freund hier kein besseres Begräbnis wünschen.«

»Wenn Sie möchten«, sagte der Leichenbestatter versuchsweise, »wir haben da einen Zahlungsplan ...«

»Wenn ich abkratze«, sagte Williams, »dann nicht in Chicago.«

Der Leichenbestatter begleitete sie zur Tür. »Das ist kein Problem. Heutzutage können Sie Begräbnisse überall in den Vereinigten Staaten telegrafisch arrangieren.«

»Mein Gott!« sagte Crane. »Demnächst kann man telegrafisch auch noch 'n Baby bestellen.«

Das Polizeirevier war ein wettergegerbtes Backsteingebäude. Sie gingen die wacklige Treppe hinauf in das Wachzimmer und fragten den Diensthabenden, ob sie den Unfallbericht über Spragues Tod sehen könnten. Er schob ihnen ein schweres Einsatztagebuch zu, und sie fanden die Stelle schließlich, ohne allerdings viel zu erfahren. Amos Sprague, siebenundsechzig, 4221 Harrison Street, Buchhalter, war bei einem Unfall mit Fahrerflucht tödlich verletzt worden, als er an der Crawford Avenue aus einer Straßenbahn der Linie Madison Street ausgestiegen war. Der Leichnam war ins Institut Bascom überführt worden. Unterzeichnet war der Bericht mit »Wallen«.

Williams wollte den Diensthabenden gerade fragen, wo sie Wallen finden könnten, als die Tür zum Büro des Captains aufging und Deputy Strom und ein weiterer Beamter herauskamen.

»Ihr Ganoven schon wieder.« Der Deputy schien sich über ihren Anblick nicht zu freuen. »Ich hab den Captain hier gerade gefragt, ob ihr schon da wart.«

»Wir haben gerade erst davon gehört«, sagte Williams. »Was ist passiert?«

»Der Captain weiß alles darüber.« Deputy Strom drehte sich um und führte sie ins Büro zurück. »Captain O'Grady, das ist Doc Williams, der mal bei der Staatsanwaltschaft war, und Mr. – äh ...«

»Crane.«

»Freut mich, Sie kennenzulernen.« Captain O'Grady war ein gutaussehender älterer Ire mit zottigen Augenbrauen, der sich in der blauen Uniform mit den Goldlitzen kerzengerade hielt. »Ist es in Ordnung, wenn ich ihnen erzähle, was wir haben?«

»Nur zu«, sagte der Deputy. »Erzählen Sie ihnen alles.«

»Tja, es ist sowieso nicht der Rede wert.« Captain O'Grady bedeutete ihnen mit einer Handbewegung, Platz zu nehmen, und setzte sich hinter seinen Schreibtisch. »Dieser Sprague ist gestern abend gegen acht an der Crawford aus einer Straßenbahn der Linie Madison ausgestiegen. Er ging gerade auf den Bürgersteig zu, als eine große Limousine ihn erwischt hat. Der Schaffner, Zimmerman ...«

Deputy Strom sagte: »Ein braver Ulsterman.«

»Zimmerman«, wiederholte Captain O'Grady, »hat angehalten und ist rausgesprungen, aber einer von den beiden Männern in der Limousine kniet schon neben Sprague und tastet seinen Körper ab. ›Er ist tot‹, sagt der Mann zu Zimmerman und steht auf. Zimmerman fragt ihn nach seinem Namen, und der Mann sagt: ›Du kannst mich mal‹, steigt in sein Auto und ist weg, ehe ihn jemand aufhalten kann.«

Crane fragte: »Hat sich jemand die Autonummer gemerkt?«

»Das ist das Komische an der Sache. Scheint's hat das Auto überhaupt keine Nummernschilder gehabt.«

Deputy Stroms hellwache Augen kontrastierten mit der Ungerührtheit seines massigen Gesichts. »Es war dunkel, und vielleicht haben der Schaffner und die Fahrgäste die Nummernschilder nicht sehen können.«

Crane fragte: »Sie halten es also für einen Unfall?«

»Ich weiß nicht.« Der Deputy rieb sich das Kinn. »Ich

hätt's dafür gehalten, wenn ihr beide mich gestern abend nicht mit euren Räuberpistolen hippelig gemacht hättet.«

»Ungefähr so hippelig«, sagte Mr. Williams, »wie Rockefeller, wenn er 'n neuen Zehner in der Hose findet.«

»Vielleicht hab ich eurer Geschichte da keine große Bedeutung beigemessen, aber sogar 'n Bulle kann seine Meinung ändern. Natürlich haben wir jeden Tag Fälle von Fahrerflucht, aber normalerweise halten die Fahrer überhaupt nicht an. Es sieht schon merkwürdig aus. Dieser Sprague war doch einer der Leute, die wir für euch nachschlagen sollten, oder?«

William Crane nickte.

»Und was hat er mit Westland zu tun gehabt?«

Crane erzählte ihm von dem Versprechen des alten Buchhalters, ein Motiv für die Ermordung von Mrs. Westland zu nennen, und wie sie sich bei dem morgendlichen Treffen gefragt hatten, wo er steckte.

»Erlaubt der alte Buckholtz, daß ihr alle euch jeden Tag mit Westland trefft?«

»Nee«, log Williams. »Er läßt bloß seinen Anwalt, Finklestein, zu ihm. Wir warten draußen.«

Crane wandte sich an Captain O'Grady. »Meinen Sie nicht, der Mann im Sedan hat möglicherweise nachgesehen, ob Sprague irgendwelche Papiere bei sich trug, nachdem er sich vergewissert hatte, daß er tot war?«

»Könnte schon sein. Jedenfalls hat man bei dem Mann überhaupt keine gefunden.«

Der Deputy trommelte mit den Fingern ein Stakkato auf den Tisch. »Was, meinen Sie, hat Sprague auf der Pfanne gehabt?«

»Wenn ich's bloß wüßte«, antwortete Crane. »Falls er ermordet worden ist, muß es was ziemlich Gutes gewesen sein.«

»Das ist so ungefähr der verrückteste Fall, den ich je erlebt habe«, sagte Deputy Strom. »Warum ist Sprague nicht schon längst zu uns gekommen, wenn er was gewußt hat? Warum hat er bis ein paar Tage, bevor Westland auf den Stuhl wandert, gewartet? Und Grant. Wie paßt der ins Bild? Was hat 'n Schmalspurgauner mit 'nem Haufen Leute aus der feinen Gesellschaft zu tun? Für mich ergibt das keinen Sinn.«

Crane ging zur Wand und betrachtete ein 1893 aufgenommenes Bild der Veteranen der Haymarket-Unruhen. Die Männer sahen seltsam aus mit ihren Schnauzbärten, langen, blauen Mänteln und starren Helmen mit den goldenen Nummern vorne drauf. »Ich kann's mir nur so vorstellen«, sagte er, »daß Grant während des Prozesses Angst hatte, zur Polizei zu gehen, weil er befürchtet hat, sie schicken ihn in den Bau, weil er in der Mordnacht in Mrs. Westlands Gebäude war. Vielleicht hat er in der Nacht in der Gegend ein Ding gedreht. Jedenfalls muß er gesehen haben, wie Westland die Wohnung verlassen und seiner Frau gute Nacht gesagt hat, und deshalb konnte er sicher sein, daß Westland nicht der Mörder war. Und als er dann mitgekriegt hat, daß Westland verurteilt worden ist, hat er beschlossen, es bei der Polizei drauf ankommen zu lassen und auszusagen.«

Deputy Strom schüttelte den Kopf, sagte: »Und Sprague ...?«

»Und Sprague hat Westland wahrscheinlich für schuldig

gehalten, bis Finklestein ihn zu unserer Konferenz gebeten hat. Die erste Frage, die der Anwalt allen gestellt hat, war: ›Wer könnte ein Motiv dafür gehabt haben, Westland aus dem Weg zu räumen?‹ Sprague ist beim Überlegen plötzlich was eingefallen, was vorher nichts für ihn bedeutet hatte. Also hat er nachgeforscht, ist dem Mörder auf die Zehen getreten und umgelegt worden.«

Der Deputy sagte: »Das alles stimmt aber nur, wenn Sie glauben, daß Westland seine Frau nicht umgebracht hat, sondern reingelegt worden ist.«

»Das muß ich glauben, ich arbeite nämlich für Westland.«

»Ich denke, Sie sind auf der richtigen Fährte, mein Junge«, sagte Captain O'Grady. »Natürlich bin ich nicht so'n hervorragender Detektiv wie der Deputy.«

Deputy Strom freute sich. »Nun lassen Sie doch die Bauchpinselei, Captain. Ich bin bloß 'n Plattfuß, der Glück hat.« Er legte Williams die Hand auf die Schulter. »Ich sehe immer noch keinen Grund, meine Meinung über Westlands Schuld zu ändern, aber ich möchte auch keinen Unschuldigen auf den Stuhl wandern sehen. Kann ich Crane oder dir irgendwie helfen, Doc?«

Crane sagte: »Finklestein überprüft, wo jeder war, als Sprague ums Leben kam.« Er rieb sich den Nacken. »Und er will versuchen, Spragues Bewegungen an diesem Tag zurückzuverfolgen, aber das wird schwierig. Ob Sie wohl jemand darauf ansetzen könnten?«

»Klar. Ich stelle ein paar Männer ab.«

»Dann ist da noch was.« Crane blickte den Deputy unschlüssig an. »Woodbury – das ist Westlands Partner –

hat genau die gleiche Webley Automatic, wie Westland sie hatte. Sie haben zusammen im British Air Corps gedient. Ich hätte gern, daß Major Lee, der Ballistikexperte, sie sich ansieht. Er hat doch noch das Gutachten über die Kugel, die Mrs. Westland getötet hat?«

»Er bewahrt alle seine Gutachten auf. Aber ich weiß nicht, wie ich die Pistole von Woodbury kriegen soll. Ich bräuchte 'n Durchsuchungsbefehl, um in seine Wohnung zu kommen. Trotzdem, Doc Williams und ich haben schon Schlimmeres getan, als 'ne Pistole zu klauen. Was wollen Sie darüber wissen – ob Mrs. Westland damit umgebracht worden ist?«

»Das und außerdem, ob es möglicherweise Westlands Pistole sein könnte. An seiner war ein Namensschildchen, und Major Lee könnte überprüfen, ob eines entfernt wurde oder ob dran rumgefummelt worden ist.«

»Okay«, sagte der Deputy. »Aber ich liefere die Pistole unter Ihrem Namen bei Lee ab. Ich möchte mit der Sache offiziell nichts zu tun haben.«

»Das ist mir recht. Ich melde mich heute abend bei Lee und sage Ihnen Bescheid, was er rausfindet.«

»Ja, falls ich die Pistole kriege«, sagte Deputy Strom.

»Keine Sorge, Boss«, sagte der Mann, der Butch hieß. »Mit denen werden wir schon fertig.« Er war ein kompakter, dunkelhaariger Mann mit einer Nase, die gebrochen und schlecht gerichtet worden war. Sein linkes Auge war mit weißen Flecken getüpfelt; eine gezackte Narbe halbierte seine Stirn.

Crane, Williams, Butch und ein weiterer Mann namens

Little Joe fuhren in einem schwarzen Lincoln-Tourenwagen mit Seitenvorhängen auf der Madison Street westwärts. Little Joe war ein untersetzter Mann mit einem drahtigen Klumpen rötlichen Haars auf dem Kopf, der ihm unterhalb seiner grauen Mütze bis in den Nacken wucherte. Er fuhr den Tourenwagen unter lässiger Mißachtung der Schwerkraft, der Verkehrsvorschriften und anderer Autofahrer.

Crane sagte: »Vielleicht sind die ja gar nicht so hart.«

»Hör zu, Boss«, sagte Butch, »härtere als uns gibt's nicht.« Er prahlte nicht, er stellte schlicht eine Tatsache fest. »Wenn's welche gäbe, würden wir nicht die Transportarbeitergewerkschaft schmeißen. Stimmt's nicht, Joe?«

»Ja«, sagte Joe.

Butch sah Crane grimmig an. »Connors muß euch von uns erzählt haben.«

»Und ob.« Wind fegte die Seitenvorhänge gegen die Karosserie des Wagens und pfiff durch den Fond. Crane schauderte, zog sich den Kragen über die Ohren. »Er hat gesagt, ihr Jungs könntet in den Himmel reinmarschieren und mit 'nem Laster voll Harfen wieder rauskommen.«

Das war eine Lüge, aber es stellte Butch zufrieden.

»Connors hätte keine Probleme gekriegt«, sagte er, »wenn er bloß die Bullen zufrieden gelassen hätte. Es ist okay, 'n Ganoven umzulegen oder so, aber auf Bullen schießen, da mußt du vorsichtig sein. Das macht den Richter sauer, und manchmal kriegst du die Sache nicht mehr hingebogen.«

Sie bogen mit quietschenden Reifen in die Halstead

Street ein und krachten in das Heck einer glänzenden Limousine, die gerade aus einer Parklücke stieß. Ein großer Mann kletterte gewichtig aus der Limousine und stakste auf Little Joe zu, der schon draußen war und den Schaden begutachtete. Das Gesicht des Mannes war rot, und er sagte:

»Warum passen Sie nicht auf, wo Sie hinfahren?«

Little Joe testete mit dem Fuß die vordere Stoßstange des Lincoln, nickte zufrieden und machte Anstalten, wieder einzusteigen.

»Moment mal, Freundchen«, sagte der Mann. »Moment mal. So kommen Sie mir nicht davon.« Er zerrte Little Joe an der Schulter.

Little Joe fuhr herum und fixierte ihn, auf den Zehen wippend. Seine Arme wirkten eigenartig lang für seinen gedrungenen Körper. »Wollen Sie etwa 'ne Staatsaktion draus machen, Mister?« fragte er.

Die puterrote Aufgeblasenheit schwand aus dem Gesicht des Mannes, das mit einemmal fahl und ängstlich war. Er wich zwei Schritte zurück, wollte etwas sagen und tat es dann doch nicht. Seine Arme winkelten sich vor ihm ab, als wollte er Little Joe von sich wegstoßen.

»Du hast Schwein, daß ich's eilig hab«, sagte der Gangster, »sonst würd ich dir die Fresse polieren.« Er stieg in den Tourenwagen, legte den Gang ein, fuhr los und ließ den großen Mann neben seinem beschädigten Auto auf dem Bürgersteig stehen.

»So 'n Klugscheißer«, meinte Butch.

Little Joe sagte bedauernd: »Ich hätt ihm eine verpaßt, nur war da 'n Bulle an der Ecke.«

Vor Petros Restaurant in der Halstead Street rollten sie sanft aus, und alle vier gingen hinein. Am Tresen tranken zwei Italiener ihr Bier, einen Fuß auf der Messingstange, und der kleine, kahlköpfige Barmann zapfte gerade einen Krug Bier aus einem Messinghahn. Butch blieb kurz an der Tür stehen und ließ das Schloß schnappen, damit es einrastete, wenn die Tür zugemacht wurde. Der Barmann strich mit einem verfärbten Lineal den Schaum auf dem Krug ab, sah sie überrascht an.

Little Joe wandte sich an die beiden italienischen Gäste. »Möchtet ihr zu Fuß oder in 'nem Leichenwagen heimkommen?« fragte er.

Die sanften, braunen Augen voller Angst, machten die Männer einen Bogen um Little Joe und einen Bogen um Butch und gingen still zur Tür hinaus. Butch schloß sie fest hinter ihnen.

»Was 'n los?« fragte der Barmann. »Was soll 'n das?«

»Wo ist Petro?« fragte Crane.

Der Barmann hatte immer noch den Krug in der einen und das Lineal in der anderen Hand. Der Schaum auf dem Bier war verschwunden. »Was 'n los?« wiederholte er. »Was 'n los mit euch?«

Butch ging um einen Spielautomaten auf einem hohen Tisch mit gekrümmten Metallbeinen herum, griff über den Tresen und packte den Barmann am Kragen. Er schlug ihm den Krug aus der Hand und zerrte ihn über den Tresen. Die Füße des Barmanns trafen die Krüge, die die beiden Italiener hatten stehenlassen, und schmetterten sie auf den Boden. Das verschüttete Bier machte feuchte Ovale auf dem Holz.

Durch die chintzverhangene Tür zum Speisesaal kam der junge Kellner, der sie am Montag bedient hatte. Seine dunklen Augen waren ungläubig und wütend. Er brüllte: »Was glaubt ihr denn, wo ihr hier seid?« Sein Gesicht war trübe von Schmutz und einem Zweitagebart.

Little Joe bewegte sich auf ihn zu. »Hallo, Makkaroni«, sagte er.

»Moment mal.« Williams trat vor den geduckten Gangster. »Der Chorknabe gehört mir.«

Er verpaßte dem Kellner eine verhaltene Linke und erwischte ihn dann mit einer weitausholenden Rechten genau unter dem Kieferknochen am Hals. Mit einknickenden Knien taumelte der Kellner rückwärts gegen den Tisch mit den Metallbeinen, glitt wie ein Schauspieler in einer Zeitlupenaufnahme daran herunter. Der Spielautomat rutschte von der geneigten Kiefernholzplatte, landete auf seiner Schulter, prallte dann auf den Boden und spuckte Münzen über die rissigen Dielen. Gleich darauf kippte der Kellner auf einen Haufen Nickel, von wo er Williams haßerfüllt anfunkelte.

Crane sah fasziniert zu, bis Butch sagte: »Da ist noch einer.«

Es war Joe Petro. Er trug Slipper, Hosen ohne Gürtel und ein lila Hemd, und sein dicker Körper füllte die Türöffnung aus. Sein Hemd war am Kragen offen, wie bei einem Schriftsteller, der darauf wartet, fotografiert zu werden, nachdem er seinen ersten Roman verkauft hat, nur hatte der Italiener ein fleckiges Flanellunterhemd an. Sein Gesicht war ausdruckslos. Mit der linken Hand hielt er den Chintzvorhang auf.

»Flossen hoch«, sagte Little Joe, »wir wollen mit dir reden.« Er hatte einen kurzläufigen 38er in der Hand.

Crane trat zur Seite, um nicht getroffen zu werden, falls der Revolver losging. »Erinnerst du dich an mich?« fragte er Petro.

Der Italiener schüttelte den Kopf.

»Der Chorknabe erinnert sich an mich«, sagte Williams und sah den Kellner an; »stimmt's, Chorknabe?«

Von dem Münzenhaufen funkelten ihn trotzige, schwarze Augen an.

Butch zog den Barmann näher zu sich heran. »Du legst dich besser auch hin«, sagte er. Er verdrehte ihm das Handgelenk, schleuderte den alten Mann zu Boden.

»Wir tun dir nichts, wenn du uns die Wahrheit sagst, Petro«, sagte Crane. »Wir wollen wissen, warum du und deine Männer versucht haben, uns gestern abend beim Polizeibüro umzubringen.«

»Ja, sag's uns«, meinte Little Joe.

Petros dickes Gesicht hatte die Farbe von Talg. »Du bist verrückt«, sagte er. »Ich kenn dich nicht.«

»Soll ich ihm eine verpassen, Boss?« fragte Butch.

Crane sagte: »Noch nicht.« Er blickte den großen Italiener finster an. »Ich weiß, daß ihr auf uns geschossen habt, aber ich will wissen, warum.«

Petros Mund zuckte krampfhaft. »Verpiß dich, du Scheißkerl.« Die aus dem dicken Hals hervordringende Stimme war lächerlich schrill. »Auf die Tour kannst du Joe Petro nicht kommen.«

»Hau ihm eine rein«, sagte Crane.

Butch haute ihm eine rein.

Little Joe sagte: »Laß die Pfoten oben, Makkaroni, oder ich niete dich um.«

»Willst du's uns jetzt sagen?« fragte Crane.

In den vorquellenden Augen kochte Haß.

Crane sagte: »Hau ihm noch eine rein.«

Diesmal legte Butch die Schultern in den Schlag. Es gab einen dumpfen Aufprall, wie wenn ein Auto ein Pferd rammt, und der Italiener verlor das Gleichgewicht, torkelte rückwärts an die Wand. Er sackte dagegen, blinzelte sie benommen an. Butch betrachtete ihn ungläubig. »Ach du Schande!« sagte er. »Ich hab, scheint's, keinen Dampf mehr dahinter.« Er ging näher heran und trieb Petro mit einem hammerartigen Abwärtshaken zu Boden.

Von den Münzen kam ein schlitterndes Geräusch, und im Umdrehen bekam Crane gerade noch mit, wie Williams' Fuß nach dem rechten Arm des Kellners ausschlug. Ein Stilett beschrieb einen anmutigen Bogen in der Luft, prallte neben dem Eingang an die Wand und klirrte auf den Boden. Der Kellner jaulte vor Schmerz auf und umklammerte sein Handgelenk.

»Der Chorknabe will abgeknallt werden«, sagte Little Joe.

Während sie darauf warteten, daß Petro wieder zu sich kam, zapfte Williams vier Krüge Bier und reichte jedem einen. Das Bier war kalt und schmeckte ausgezeichnet. Butch leerte seinen Krug in einem Zug, füllte ihn am Zapfhahn nach, ging dann zu Petro hinüber und sagte: »Stinkt mir gewaltig, das Zeug zu verschwenden.« Er goß dem Italiener das Bier über den Kopf.

Es dämmerte schon, und Crane machte das elektrische

Licht an. Der große Italiener stöhnte, versuchte aufzustehen. Williams zündete sich eine Zigarette an und sah ihm interessiert zu. »Meinst du, daß er jetzt redet?« fragte er. Er inhalierte genüßlich, stieß den Rauch gleichzeitig durch Mund und Nase aus.

Der alte Barmann lag immer noch dort, wo Butch ihn hingeworfen hatte, den Kopf in den Armen vergraben. Er stellte sich tot.

Nachdem das Rumpeln einer vorbeifahrenden Straßenbahn verklungen war, versuchte Crane es noch einmal. »Du kannst es uns genausogut gleich sagen, Petro, wir bleiben nämlich so lange hier, bis du redest.«

Mühsam atmend wie ein Mann mit Lungenentzündung, stützte der Italiener einen Ellbogen auf den Boden und versuchte mit dem anderen Arm, Crane abzuwehren. Aus seinem Mund sickerte Blut, und sein Blick war verstört. Reden wollte er allerdings nicht.

Über ihn gebeugt, fragte Crane die anderen: »Was zum Teufel machen wir jetzt?«

»Ich kann den Chorknaben zum Reden bringen.« Williams hatte sich das Stilett geschnappt und balancierte es auf dem Zeigefinger. »Stimmt's, Chorknabe?«

Der Kellner zischte ihn mit zusammengebissenen Zähnen an.

»Nein«, sagte William Crane. »Ich will die Geschichte von Petro hören.«

Little Joe war zur Speisesaaltür gegangen und schaute von dort aus in Richtung Küche. »Vielleicht hat der Makkaroni da hinten 'ne Tochter«, sagte er. »Wenn ich der 'n bißchen ...«

Butch unterbrach ihn. »Diese Spaghettischnallen sind das pure Gift.« Er griff über den Tresen nach unten und holte eine Literflasche Whisky und eine verchromte Zitronenpresse hervor. »Ich hab 'ne bessere Idee, auch wenn's nicht soviel Spaß macht.« Er zog mit den Zähnen den Korken aus der Flasche, spuckte ihn auf den Boden und trank geräuschvoll.

Crane fragte: »Was für 'ne Idee?«

Butch wischte sich mit dem Jackenärmel den Mund ab, reichte Little Joe die zu einem Viertel geleerte Flasche. »Pack den Makkaroni am linken Arm«, befahl er Crane.

Petros Fleisch unter dem lila Seidenhemd war erstaunlich fest, und Crane ergriff den Arm mit beiden Händen. Butch, der auf der anderen Seite kniete, zog ein Knäuel braune Schnur aus der Jackentasche, wickelte dem Italiener ein Stück davon um das rechte Handgelenk und knotete es an einem Heizungsrohr fest. »Das reißt der Dreckskerl nicht ab«, verkündete er.

Wieder rollte auf der Halstead Street eine Straßenbahn vorbei, brachte den Raum zum Vibrieren.

Little Joe grinste auf sie herunter, den 38er in der einen, die mittlerweile halbleere Flasche in der anderen Hand. »Willst du ihm den Goldfisch zeigen?«

Butch nahm die verchromte Presse in die Hand. Sie hatte zwei lange Griffe, mit deren Hebelkraft man die Zitronen ausquetschte. »Dem zeig ich 'n Goldfisch, so einen hat er noch nie gesehen.« Er klemmte die Hand, die Crane festhielt, in die Presse.

Petros kleine Augen huschten angstvoll fragend

zwischen ihnen hin und her, und sein Atem machte ein rasselndes Geräusch in seiner Kehle.

Die Backen der Presse paßten genau um die glatte Hand des Italieners. »Ganz schön empfindlich, was, Makkaroni?« erkundigte sich Butch. Er drückte die Griffe der Presse zusammen.

Petros heiseres Schreien gellte ihnen in den Ohren.

Als Butch den Druck lockerte, fragte Crane: »Es waren du und deine Leute, die auf uns geschossen haben, stimmt's?«

Fiebriger Schweiß war dem Italiener ins Gesicht getreten. Er fuhr sich mit der Zunge über die wulstigen Lippen, sah Crane flehend an. Butch verstärkte den Druck der Zitronenpresse, und er sagte rasch: »Ja, wir haben auf euch geschossen.«

»Schon besser.« Crane nickte. »Und warum habt ihr versucht, uns umzunieten?«

Petros zitternde Lippen murmelten den Namen »Grant«.

»Ihr habt gedacht, wir hätten ihn ans Messer geliefert, stimmt's?«

Petro nickte.

Die Augen im trüben elektrischen Licht so dunkel wie reife Oliven, sahen der Kellner und der Barmann vom Boden aus schweigend zu. Little Joe verputzte gelangweilt den Rest des Whiskys.

»Haben wir aber nicht«, sagte Crane. »Jemand hat ihn erwischt, bevor wir rauskriegen konnten, was er über den Fall Westland gewußt hat. Oder glaubst du, wir bringen jemand um, von dem wir Informationen haben wollen?«

Der Italiener, der immer noch schwitzte, gab keine Antwort. Crane fuhr fort: »Wir wollen rausfinden, was er über Westland gewußt hat.«

Butch hielt das für einen guten Zeitpunkt, Druck auf die Zitronenpresse auszuüben. Petro stöhnte: »Jesus Cristo!« und sank ohnmächtig gegen den Heizkörper.

Little Joe drohte seinem Kumpan scherzhaft mit der Flasche. »Das hättste aber nich' machen sollen«, sagte er, »wo er sich doch grade ausquatschen wollte.« Er goß Petro den Rest des Whiskys ins Gesicht.

Butch fragte entrüstet: »Woher soll ich wissen, daß der Makkaroni so 'n zartes Pflänzchen ist?«

Irgendwo im Hinterzimmer schlug eine Uhr, jagte fünf klingende Silberkugeln durch den Raum. Petro rappelte sich wieder in Sitzhaltung hoch, das Blut stieg ihm ins Gesicht zurück, sein Blick zeigte keine panische Angst mehr, nur noch ruhige Schicksalsergebenheit. »Laßt ihr mich beten, bevor ihr mich umbringt?« fragte er.

Crane sagte: »Sag uns zuerst, was Grant über den Fall Westland gewußt hat.«

Petros Stimme war kaum hörbar. »Er hat's mir nicht gesagt.«

»Red kein Blech«, sagte Butch. »Er muß es dir gesagt haben. Komm rüber damit, sonst quetsch ich dich mit dem Ding da mal richtig aus.«

Petro schüttelte den Kopf.

»Moment!« Der Kellner setzte sich auf. »Ich sag's. Tun Sie ihm nichts mehr. Mannie Grant hat Mr. Westland in der Mordnacht gute Nacht sagen sehen – da hat seine Frau noch gelebt.«

»Brav, Chorknabe«, sagte Doc Williams.

»Na also«, sagte Crane. »Und jetzt sag uns, wer der ölige Bursche war, von dem ihr uns im Hotel habt beschatten lassen.«

Der Blick des Kellners wich Petro aus. »Das war der Chevalier.«

»Der Killer!« Little Joe pfiff. »Was hat 'n der mit 'nem Amateurverein wie euch zu tun, Chorknabe?«

Der Kellner sagte kleinlaut: »Er ißt oft hier.«

»Und hat euch bloß 'n Gefallen getan.« Little Joes Gesicht wurde bösartig. »Hör zu! Sag dem Chevalier, er soll unsereinen in Ruhe lassen, wenn er das nächste Mal Pfadfinder spielen will. Er soll sich an Kanaken halten, sonst kriegt er irgendwann demnächst das Gas abgedreht.«

Butch, der neben Petro auf dem Boden kniete, fragte Crane: »Noch was, Boss?«

Beim Anblick von Petros schmerzgequältem Gesicht wurde Crane übel. »Nein, laß ihn los.«

Butch versuchte, die Presse von der Hand des Italieners loszuzerren, und sah sie dann überrascht an. »Ach du Schande!« sagte er, »das blöde Ding steckt in 'nem Knochen fest.«

Crane stand rasch auf, eilte zur Tür. »Die sollen einen Arzt holen«, rief er über die Schulter und trat auf die Straße hinaus.

Die harten Strahlen einer Bogenlampe durchschnitten die Dunkelheit. Williams und Butch kamen ihm nach. Der Wind legte sich wie ein feuchtes Handtuch auf ihre Gesichter.

Hinter ihnen blieb Little Joe in der erleuchteten Türöffnung stehen, sprach in den stillen Raum hinein.

»Benehmt euch lieber, ihr Spaghettifresser«, sagte er, »sonst werden wir 'n bißchen unangenehm, wenn wir das nächste Mal wiederkommen.«

12

Mittwoch abend

»Nein, Ma'am«, sagte William Crane, »mit dem Zimmer ist alles in Ordnung.«

Er lag im Hotelzimmer auf dem Bett, das Telefon auf der Brust. Es war Essenszeit, und draußen war es ganz dunkel und nicht laut. In leichten Stößen kam beißend kalte Luft durch das zu einem Viertel offene Fenster. Es tat gut, auf einem Bett zu liegen. Crane sprach mit klagender Stimme in den Hörer. »Ich will bloß mit dem Polizeipräsidium sprechen. Macht es Ihnen sehr viel aus, wenn ich mit dem Polizeipräsidium sprechen will?«

Mit belustigt hochgezogenen Schultern sah ihm Williams aus der Umarmung eines überpolsterten Sessels zu. In der Hand balancierte er ein Glas Bourbon mit einem großzügigen Schuß New-Orleans-Absinth.

»Ich will nicht mit dem Manager sprechen«, sagte Crane. »Ich will auch nicht mit dem Hausdetektiv sprechen. Mit dem Zimmer ist alles in Ordnung. Ich will bloß mit dem Polizeipräsidium sprechen.«

Geschlagen gab die Telefonistin des Hotels durch den Hörer ärgerliche Schnalzlaute von sich. Endlich sagte eine andere Frau: »Polizeipräsidium«, und Crane sagte: »Deputy Strom.«

Nachdem sich an diversen Nebenanschlüssen eine Reihe Männer mit mürrischen Stimmen gemeldet hatten, wurde der Deputy schließlich ausfindig gemacht. Crane fragte ihn, ob er irgendwelche Neuigkeiten hatte.

»Ich hab die Pistole für Sie besorgt und bei Major Lee deponiert.« Die Stimme des Deputys dröhnte wie das Brüllen eines Stiers, als führe er ein Überseegespräch. »Nach dem Abendessen kriegen Sie seinen Bericht. Ich verlaß mich drauf, daß ihr beide mir Bescheid sagt, was ihr von ihm erfahrt.«

»Wir rufen Sie an«, sagte Crane. »Wie sieht's mit Sprague aus?«

»Da gibt's nichts Besonderes. Er ist gestern zur üblichen Zeit ins Büro gekommen, hat bis sechs gearbeitet und ist dann gegangen.«

»Wieso hat er so lange gearbeitet?«

»Im Büro hat's geheißen, er hätte ein paarmal die Woche so lange oder noch länger gearbeitet.«

»Wo ist er vom Büro aus hingegangen?« fragte Crane.

»Wir sind nicht sicher, aber wir glauben, daß er Simmons, den Butler von Westland, besucht hat.«

»Ach nee!«

»Ja. Eine von den Stenographinnen im Büro hat gehört, wie er Simmons angerufen und gefragt hat, ob er gegen halb sieben da wäre.«

»Haben Sie Simmons gefragt, ob der Alte ihn besucht hat?«

»Ich hab zwei Leute hingeschickt, die mit ihm geredet haben, aber er hat gesagt, er hätte Sprague nicht zu Gesicht bekommen. Er hat zugegeben, daß er einen Anruf von ihm gekriegt hat, wie's das Mädchen uns gesagt hat, aber Sprague ist angeblich nicht aufgetaucht.«

Ein Mann und eine Frau, die sich laut unterhielten, kamen an der Tür vorbei. Ihre Stimmen drangen durch das Oberlicht herein. Der Tonfall der Frau war schrill. »Ich seh nicht ein, warum ich mich von dem behandeln lassen soll, als wär ich 'n billiges Flittchen ... oder seine Frau«, sagte sie nörgelnd.

Crane grinste Doc Williams an, sagte in die Sprechmuschel: »Haben Sie nachgesehen, ob Simmons vorbestraft ist?«

Die Stimme des Deputys klang gekränkt. »Glauben Sie, ich bin mit 'nem Fernkurs Bulle geworden? Ich hab nachgesehen, und er ist nicht vorbestraft.«

»Was wollen Sie jetzt machen?«

»Nichts. Sie können jemanden nicht festnehmen, weil er angeblich mit 'nem Kerl geredet hat, der später bei 'nem Unfall mit Fahrerflucht draufgegangen ist, oder?«

»Nein, vermutlich nicht.«

»Reden Sie mit Simmons. Vielleicht kriegen Sie was aus ihm raus.« Die Stimme des Deputys verlor etwas von ihrer Lautstärke. »Sie können mich später wegen ihm und der Kanone anrufen. Ich bin bis Mitternacht hier im Büro.«

»Okay.« Crane legte behutsam den Hörer auf und hob ihn ein paar Sekunden später wieder ans Ohr. Es kam ein Rauschen wie von einer ans Ohr gehaltenen Muschelschale, dann ein Klicken. »Die verdammte Stöpselziege«, sagte er.

»Vergiß sie«, sagte Williams. »Die hören immer mit,

wenn sie glauben, daß man das nicht will. Wie war das mit Simmons?«

Crane erzählte es ihm, nahm dann einen Mundvoll Bourbon mit Absinth. Zuerst schmeckte es süß, aber als er es gegen den Gaumen schwappen ließ, wechselte der Geschmack zu Anis. Er schluckte langsam und atmete gleichzeitig durch die Nase aus, was ihm die scharfen Dünste durch die Nebenhöhlen in die Stirn steigen ließ.

Williams sah ihm zu. »Sei lieber vorsichtig, sonst haut dich das Zeug vom Hocker.«

»Ich will, daß es mich vom Hocker haut.«

»Was willst du wegen Simmons unternehmen?«

Crane füllte sein Wasserglas zu einem Viertel mit Absinth. Dann goß er die gleiche Menge Whisky nach. Die entstehende Mischung war dekadent grün. Er nippte versuchsweise daran, fügte einen Eiswürfel hinzu. »Was findest du besser«, fragte er, »Bourbon mit 'nem Schuß Absinth oder Absinth mit 'nem Schuß Bourbon?«

»Hör mal, willst du in der Sache das Handtuch werfen?«

Crane trank erneut, ließ sich von dem Eis an der Nase kitzeln. »Grün ist künstlerischer, aber Braun ist maskulin.« Er stellte fest, daß er Schwierigkeiten hatte, den Blick auf Williams zu konzentrieren. »Handtuch werfen? Handtuch werfen?« Er stand auf, steckte in napoleonischer Haltung eine Hand zwischen die Hemdknöpfe. »Über William Crane geht die Sonne niemals unter.«

Doc Williams goß bedauernd den restlichen Bourbon und Absinth in die Badewanne. »Wenn du was zu essen kriegst, geht's dir besser«, rief er über das Rauschen laufenden Wassers hinweg.

Crane schob die Taxitür auf, sagte zum Fahrer: »Sie können warten. Wir fahren gleich nach Norden weiter.«

Er und Williams stiegen in den grünen automatischen Fahrstuhl, und er drückte den Knopf für den achten Stock.

»Ich bin noch nie im Leben soviel Taxi gefahren«, beklagte sich Williams. »Wir machen nichts anderes als Taxifahren. Ich werd schon seekrank, wenn ich bloß dran denke. Wie weit nach Norden fahren wir?«

Crane sagte: »Das wirst du schon sehen.« Er stieß die Tür zum achten Stock auf und klingelte bei Westlands Wohnung. Er war immer noch ziemlich betrunken, hatte aber alles unter Kontrolle.

Simmons machte die Tür so weit auf, daß die Sicherheitskette gespannt war. »Ach, Sie sind's«, sagte er. Er hakte die Kette nicht los.

»Ja, wir sind's«, pflichtete Williams bei.

Simmons trug ein weißes Seidenhemd, schwarze Hosen, die ein breiter Gürtel in der Taille raffte, und schwarze Lackschuhe. Die helle Glühbirne im Treppenhaus ließ sein spitzes Kinn und seine vorspringenden Wangenknochen eckig wirken, aber seine Augen lagen im Schatten. »Was wollen Sie?« fragte er. Mit der eigenartigen Kombination von Licht und Schatten auf dem mageren Gesicht, dem Seidenhemd und dem eng um die Taille anliegenden, breiten Gürtel wirkte er wie ein gutes spanisches Gemälde eines Stierkämpfers.

»Wir möchten Ihnen noch ein paar Fragen stellen«, sagte Crane.

Simmons' Stimme war unwirsch. »Worüber?«

Aus der Leere hinter ihm tönte eine Big Band, die den Limehouse Blues spielte, melodiös und langsam und kräftig akzentuiert, so wie das Stück gespielt werden sollte. Simmons drehte sich um, rief über die Schulter: »Moment, ich stelle eben das Radio leiser«, und verschwand.

Williams sagte: »Was ist denn in den gefahren? Warum läßt er uns nicht rein?«

»Keine Ahnung«, sagte Crane. »Vielleicht denkt er, wir sind hinter dem Silber her.«

Simmons kam zurück und starrte sie durch den Türspalt an. »Also?«

Eine Hand gegen den Türpfosten gestützt, fragte Crane: »Was hat Sprague Sie gefragt, als er Sie gestern abend hier besucht hat?«

»Ich habe nicht gesagt, daß er mich gestern abend besucht hat.« Simmons blinzelte. »Wir haben telefo...«

»Ich weiß, daß Sie mit ihm telefoniert haben, aber ich weiß auch, daß er hierhergekommen ist und Sie besucht hat.«

»Ach!« Das flüchtige, unschlüssige Erschlaffen seines Gesichts verriet Simmons. Er merkte es selbst. »Hierher?«

»Ja, hierher.« Crane wurde wütend. »Ich will wissen, was Sie der Polizei nicht erzählt haben.«

Der Diener in Simmons ließ seine Stimme unterwürfig klingen. »Ich habe der Polizei nicht gesagt, daß Mr. Sprague hier war, weil ich nicht wußte, ob das Mr. Finklestein recht wäre. Es tut mir leid, wenn ich Unrecht getan habe.«

»Schon gut. Wie wär's, wenn Sie uns erzählen, was passiert ist?«

Von drinnen kam ein Klingen, wie wenn ein Buttermesser gegen ein halbvolles Glas geschlagen wird.

Simmons sprach rasch, laut. »Mr. Sprague hat mich angerufen und gesagt, er käme zu mir. Er wirkte sehr aufgeregt, als er hierherkam, und ich muß sagen, sehr merkwürdig. Ich mußte die Tür abschließen, als ich ihn eingelassen hatte, und ehe er ein Wort sagte, ging er ans Fenster und schaute auf die Straße hinunter.«

»Warum denn das?«

»Das hat er nicht gesagt, aber mir kam der Gedanke, daß er Angst hatte, daß ihm jemand folgt.« Simmons redete jetzt ungehemmter, und sein ganzes Gesicht war im Licht. »Er zog die Vorhänge zu, kam zu mir herüber und sagte: ›Simmons, ich glaube, ich weiß, wer Mrs. Westland umgebracht hat.‹«

Simmons nützte die Gelegenheit zum Dramatisieren weidlich aus und zischte »Mrs. Westland« wie ein Bühnenschurke durch die Zähne.

»›Ich glaube, ich weiß, wer Mrs. Westland umgebracht hat‹«, wiederholte er. »Genauso hat er es gesagt, aber als ich ihn fragte, wer, hat er bloß den Kopf geschüttelt und gesagt: ›Ich muß mich zuerst vergewissern.‹ Dann hat er mir einige Fragen über Mr. Westlands Pistole gestellt.«

Sie schwiegen, während der Fahrstuhl an dem Stockwerk vorbeifuhr. Das runde Glasfenster in der Tür zeigte flüchtig das gelangweilte, dick geschminkte Gesicht eines hübschen Mädchens und den weißen Seidenschal und schwarzen Mantel eines Mannes in Abendkleidung.

Als das Rumpeln verstummt war, fragte Crane: »Was hat er wissen wollen?«

»Er hat mich gefragt, wann die Pistole gestohlen wurde, und ich habe ihm gesagt, am Abend des Mordes, weil ich sie beim Saubermachen am Nachmittag noch gesehen hätte. Dann hat er sich erkundigt, wer an dem Abend in der Wohnung gewesen war, und ich habe ihm von Woodbury erzählt.«

»Schien er darüber erfreut zu sein?«

»Er hat bloß genickt. Er hat gesagt, es spielt sowieso keine Rolle.«

»Spielt keine Rolle?«

»Das hat er gesagt – es spielt keine Rolle.«

»Mist!« Crane rieb sich das Ohr. »Was hat er noch wissen wollen?«

»Das war alles.«

»Das war alles!« echote William Crane. Er drehte sich empört zu Williams um. »Sprague kommt hier rauf, fragt wegen der Kanone, kriegt raus, daß Woodbury sie hätte klauen können, sagt dann, es spielt sowieso keine Rolle, und geht nach Hause. Was ergibt 'n das für 'n Sinn?«

William sagte: »Vielleicht erzählt unser kleiner Freund hier nicht alles, was er weiß.«

»Ich schwöre, meine Herren, ich habe Ihnen alles erzählt, was Mr. Sprague gesagt hat. Ich fand es selbst eigenartig.«

Crane beobachtete die Augen des Mannes. »Er hat Ihnen keine Papiere zur Aufbewahrung übergeben?«

»Nein, Sir.«

»Waren Sie je im Gefängnis, Simmons?«

»Im Gefängnis!« Simmons' Augen in seinem bleichen Gesicht glitzerten giftig. »Wer sagt, daß ich im Gefängnis war?«

»Niemand. Ich frag Sie bloß.«

Simmons' Gesicht war jetzt völlig im Schatten. »Na gut, und ich antworte Ihnen bloß. Ich war nie im Gefängnis« – er drückte die Tür zu, bis die Kette in tiefem Bogen durchhing –, »falls Sie das etwas angeht. Gute Nacht.«

Begriffsstutzig starrten Crane und Williams auf die geschlossene Tür. »Ist richtig kiebig geworden, was?« meinte Williams.

Crane drückte den Fahrstuhlknopf und sagte: »Von dem hätten wir sowieso nichts mehr erfahren.« Er riß die grüne Tür auf und fügte hinzu: »Nicht, daß wir überhaupt was erfahren hätten.«

Schweigend verließen sie das Gebäude und stiegen in das Taxi. Der Fahrer knallte die Tür zu, fragte: »Wohin?«

»Wir wollen zur Sheridan Road 5123«, antwortete Crane, »aber unterwegs halten wir bei 'ner Kneipe.«

Den Arm in der ledernen Halteschlaufe, fragte Williams: »Wohnt da nicht Miss Martin?«

»In der Kneipe?«

»Nein, du Blödmann, an der Adresse in der Sheridan Road.«

»Egal, was für 'ne Kneipe?« fragte der Fahrer.

Crane antwortete beiden: »Ja.«

In der Kneipe rief Crane nach einem Whiskycocktail Major Lee im kriminaltechnischen Labor an und erfuhr, daß er gegen zehn wieder zurück sein würde. Auf dem Glasbord hinter der Bar stand zwischen einer bauchigen

Flasche Benediktiner und einer schlanken Flasche Goldwasser eine Uhr. Über den Tresen gebeugt, versuchte er die Zeit abzulesen. Seine Augen schienen sich nicht scharf einzustellen, und er schüttelte den Kopf.

Williams sagte: »Falls du versuchst, die Uhr da zu erkennen, es ist fünf nach neun.«

»Mach mich nicht schwach! Dann haben wir ja nur noch Zeit für zwei Drinks.«

Als sie zum Taxi zurückgingen, blies Crane den Atem in Wölkchen aus dem Mund, sah interessiert zu, wie sich in der kalten Luft der silbrige Dunst bildete. Er blieb stehen und versuchte, einen Ring zu blasen, schaffte es aber nicht. »Das is'n Punkt für die Zigarettenindustrie«, verkündete er. »Zum Ringeblasen muß man Rauch im Atem haben.« Als Williams ihn ins Taxi schubste, fragte er aufgebracht: »Warum hat man die amerikanische Öffentlichkeit nicht darüber informiert? Ist das eine Verschwörung des Schweigens?«

Zügig setzte der Fahrer das Taxi in Bewegung und fuhr auf ebenem Pflaster Richtung Norden. Das Fenster neben seinem linken Arm war ein paar Zentimeter offen, und Luft von draußen frischte die warme Luft im Wagen auf. Crane lehnte sich in den Lederpolstern zurück, machte die Augen zu, atmete schwer und schlief gleich darauf ein.

Als sie bei der Adresse in der Sheridan Road ankamen, schüttelte Williams ihn heftig. »Du bist der bescheuertste Detektiv, der mir je untergekommen ist«, sagte er. »Die Spitzenleute schlagen sich ungefähr 'ne Woche lang bei heißem Kaffee jede Nacht um die Ohren, um einen Fall zu lösen, während du bei jeder sich bietenden Gelegenheit pennst.«

Crane war entrüstet. »Wer hat gepennt?« Er stieg aus dem Taxi, sagte dem Fahrer, er solle warten, und betrat munteren, leicht schwankenden Schrittes die mit imitiertem Marmor verkleidete Eingangshalle des dreistöckigen Mietshauses. Auf sein Klingeln bei dem schwarzen Knopf neben dem Namen Albert Prudence ertönte an der inneren Tür ein Summer. Er hielt Williams die Tür auf und folgte ihm drei mit grünem Läufer ausgelegte Treppen hinauf.

Mr. Prudence hatte keinerlei Ähnlichkeit mit seiner hübschen Nichte. Er war ein alter Mann mit Haaren wie Watte und hohem Nasenrücken. Er trug eine grüne Hausjacke und mit Kaninchenfell abgesetzte Pantoffeln, und seine Schultern waren gebeugt. Williams erklärte, wer sie waren.

»Nur herein, nur herein.« Mr. Prudences Stimme war hoch, zart und ungeduldig, fast als ob er taub wäre. »Miss Martin ist zu Hause.«

Durch einen Flur gelangten sie in ein großes Wohnzimmer mit drei Fenstern. In einem runden Kamin brannte ein träges Feuer; dezente Florteppiche bildeten Inseln auf dem Ahornboden; vor einem Spiegel auf dem Kaminsims stand ein Paar sehr alter Zinnleuchter, durch deren silberglänzende Oberfläche schwache Kupferspuren schimmerten.

»Mama, die Männer hier möchten Emily Lou sprechen«, sagte Mr. Prudence.

Mrs. Prudence war eine Frau mit üppigem Busen und hochmütigem Blick, deren Haar mehr schwarz war als grau. Sie hievte sich aus einem tiefen Ohrensessel und kam auf sie zu, einen mechanisch freundlichen Ausdruck ins Gesicht gestanzt.

Ihr Mann fuhr fort: »Es sind Detektive, die für Mr. Westland arbeiten.«

Unschlüssigkeit löschte die mechanische Freundlichkeit vom Gesicht der Frau. Behandelte man Detektive wie Dienstboten, oder waren sie ein kleines bißchen besser? Sie blieb stehen, beschloß offenbar, kein Risiko einzugehen. »Ich hole Miss Martin«, sagte sie, »wenn Sie sich einen Moment gedulden wollen.« Sie sprach in dem herablassenden Ton, den man Dienstboten gegenüber anschlug. Sie ging um ein kleines Spinnrad herum und verschwand den Flur hinunter.

Mr. Prudence zappelte nervös. »Ganz schön kalt draußen«, stellte er fest.

»Und ob«, sagte Williams. »Ganz schön kalt.«

Sie betrachteten das Zimmer. Crane sah, daß es im Kolonialstil eingerichtet war, und fragte sich, ob die spindeldürren Stühle Antiquitäten waren. Er bewunderte das leuchtende Rubinrot eines Krugs mit vier Kelchgläsern – eines davon gesprungen – auf den schmalen Borden einer in die zweieinhalb Meter hohe, vertäfelte Wand eingebauten Vitrine.

»Hallo.« Emily Lou kam aus dem Flur herein. Ihre Haut war zart und rosig, ihr Haar im Schein der Flammen dunkelrot. »Was machen Sie beide hier?«

Crane mühte sich tapfer, sich gerade zu halten, gab ihr die Hand und sagte: »Wir überprüfen bloß noch mal die Sache mit dem Anruf.«

»Dem Anruf …?«

»Ja, der, der sich so angehört hat, als käme er von Ihnen.«

Mrs. Prudence lachte verächtlich. »Ich habe nie an diesen Anruf geglaubt. Warum sollte Mr. Westland zuerst behaupten, meine Nichte hätte ihn angerufen, und dann seine Geschichte ändern und behaupten, es wäre jemand gewesen, dessen Stimme wie ihre klang?«

»Keine Ahnung«, sagte William Crane. »Warum?«

»Weil er die Geschichte erfunden hat und dann davon abrücken mußte, als ihm klar wurde, daß Emily Lou sie nicht durch Lügen bestätigen würde.«

»Aber Tante Mae.« Emily Lous Stimme war verärgert. »Das haben wir doch alles schon besprochen. Die Geschichte mit dem Anruf hat Robbies Sache ohnehin nichts genützt, er hätte also gar keinen Grund gehabt, sie zu erfinden.«

Mrs. Prudence schnaubte wie ein Seelöwe. »Grund hin oder her …«

»Mama«, unterbrach sie ihr Mann, »diese Männer wollen etwas herausfinden.«

Crane beäugte argwöhnisch das Feuer. Von der Hitze wurde ihm schwindlig. »Es ist so, Ma'am«, sagte er. »Wenn der Anruf stattgefunden hat, dann muß die Person, die angerufen hat, gewußt haben, wo sich Miss Martin zu dem Zeitpunkt aufgehalten hat. Er oder sie hätte nicht das Risiko eingehen können, daß Miss Martin zu der Zeit bei Westland oder gar nicht in der Stadt oder sonstwo war. Daher muß der Betreffende irgendeine Möglichkeit gehabt haben zu erfahren, wo sie war.«

»Sie war hier bei uns«, sagte Mrs. Prudence. »Jeder hätte sehen können, wie sie nach Hause kam.«

»Ja, aber wer immer angerufen hat, mußte sicher sein, daß Westland nicht zurückrufen würde. Sobald er Miss Martin erreicht hätte, wäre das Komplott aufgeflogen.«

»Komplott!« rief Mrs. Prudence mit Verachtung aus.

Mr. Prudences klare, blaue Augen rundeten sich verwundert. »Sie meinen, das Telefon hier muß angezapft worden sein?«

»Das wäre die einzige Möglichkeit, wie man Westlands Rückruf hätte abfangen können, falls er einen gemacht hätte.«

Mrs. Prudence sagte triumphierend: »Aber er hat nie behauptet, daß er einen gemacht hat.«

Unter ihrem mißbilligenden Blick kämpfte Crane hartnäckig mit seinem Mantel, bekam ihn schließlich herunter. »Das ist unerheblich. Der Betreffende mußte darauf vorbereitet sein, ob er nun einen machte oder nicht.«

Emily Lou Martins Figur war zierlich und hübsch gerundet, und sie füllte ihr apfelgrünes Kleid mit verführerischen Kurven. Sie sagte: »Aber wie könnte jemand unser Telefon anzapfen?«

»Eben das wollen wir ja feststellen. Hätten Sie etwas dagegen, wenn Mr. Williams sich Ihre Anschlüsse ansieht? Er ist Abhörexperte.«

Williams schaute gelinde überrascht drein, sagte: »Ich könnte nicht mal...«

Crane hob die Hand. »Nun sei nicht so bescheiden.« Er verbeugte sich höflich vor Mrs. Prudence, fiel dabei fast auf den Kopf. »Wenn wir das Telefon sehen könnten...?«

Das Telefon war in der Halle, durch die sie gekommen waren, und in bequemer Hörweite des Wohnzimmers. Williams untersuchte es behutsam. Es sah aus wie alle Telefone, die er je gesehen hatte, trotzdem sagte er: »Hmm.« Die anderen sahen ihm interessiert zu.

»Es hätte niemand hereinkommen und das Telefon benutzen können, während Sie hinten in der Wohnung waren?«

Mrs. Prudence sagte: »An der Tür ist ein Sicherheitsriegel, und außerdem« – sie schnaubte hämisch – »waren wir zu der Zeit, als Mr. Westland *angeblich* den Anruf bekommen hat, im Wohnzimmer.«

»Ich nicht«, sagte Emily Lou. »Ich war in meinem Zimmer.«

»Vielleicht konnte sie dort jemand sehen«, gab Crane zu bedenken, »und auf diese Weise feststellen, daß sie da war. Man bräuchte zwei Leute, einen, um das Telefon anzuzapfen, und einen, um festzustellen, ob sie da ist.«

Mr. Prudence mischte sich sanft in das Gespräch ein. »Hätte die Person das Telefon nicht schon vorher anzapfen und dann von irgendeinem Beobachtungsposten Ausschau halten können?« Er sah seine Frau flehend an. »Sie hätte anrufen können, sobald sie sah, daß Emily Lou in ihrem Zimmer war.«

»Die Möglichkeit besteht durchaus«, erklärte Crane. »Durchaus, Mr. Prudence.« Im Bemühen, ein Gefühl der Schwäche zu vertreiben, sprach er mit forscher Stimme. »Wir sollten einen Blick aus Miss Martins Zimmerfenster werfen. Vielleicht können wir die Stelle ausfindig machen, von der aus sie beobachtet wurde.«

Mrs. Prudence sagte: »Ähem!« Sie nahm ihren Mann beim Arm, führte ihn ins Wohnzimmer. »Dann soll Emily Lou den Männern ihr Zimmer zeigen.« Ihr Ton deutete an, daß Emily Lou eine neue Art von Unmoral erfunden hatte.

Das Zimmer war sehr feminin. Silberplattierte Toilettenartikel, eine riesige Puderdose mit rosa Quaste, merkwürdig geformte Parfümfläschchen bedeckten einen niedrigen Boudoirtisch vor einem hohen Spiegel. Eine offene Schranktür war innen mit Schuhen in einzelnen Fächern armiert, dahinter hingen reihenweise Kleider. Die Tapete war passend zu den Vorhängen geblümt, und es duftete nach einem Gemisch aus Parfüm und Fichtennadelextrakt.

Crane machte das Fenster auf und atmete die kalte, trockene Luft ein. Er fühlte sich sofort besser. Miss Martin, die neben ihm stand, duftete schwach und angenehm nach Maiglöckchen. Das Fenster ging auf den Hof eines großen Appartementhotels aus gelben Klinkern hinaus. Es war von etwa fünfzig Fenstern aus möglich, in Miss Martins Zimmer zu sehen. In einem der nähergelegenen Fenster machte ein athletischer Mann in grünen Seidenshorts Freiübungen mit einem Paar Hanteln, die er über den Kopf stemmte, senkte und seitwärts hinausstieß. Seine Brust hatte ein Muster aus schwarzen Haaren, sein Gesicht war entrückt.

Crane sagte: »Hübsche Aussicht ... für 'ne Lady.«

Miss Martin kräuselte verächtlich die Lippen. »Seit ich in den Hof da gucke, glaube ich nicht mehr an den Klapperstorch.«

Der athletische Mann legte seine Hanteln weg und schickte sich an, die Shorts auszuziehen. Miss Martin wandte sich hastig ab. Doc Williams, der hinter ihnen stand, schaute in eine Kommodenschublade. »Ist das Ihre Heiratsurkunde?«

Miss Martin nahm die gerahmte Urkunde in die Hand. »Nein, die von meiner Mutter.«

»Ach so, ich hab nur gerade den Namen Emily Lou Martin gesehen.«

»Meine Mutter hieß Emily Lou.«

Crane sagte: »Wir befassen uns mal lieber mit den Anzapfmöglichkeiten. Wo liegt die Telefonleitung?«

»Sie läuft durch den Flur«, sagte Miss Martin. »Das Gebäude ist alt, und die Leitungen liegen nicht unter Putz. Jedenfalls hat das der Telefonmann gesagt, als er es installiert hat.«

Als sie in den Flur gingen, um sie sich anzusehen, fragte Williams: »Die würden sie doch nicht in der Wohnung anzapfen, oder?«

Crane untersuchte die Stelle, wo die Leitung hinter der Täfelung unter dem Telefon verschwand. »Wo könnten sie sie sonst anzapfen? Es wäre so gut wie unmöglich, die Leitung der Prudences rauszufinden, sobald sie mit Hunderten von anderen Leitungen ins Hauptkabel übergeht. Sie haben's entweder hier oder im Kellergeschoß machen müssen.«

»Im Keller hätten sie aber Schwierigkeiten«, sagte Emily Lou. »Da wohnt der Hausmeister, und der hält sich einen Polizeihund.«

Sie gingen trotzdem in den Keller, jagten einen gekränkten Hausmeister, der sehr stark Chic Sale ähnelte, aus dem Bett und untersuchten die freiliegenden Leitungen. Sie waren unbeschädigt.

»Hier kommt keiner runter, ohne daß ich's merke«, versicherte ihnen der Hausmeister, der sich mit einer Hand an einer verfärbten Hose festhielt und mit der anderen versuchte, sein aufgeknöpftes Hemd zusammenzuhalten. »Das Hundchen ist den ganzen Tag da, und ich bin's die ganze Nacht.«

Auf dem Rückweg über die hölzerne Hintertreppe erklärte Miss Martin, daß der Hund in einem Zwinger im Hof schlief. »Die meiste Zeit verbellt er Katzen«, fügte sie hinzu.

In der weißen Küche fanden sie das Loch, wo die Leitungen in den Keller hinunterführten. »Das ist doch die oberste von drei Wohnungen?« fragte Crane. Als Emily Lou nickte, fuhr er fort: »Was ist mit den Wohnungen drunter? Eine davon leer?«

»In beiden wohnen Leute, die wir kennen.«

Doc Williams, der der Leitung den Flur entlang nachgespürt war, rief plötzlich: »He! Schau mal!« Sein Ruf brachte sie durch das dunkle Eßzimmer an die Flurtür. Er hatte ein Stück von der Fußleiste abgenommen, untersuchte die Leitung. Sie war an dieser Stelle ganz offensichtlich durchtrennt und dann sorgfältig verspleißt worden.

Crane beugte sich darüber, untersuchte sie, schüttelte den Kopf. »Jetzt, wo wir was gefunden haben, weiß ich nicht, was es bedeutet.«

Williams fragte: »Wie konnte jemand hier reinkommen, um das zu machen?«

»Dummes Zeug!« Mrs. Prudence sah ihnen mit in die Hüften gestemmten Händen zu. »Der Telefonmann hat das gemacht, als wir die Störung gemeldet haben. Er hat gesagt, irgend etwas müßte zufällig die Leitung durchtrennt haben.«

»Wann ist der Telefonmann gekommen, um es zu reparieren?« fragte Crane.

Emily Lou machte runde Augen. »Am Tag vor dem Mord – das heißt, an dem Tag, bevor Mrs. Westland gefunden wurde.«

»Unsinn, meine Liebe.« Mrs. Prudence schüttelte den Kopf. »Er ist an dem Tag gekommen, als die Leiche gefunden wurde. Ich weiß es noch ganz genau, weil Mr. Woodbury versucht hat, dich anzurufen, und nicht durchgekommen ist. Weißt du nicht mehr, daß er ein Telegramm schicken mußte?«

»Doch ... aber der Mann, an den ich denke, ist am Sonntag gekommen, am Tag davor. Ich war ganz allein hier, als er kam. Er hat gesagt, er hätte Anweisung, die Leitung zu überprüfen.«

Crane half Williams, die Fußleiste wieder anzubringen. »Sie meinen, es waren zwei Telefontechniker da?«

»Es müssen zwei dagewesen sein. Einen hat Tante am Montag kommen lassen, und einen habe ich am Sonntag gesehen. Was meinen Sie ...?«

»Dann war der erste nicht echt«, sagte Williams. »Er muß die Leitung angezapft haben.«

»Durchgeschnitten«, verbesserte ihn Crane. »Er muß sie durchgeschnitten haben, damit das Telefon in der Wohnung nicht klingelt, falls Westland nach dem Gespräch mit der falschen Emily Lou zurückrufen würde.« Er stand auf, wischte sich die Hände am Hosenboden ab. »Mal sehen, wo er eine Leitung hätte legen können.«

Das Eßzimmer hatte gleich neben der Tür zum Flur ein Fenster mit Vorhängen. Es ging auf das Dach eines zweistöckigen Mietshauses und ein unbebautes Grundstück hinaus. »Da hätte die Leitung rausführen können«, sagte Crane.

Mrs. Prudence funkelte ihn an. »Nein, das hätte sie nicht. Wir halten diese Fenster immer geschlossen.«

»Das wäre kein Problem. Der Mann hätte das Fenster über der Leitung zumachen können. Sie hätten das nicht bemerkt, zumal wenn Sie das Eßzimmer sonntags abends nicht benutzen.«

»Das tun wir nicht«, sagte Miss Martin.

»Und nach Beendigung des Gesprächs«, sagte Crane, »hätte der Mann die Leitung schlicht abreißen und darauf vertrauen können, daß Sie die unterbrochene Verbindung auf einen Zufall zurückführen.«

Mrs. Prudence blieb eisern. »Ich glaube nicht, daß die Leitung auf diese Weise hätte hinausführen können – nicht daß ich einräume, daß es überhaupt eine solche Leitung gegeben hat.«

Zurück im Flur, beugte sich Crane über die Stelle, wo die Leitung durchgeschnitten worden war, und fragte: »Was liegt unmittelbar gegenüber dieser Stelle auf der anderen Seite der Wand?«

»Mein Badezimmer«, sagte Emily Lou.

Blankgescheuerte grüne und weiße Kacheln, glänzend wie Halbedelsteine, ließen das Badezimmer im elektrischen Licht blendend strahlen. Zwei flauschige, schwarze Matten bildeten dunkle Kleckse auf dem Fliesenboden; aquamarinblau getöntes Glas umschloß eine Dusche; die spargelgrüne Wanne mit silbrigen Armaturen war kühl und verlockend. Auf einem verchromten Bord über der Wanne lagen ein japanischer Luffaschwamm, eine Dose Fichtennadelbadesalz und eine Nagelbürste. Ein halbes Dutzend Badetücher mit grünem Monogramm hingen auf einem verchromten Halter.

Williams ging behutsam über den Boden, als befände er sich in einem Museum, und untersuchte die an den Flur angrenzende Wand. Sie wies keine Spuren auf. Er sah sich unauffällig nach der Toilette um, konnte sie aber nicht finden. Er dachte: Was ist denn das für 'n bescheuertes Badezimmer?

»Hier ist die Leitung nicht durchgelaufen«, sagte Crane.

»Sie ist nirgendwo durchgelaufen, weil es keine Leitung gegeben hat.« Mrs. Prudences Blick war wütend. »Meinen Sie nicht, Sie haben uns jetzt lange genug belästigt?« Sie machte kehrt und marschierte Richtung Vorderzimmer.

Williams folgte ihr, aber Emily Lou hielt Crane zurück. »Besteht irgendeine Chance, ihn zu retten?« fragte sie mit leiser Stimme.

Crane wandte sich vor den Tränen in ihren Augen ab. »Ich weiß nicht. Es kann sich immer noch was ergeben.«

Sie ließ die Tränen über ihre Wangen rollen, sah ihn an, ohne sich deswegen zu schämen. »Es ist mir egal«, sagte sie, »ich kann nicht ständig tapfer sein. Ich versuche zu glauben, daß alles in Ordnung kommt, aber...« Ihre karminrote Unterlippe bebte.

Crane drückte ihr mit den Fingern sanft den Arm. »Lassen Sie sich nicht unterkriegen«, sagte er. »Das ist sehr wichtig für ihn.«

Im Flur fragte sie: »Meinen Sie, die Leitung hat etwas zu bedeuten?«

»Na ja, ich hab gedacht, sie muß hier angezapft worden sein, aber ich seh nicht, wo die ihr Kabel gelegt haben können. Es müßte entweder durchs Eßzimmer oder durch Ihr Zimmer laufen, und ich sehe nicht, wie das ginge, ohne bemerkt zu werden.«

Williams und Mrs. Prudence warteten an der Wohnungstür. »Ich hoffe, Sie sind zufrieden«, sagte Mrs. Prudence bissig.

»Genie ist die unbegrenzte Fähigkeit, sich niemals zufriedenzugeben«, erwiderte William Crane. Er verbeugte sich vor Mrs. Prudence, lächelte Emily Lou an und ging die Treppe hinunter. Nach vier Stufen blieb er stehen und rief nach hinten: »Miss Martin, meinen Sie, Miss Brentino kennt Ihre Stimme gut genug, um sie nachzuahmen?«

Emily Lou sagte langsam: »Sie hat sie jedenfalls oft genug gehört, als sie noch Roberts Sekretärin war.«

Mrs. Prudences verächtliches Schnauben war noch auf dem zweiten Treppenabsatz zu hören.

Als sie in das wartende Taxi stiegen, meinte Williams: »Verdammt komisches Volk.«

Crane nannte dem Fahrer die Adresse des ballistischen Labors und fragte dann: »Wieso?«

»Da verbraten sie so ’n Haufen Geld für ’n Badezimmer, und dann bauen sie keine Toilette ein.«

»Du hast sie bloß nicht gesehen. Sie war separat.«

»Na gut, aber warum müssen sie im Wohnzimmer Küchenmöbel haben?«

Den Rest der Fahrt legten sie schweigend zurück, denn darauf fiel Crane keine Antwort ein.

Major Lee, der Ballistikexperte, empfing sie in seinem Vorzimmer. Er gab Crane Woodburys Pistole.

»Kein Glück?« fragte Crane.

»Kommt drauf an, was Sie wollen«, sagte Major Lee. Er war ein großer, blonder Mann mit von Whisky gerötetem Gesicht und krausem Schnurrbart. »Die Kugel, die Mrs. Westland getötet hat, ist nicht aus dieser Pistole abgefeuert worden, obwohl sie vom selben Typ ist.«

Crane fragte: »Und es besteht nicht die Möglichkeit, daß das hier Westlands Pistole ist? An seiner war ein Namensschildchen, aber das könnte ja entfernt worden sein.«

Der Major schüttelte den Kopf. »An der hier war nie ein Namensschildchen.«

Crane spielte mit der Pistole, starrte nachdenklich den pfeffer-und-salz-farbenen Anzug des Majors an. »Was hat Deputy Strom gesagt, als Sie’s ihm erzählt haben?« fragte er.

»Er hat gesagt: ›Damit ist Westland geliefert.‹ Ich glaube, er hat sich Sorgen gemacht, daß ich feststelle, daß das hier die Kanone ist.«

»Hat er auch.«

»Tja, ich kann's ihm nicht verdenken. Ich hab Mr. Westland nie für schuldig gehalten; die Beweise haben zu hübsch zusammengepaßt.«

»Warum haben Sie dann für die Anklage ausgesagt?«

»Ich habe nur gesagt, daß die Kugel, die Mrs. Westland getötet hat, aus einer Webley Automatic abgefeuert wurde. Ich habe nicht gesagt, daß sie aus Westlands Automatic abgefeuert wurde.«

»Sie haben aber auch nicht gesagt, daß sie das nicht wurde.«

»Finden Sie mir Westlands Pistole, und ich sage Ihnen umgehend, was Sache ist.«

»Touché!« sagte Crane. »Bis jetzt hab ich in dem Fall noch überhaupt nichts finden können.« Er bedankte sich bei dem Major und ging mit Williams zu dem getreulich wartenden Taxi.

»Wohin jetzt?« fragte Williams.

»Zu Miss Hogans Wohnung, um Finklestein zu treffen.«

»Woher weißt du, daß er dort ist? Er hat nichts davon gesagt, daß wir uns dort treffen.«

»Er hat zum Lunch Muscheln gegessen, oder?«

13

Mittwoch nacht

Crane klopfte laut an die polierte Tür der Wohnung, in der Miss Hogan wohnte. Das Schwindelgefühl vom Absinth und dem anderen Alkohol hatte nachgelassen, und ihm war sehr fröhlich zumute. Er klopfte noch einmal: tap-titi-tap-tap-tap-tap.

Doc Williams stand stirnrunzelnd hinter ihm. »Wieviel hat das Taxi gekostet?« fragte er.

Crane war hingerissen von dem hohlen Klang, den seine Knöchel produzierten. Er probierte *»We'll rally 'round the flag, boys, we'll rally once again«*, indem er mit den Knöcheln auf das Holz einklöppelte, um militärisches Trommelwirbeln nachzuahmen. Das Ergebnis war eindrucksvoll. »Wenn du bloß 'ne Querpfeife hättest«, sagte er zu Williams, »dann könnten wir den ›Yankee Doodle‹ spielen.«

»Wieviel hat das Taxi gekostet?« wiederholte Williams.

Crane sagte: »Elf Dollar«, und schickte sich an, mit beiden Händen auf der Tür »The March of the Wooden Soldiers« zu spielen. Das erwies sich jedoch als unmöglich, da sie plötzlich aufflog und Finklestein an ihrer Stelle stand, gekleidet in einen dunkelblauen Anzug, seinen Mantel über dem Arm. Sein Gesichtsausdruck wechselte langsam von würdevoller Gelassenheit zu heftiger Wut.

»Mein Gott, ich dachte, Sie wären der Hausdetektiv«, rief er aus. »Was soll denn das?«

»Ich bin Detektiv«, sagte Crane würdevoll. »Ich bin ein Meisterdetektiv.«

»Er ist besoffen«, sagte Williams.

»Was soll denn das?« fragte der Anwalt noch einmal. »Was soll das, hier raufzukommen und mich halb zu Tode zu erschrecken?«

Crane drängelte sich an ihm vorbei in die Wohnung. »Wo ist die reizende Miss Hogan«, fragte er, »...die reizende Miss Hogan?«

Sie stand im Flur, die Hände in den Hüften, ein verächtliches Lächeln auf den scharlachroten Lippen. »Was wollen Sie?« fragte sie mit metallischer Stimme. Sie trug einen über festen Brüsten tief ausgeschnittenen Hausanzug aus schwarzer Seide und hochhackige, offene Sandalen. Ihre Fußnägel waren passend zu ihrem rötlichblonden Haar lackiert.

»Sie«, sagte Crane. »Ich mag Sie.«

Und das stimmte auch. Er mochte nicht nur den Narzissenduft, der von ihr ausging, sondern auch ihr glattes, gebräuntes Fleisch, die zusammengekniffenen Augen mit den blauen Lidschatten und die mürrische Abwärtskrümmung ihrer Lippen. Er sah sie an und sie ihn, mit laszivem Blick, bis Finklestein von der Tür zurückkam.

»Wo haben Sie den ganzen Nachmittag gesteckt?« wollte der Anwalt wissen. »Ich dachte, Sie wollten sich mit mir in Verbindung setzen.«

»Zuviel um die Ohren«, sagte Crane. »Wir haben gearbeitet.«

Finklestein sah fragend Williams an, der sagte: »Keine Ahnung. Jedenfalls haben wir vierunddreißig Dollar für Taxifahrten ausgegeben.«

»Neununddreißig«, sagte Crane. »Dem letzten hab ich fünf Mäuse gegeben.« Er wandte die Augen von Miss Hogan, fügte hinzu: »Setzen wir uns doch. Ich will was über die Alibis hören, die Sie überprüfen sollten.«

Mit den münzenbestickten Behängen und dem riesigen, in Rot und Braun gehaltenen Porträt des spanischen Jungen an den Terrakottawänden sowie den großen Fenstern vor dem Hintergrund der Großstadtlichter wirkte das Wohnzimmer im gedämpften Licht zweier Lampen exotisch.

Crane ließ sich in einen tiefen Sessel fallen und verlangte etwas zu trinken.

»Es gibt bloß Gin«, sagte Miss Hogan.

»Gin? Das ist doch gut für die Gesundheit, oder? So wie Limo?«

»Sie müssen es ja nicht trinken«, sagte Miss Hogan bissig.

»Nein, aber es würd mir nicht im Traum einfallen, was abzulehnen, was Sie empfehlen. Eigentlich würd ich gern Gin probieren. Ich hab schon so oft davon gehört.«

Sie zögerte, hin- und hergerissen zwischen Lachen und Wut, bis Finklestein sagte: »Am besten machst du 'n paar Gin Bucks für uns alle.«

Nachdem sie über den rotgefliesten Wohnzimmerboden in die Küche verschwunden war, fragte Crane: »Was ist jetzt mit den Alibis?«

Finklestein schüttelte den Kopf. »Die sind alle hieb-

und stichfest. Für die Zeit, wo Sprague überfahren wurde, kann ich's bei allen bestätigen, außer bei Simmons.«

»Sie sind sicher, daß keiner von denen das Auto gefahren haben kann?«

»Absolut. Soll ich Ihnen sagen, wo sie waren?«

»Nein, ich glaub's Ihnen auch so.« Crane schwang die Beine über die Armlehne des Sessels. »Miss Martin haben Sie auch überprüft?«

»Alle außer Simmons.«

»Den übernehme ich«, sagte Crane. »Gibt's hier in der Wohnung Telefon?«

Wie sich herausstellte, hatte das Telefon, ein elfenbeinfarbenes Tischmodell, eine so lange Schnur, daß Crane es benutzen konnte, ohne sich vom Sessel zu rühren. Er rief Wabash 4747 an und trieb schließlich Deputy Strom auf.

»Die Kanone war nicht diejenige, welche«, sagte er.

»Hab ich's doch gewußt«, antwortete der Deputy. »Es war Westlands Pistole, mit der seine Frau umgebracht wurde.«

»Vielleicht, vielleicht auch nicht.«

Der Deputy schnaubte verächtlich.

»Hören Sie«, sagte Crane.

»Ja.«

»Dieser Simmons. Sie kennen Simmons?«

»Ja.«

»Gut, hören Sie zu. Er hat mir vorhin gesagt, Sprague wäre bei ihm gewesen.«

»Ach was!«

»Doch, hat er. Er hat gesagt, Sprague wäre vorhin bei

ihm gewesen, ich meine, er hat vorhin gesagt, Sprague wäre bei ihm gewesen. Er hätte Sie angelogen.«

Es trat kurzes Schweigen ein, während der Deputy die Information verarbeitete. Crane machte Greifbewegungen zu Miss Hogan hin, die mit einem silbernen Tablett voller beschlagener Gläser aus der Küche zurückgekommen war, und sie reichte ihm eins. Er nahm gerade einen tiefen Schluck, als der Deputy fragte:

»Hat er Ihnen gesagt, warum er mir das verschwiegen hat?«

»Gesagt hat er mir nicht viel, aber er hat sich sehr verdächtig verhalten ... sehr verdächtig.«

Von den Eiswürfeln wurde der untere Teil des Glases in Cranes Hand klamm. Der Drink enthielt Zitronensaft, Soda, Zucker und jede Menge Gin, und er bekam davon einen sauberen, frischen Geschmack im Mund. Er dachte, daß sich ein Mundwasser aus Gin und Zitronensaft hervorragend verkaufen müßte.

Deputy Strom sagte: »Ich glaub, ich nehm den Kerl hops. Es kann nichts schaden, ihm 'n paar Fragen zu stellen.«

»Sie überprüfen besser seine Fingerabdrücke.«

»Was glauben Sie, mit wem Sie's zu tun haben«, fragte der Deputy gereizt, »mit 'nem Haufen Trottel?«

Crane sagte: »Ja«, und der Deputy knallte den Hörer auf.

Finklestein fragte wegen der Pistole nach, und Crane erzählte ihm, wie die Leute des Deputys sie zu dem Ballistikexperten gebracht hatten.

»Zu blöd, daß sie's nicht ist«, meinte Finklestein. »Damit und mit seinem faulen Alibi für die Nacht von Mrs. Westlands Ermordung plus der Tatsache, daß er der einzige ist, der Westlands Pistole hätte klauen können, hätten wir ihm vielleicht was anhängen können.«

»Mir gefallen weder der Kerl noch sein Mädchen«, sagte Doc Williams. Er nippte seinen Drink langsam. »Sie hat versucht, uns weiszumachen, daß der Anruf, den Westland in der Nacht gekriegt hat, in Wirklichkeit von Miss Martin kam.«

»Miss Brentino ist in Ordnung«, sagte Crane. »Sie hat 'ne prima Figur.«

Miss Hogan sagte: »Das sind die, auf die man ein Auge haben muß.«

Crane trank aus, reichte das Glas Miss Hogan. »Auf die hab ich immer ein Auge.«

Williams sagte: »Sie war Westlands Sekretärin, bevor er in die Bredouille gekommen ist. Sie und dieser Woodbury könnten Westland doch was angehängt haben? Vielleicht haben sie welche von seinen Aktien geklaut oder so, und ihn dann reingeritten.«

»Warum sollten sie ihn reinreiten?« fragte Finklestein. »Wenn sie ihm was geklaut hätten, hätten sie bloß das Land verlassen müssen. Ihn reinzureiten, brächte überhaupt nichts, weil der Diebstahl bei der Revision des Nachlasses entdeckt würde.«

»Vielleicht«, sagte Williams kopfschüttelnd, »aber irgendwas ist komisch an den beiden.«

Crane sagte: »Sie könnten trotzdem seine Bücher überprüfen lassen, Finklestein. Vielleicht sind da ein paar komische Dinger gelaufen.«

»In Ordnung. Morgen setze ich ein paar Buchprüfer drauf an.« Finklestein richtete sich plötzlich im Sessel auf. »Moment mal! Da fällt mir was ein. Einer von Westlands Anwälten hat mich gestern angerufen und gesagt, sie hätten nach der Eröffnung von Mrs. Westlands Nachlaß bei ihren Sachen gestohlene und gefälschte Aktien und Wertpapiere im Wert von fast achttausend Dollar gefunden.«

»Sieh mal einer an!« Crane schob die Unterlippe vor. »Hätte Bolston ...?«

»Nein, das hab ich überprüft. Die falschen Wertpapiere sind laut Verzeichnis für Mrs. Westland gekauft worden, als Westland noch ihre Geschäfte geführt hat. Er war dermaßen in der Klemme, und außerdem ging der Nachlaß an ihn, da hat der Anwalt deswegen nichts unternommen.«

»Herrgott nochmal! Wir landen immer wieder bei Westland.« Crane, der gleichzeitig trank und redete, bekleckerte sich die Krawatte mit Gin Buck. »Aber ich glaub trotzdem nicht, daß er's war.«

»Wer kriegt sein Geld?« fragte Miss Hogan. »Ich wette, es war der, der sein Geld kriegt.«

Finklestein starrte sie bewundernd an. »Du bist ein kluges Köpfchen.«

»Ich denke immer zuerst ans Geld«, bekannte Miss Hogan.

»Wie 'n Söldner«, meinte Finklestein.

Crane sagte: »Sie ist in 'nem älteren Gewerbe.«

»Sie können mich mal«, sagte Miss Hogan.

Finklestein sagte hastig: »Diese Miss Martin kriegt das

ganze Geld. Er hat es ihr in seinem Testament hinterlassen.«

»Hätte Wharton keine Chance, es aufheben zu lassen?« fragte Crane. »Er ist der nächste Verwandte.«

»Vielleicht, aber er müßte Nötigung, unzulässige Beeinflussung oder Geisteskrankheit nachweisen, um etwas zu erreichen.«

»Mist, alle haben sie ein Motiv«, sagte Williams. »Bolston oder Woodbury könnten denselben Grund haben, Westland aus dem Weg zu räumen – um die Firma auszunehmen –, und Simmons kriegt laut Testament zehn Riesen, stimmt's, Herr Rechtsanwalt?«

»Das ist das Hauptlegat.«

»Für zehn Riesen ist man zu einigem fähig«, sagte Miss Hogan.

Crane deutete auf sein Glas. »Wie wär's, wenn Sie uns noch 'n kleinen Drink bringen?« Er lächelte in ihr lebhaftes Gesicht. »Bloß 'ne Idee mehr Gin als beim letzten.«

Während sie weg war, erzählte Crane von der Fahrt zu Miss Martin. Finklestein war sehr beeindruckt.

»Wie, meinen Sie, konnte jemand ins Haus kommen, um die Leitung durchzuschneiden?« fragte er.

»Es war wohl der erste Telefonmann, von dem Miss Martin gesprochen hat«, sagte Crane. »Der zweite war echt.«

»Aber wenn Miss Martin den ersten gesehen hat, warum hat sie ihn dann nicht erkannt? Sie haben gesagt, Sie sind sicher, daß die Sache von jemand ausgeheckt wurde, der Westland nahesteht, und dann müßte sie ihn ja kennen.«

»Ich schätze, er könnte einen Komplizen haben.«

»Vermutlich. Aber wie haben sie die Leitung losgekriegt, nachdem sie mit Westland gesprochen hatten? Das müßten sie nämlich, damit der Trick unbemerkt bleibt.«

»Sie bräuchten sie bloß loszureißen. Sie hatten das Eßzimmerfenster einen Spalt offen, und da würde die Leitung durchrutschen. Deswegen war wahrscheinlich das Telefon gestört.«

Miss Hogan kam mit den Drinks zurück. Sie gab Crane einen, der etwas mehr Gin als Zitronensaft und Sodawasser enthielt. »Das müßte Ihnen reichen«, sagte sie.

Crane probierte die Mischung, antwortete: »Schon besser, Baby.« Er trank das Glas etwa halb leer.

Finklestein sah ihm mit widerwilliger Bewunderung zu. »Wenn Sie als Detektiv so fit wären wie als Schluckspecht, ging's Ihnen gut.«

»Ich bin ein Meisterdetektiv.« Um seinen Worten Nachdruck zu verleihen, schwenkte er das Glas durch die Luft und kleckerte sich Alkohol auf die Hose. Um ein weiteres derartiges Mißgeschick zu vermeiden, trank er aus, was noch übrig war. »Ich sag Ihnen, ich bin ein Meisterdetektiv.«

»Klar«, sagte der Anwalt, »Sie sind ein Meisterdetektiv. Aber was haben Sie heute nachmittag noch gemacht?«

Crane erzählte ihm von Joe Petro. »Ich fand's nicht gut, daß der arme Kerl 'ne Abreibung gekriegt hat«, bekannte er, »aber man kann ihn nicht rumlaufen und ständig auf die Leute losballern lassen. Ich meine, irgendwo gibt's 'ne Grenze.« Er stand abrupt auf, und das Glas zersplitterte auf dem Boden. »Ich meine, ich bin 'n gutmütiger Mensch und alles, aber ich ...«

»Warum hat er versucht, Sie zu erschießen?« fragte Finklestein. Er war beeindruckt.

Williams sagte: »Er hat gedacht, wir hätten Mannie Grant in dem Nachtklub ans Messer geliefert. Er wollt's uns bloß heimzahlen.«

Crane beugte sich schwankend über Miss Hogan. »Ich bin ein Meisterdetektiv«, versicherte er. »Sie kennen mich doch, oder, Baby?«

»Klar«, sagte Miss Hogan. »Ich kenne Sie.« Sie hörte den anderen zu.

»Und dann«, sagte Williams, »haben wir den Kellner dazu gebracht, uns zu erzählen, was Grant in der Nacht von Mrs. Westlands Ermordung gesehen hat.«

»Nämlich?«

Crane sagte: »So is' recht, beachtet ihn nicht, den Meister ...« Er stolperte über den großen Tisch, fing wie durch ein Wunder eine umkippende Lampe auf.

Williams fuhr fort: »Grant hat gesehen, wie Westland die Wohnung verlassen hat, und er hat gesehen, wie Mrs. Westland ihm gute Nacht gesagt hat. Das beweist, daß er sie nicht umgebracht haben kann.«

Finklestein schüttelte den Kopf. »Das reicht als Beweis nicht mehr.« Er schob sich die Goldrandbrille höher auf die Nase. »So aus zweiter Hand ist das ohne jeden Wert. Wenn wir bloß Grant hätten ...«

»Der's tot.« Crane, der mit einem Glas purem Gin aus

der Küche zurückkam, verzog spöttisch das Gesicht. »Ha'm Sie das nich' gehört, Herr Rechtsanwalt?«

»Hat er allen Gin?« fragte Williams Miss Hogan.

»Nein, ich hab nicht allen Gin«, sagte Crane. »Ich hab was in der Flasche gelassen.« Er sackte auf das Sofa. »Ich bin kein Saufschwein, ich bin bloß 'n Meister...«

Die anderen drei eilten in die Küche. Miss Hogan nahm Finklesteins und Williams' Gläser und goß den Rest des Gins hinein. Während er heißes Wasser über eine Schale mit Eiswürfeln laufen ließ, fragte Finklestein Williams: »Meinen Sie, Crane hat irgendwas auf der Pfanne?«

Williams warf eine ausgedrückte Zitrone in den Abfalleimer. »Keine Ahnung. Man wird bei 'nem Fall nie schlau aus ihm, aber normalerweise schaukelt er die Sache.« Er goß den Zitronensaft aus der Presse in die Gläser.

Miss Hogan, die perfekt geformte Hüfte an die weiße Spüle gelehnt, sagte: »Ich gäb keine zwei Cent für Westlands Chancen. Ich finde, der ›Meisterdetektiv‹ ist so ungefähr das Bekloppteste, was es gibt.«

Williams sagte: »Och, das würd ich nicht sagen.«

Sodawasser sprudelte aus dem Hals einer White-Rock-Flasche, schäumte in Finklesteins Glas auf. »Angeblich ist er ein As«, sagte er. »Seine Agentur hat ein paar Riesendinger geklärt.«

»Dann nimmt er seinen Job nicht sehr ernst«, sagte Miss Hogan. »Ich hab ihn noch nicht nüchtern erlebt.«

Bei frischen Drinks besprachen sie den Fall. Williams blieb dabei, daß Woodbury der Schuldige war, weil er als einziger Westlands Pistole hätte stehlen können.

»Und was ist mit Simmons?« fragte Finklestein. »Der

hätte die Pistole auch klauen können.« Er nippte an seinem Drink, fügte hinzu: »Mir gefällt der Kerl nicht.«

Miss Hogan sagte, sie tippe auf Bolston, bloß weil sie gegen ihn anscheinend nicht viel in der Hand hatten. Sie schlug vor, sich zu erkundigen, wen der Meisterdetektiv favorisierte. Sie gingen ins Vorderzimmer, konnten ihn aber nicht fragen. Der Meisterdetektiv lag rücklings auf dem Sofa, das Kinn auf die Brust gedrückt, sein Atem ging tief und regelmäßig. Der Meisterdetektiv war aus den Latschen gekippt.

Isadore Varechas Blicke folgten Westlands Bewegungen wie die eines anhänglichen Spaniels. Er nahm eine Orange aus dem Weidenkorb. »Ich hab ma' Orangen verkauft«, meinte er. Er kicherte leicht, mit zuckendem Mund.

Westland nickte. Er hatte festgestellt, daß der schmächtige Mörder weniger weinte, wenn ab und zu jemand mit ihm redete, und das hatte er sich zur Gewohnheit gemacht. Dabei half ihm Varecha, das Obst zu vertilgen, mit dem Emily Lou ihn überhäufte.

»'ne Freundin hab ich auch ma' gehabt«, fügte Varecha hinzu. Er bohrte den verfärbten Daumennagel in die Orangenschale und riß ein Stück ab. »Der hab ich immer Süßigkeiten geschenkt.« Sein Mund zuckte, er sah sich rasch um und lächelte Westland verschmitzt an. »Ich hab sie umgebracht.«

»Was!«

»Ja.« Varecha sabberte leicht. Das war toll! Und wie! Daß er dem netten Typ zeigte, was für ein Kerl er war! »Ich hab sie in der Lawndale Avenue vor 'n Auto gestoßen und bin abgehauen. Hat mich nich' ma' jemand gesehen.« Sein Kopf machte die mechanisch ruckende, verstohlene Bewegung, mit der er sich nach hinten umguckte. »Hat Anna geheißen.«

Das elektrische Licht im Flur lag milchig-fahl auf dem Gesicht des Mörders. Auf seinem Kinn sproß Haar in vierteldollargroßen Flecken; sein Hals war noch wund von dem Versuch, sich aufzuhängen. Westland sah zu, wie sich die Speichelbläschen auf seinen zitternden Lippen bildeten, fragte wie gebannt: »Wie haben sie dich drangekriegt, wenn keiner gewußt hat, daß du's warst?«

»Ho! Ho! Dafür ha'm sie mich doch gar nich' drangekriegt.« Das war toll! Und wie! Varecha stotterte vor Eifer, seine Geschichte zu erzählen. »Das war 'ne andere. Ich bin mit der Schnalle auf ihr Zimmer gegangen, ja? – und hab ihr 'n Dollar gege'm, un' sie hat sich hingelegt, un' sie war dick un' fett, wie wenn sie 'n Braten im Rohr hat, ja?, un' ich hab mein Messer genommen un' hab ihr den Bauch aufgeschnitten.« Varechas Gesicht war fanatisch, verzückt. »Die hättste ma' brüllen hören sollen.«

»Mein Gott! Warum hast du das getan?«

»Warum?« Der ekstatische Ausdruck schwand aus Varechas Blick, seine mageren Schultern krümmten sich nach vorn, er zog sich in sich selbst zurück. Jetzt tat ihm der Kopf weh. Was fragte der Mann da? Ach so, ja. Warum? Er murmelte seine Antwort. »Ich weiß nich'.«

Aus Connors' Zelle kam tiefes, grollendes Schnarchen: das Schnarchen eines gesunden Mannes in tiefem, natürlichem Schlaf.

Varecha griff durch das Gitter, berührte mit den

Fingern Westlands Hemd. »Ich hab keine Angst, wenn ich mit dir zusammen geh«, sagte er. Seine Augen glichen denen eines anhänglichen Spaniels.

14

Donnerstag morgen

Er konnte das Sonnenlicht auf seinem Gesicht spüren, aber er machte die Augen nicht auf, denn er hatte Angst, daß der Schock ihn umbrächte. Er hatte mit offenem Mund auf dem Rücken gelegen, und seine Kehle fühlte sich an wie frisch getrocknetes Rohleder. Er versuchte zu schlucken, und die zitternde Bewegung seiner Halsmuskeln ließ seinen Kopf fürchterlich pochen. Er gab den Gedanken, sich zu räuspern, auf und versuchte, wieder einzuschlafen. Das gelang ihm zwar nicht, aber er entdeckte, daß sein Kopf nicht weh tat, solange er reglos liegenblieb.

Ja, er entdeckte, daß er, indem er sich nicht rührte, in sich selbst eine bemerkenswerte Art von Dualität, eine wunderbare Trennung von Körper und Geist, erreichen konnte. Es war fast so, als existiere sein Körper nicht – von ein paar geringfügigen Atemschwierigkeiten abgesehen – und er sei nichts als Verstand, der in einem absoluten Vakuum reibungslos und glänzend funktionierte. Er sann eine Weile über diesen vollkommenen Zustand der Unfleischlichkeit nach und dachte, wie unnötig die langen Fastenkuren, die Selbstgeißelungen, das Auf-Säulen-Sitzen und In-Höhlen-Hausen waren, durch die die alten

Heiligen zur Überwindung des Fleisches gelangt waren, wo sie doch wie er ihr Ziel ganz rasch durch den Konsum von Bourbon, Absinth und Gin hätten erreichen können.

Von der Kontemplation der Heiligen wandte er seine Gedanken sich selbst zu. Sein erstes Problem bestand darin zu bestimmen, wer er war. Das wäre leicht gewesen, wenn er sich getraut hätte, die Augen aufzumachen, aber so dumm war er nicht. Statt dessen lag er auf dem Rücken und dachte und dachte, und plötzlich erinnerte er sich, daß er William Crane hieß und Detektiv war. Daraufhin richtete er seinen präzisen, wie eine Maschine arbeitenden Verstand auf den Fall Westland.

Etwa eine Stunde später kam Miss Hogan ins Zimmer und sagte: »He! Wollen Sie den ganzen Tag schlafen?«

Crane wußte, was passieren würde, wenn er die Augen aufmachte, und es passierte. Sobald das Sonnenlicht auf sie traf, schien es, als hätte man ihm eine Million Nadeln in den Schädel getrieben. Nicht nur der Teil seines Gehirns unmittelbar hinter den Augäpfeln tat weh, weh tat auch seine Schädeldecke. Der Schmerz zog sich sogar bis in den Nacken hinunter.

»Mein Gott! Sie sehen gräßlich aus«, sagte Miss Hogan.

Sie trug einen zinnoberroten Hausanzug mit weit gebauschten Ärmeln, aus denen nackte Arme hervorschauten, und unter der Seide zeichnete sich eine muskulöse Hüfte ab, so daß William Crane ungeachtet seines Elends ein Gefühl von Interesse nicht unterdrücken konnte. Trotzdem sagte er: »Gehen Sie weg, ich sterbe.«

»Dann sterben Sie gefälligst woanders als in meinem Bett.«

Crane verdrehte die Augen und sah, daß er in der Tat im Bett lag, in einem hübschen, breiten Bett mit feinen Laken und pfirsichfarbenen Decken. In die Überdecke war mit Seidengarn »JW« eingestickt. Er ließ die Augen weiterwandern, rief aus: »Gott! Ich hab ja 'n Pyjama an!«

»Das will ich meinen. Kein Kerl schläft nackt in meinem...«

Er unterbrach sie besänftigend. »Der Pyjama ist hübsch. Der Pyjama ist ganz prima. Ich könnt mir keinen besseren Pyjama vorstellen, auch wenn er gelb ist. Aber was ich wissen will, ist: Wie bin ich dazu gekommen?«

»Fink und Ihr Freund haben Sie ins Bett gebracht. Ich hab ihnen den Pyjama für Sie gegeben.«

»So!« Er grübelte einen Moment. »Wo sind sie?«

»Ihr Freund ist in sein Hotel gegangen, und Fink kümmert sich um die Prüfung von Mr. Westlands Büchern.«

»Die Schweine! Einen Kumpel in Not im Stich zu lassen!«

»Sie haben doch nicht erwartet, daß die den ganzen Vormittag auf Sie warten?«

»Den ganzen Vormittag!«

»Ja, den ganzen Vormittag. Es ist nach halb elf.«

Er setzte sich auf, und sofort begann sich das Bett um seine Achse zu drehen. Er sank aufs Kissen zurück und stöhnte.

Miss Hogans Zähne waren wie aus einer Zahnpasta-Reklame. Sie drückte ihm ein Glas in die Hand. »Trinken Sie das, dann fühlen Sie sich besser.«

Es schmeckte trocken und bitter, aber er fühlte sich tatsächlich besser.

»Und jetzt«, sagte Miss Hogan, »gehen Sie unter die Dusche, während ich etwas zu essen mache.«

Er legte die Hände an den Kopf und stellte zu seiner Überraschung fest, daß er immer noch intakt war. »Ich esse nie mehr was.«

Miss Hogan gab ihm keine Antwort. Sie nahm das Glas und ging weder eilig noch gemächlich aus dem Zimmer. Unter der schieren roten Seide konnte er ihre schlanken Beine und die wohlgeformten Umrisse ihrer muskulösen Tänzerinnenschenkel sehen.

Weil er sich nicht sicher war, wie lange er stehen konnte, nahm er in dem schwarz-weiß gekachelten Badezimmer zuerst einmal ein sehr heißes Bad. Die Wanne war groß, und er ließ sich in das leicht trübe Wasser sinken, bis nur noch seine Knie und seine Nase hervorschauten. Nach einer Weile begann er sich ziemlich gut zu fühlen. Es gab drei Sorten Badesalz – pinkfarbenes, grünes und weißes – in Gläsern auf einem Bord neben der Wanne, und er warf von jedem zwei Handvoll ins Wasser. Gleich darauf stieg ein solcher Gestank auf, daß er gezwungen war herauszusteigen und in die verglaste Duschkabine zu treten. Er drehte den Griff aus rostfreiem Stahl auf den mit ›Heiß‹ markierten Punkt und ließ sich von dem Guß den Rücken zwicken. Dunst versilberte die Kabinenwände; der zerstiebende Strahl rauschte; Wasser lief ihm in den ausgedörrten Mund, durch die brennenden Augen; er stimmte mißtönenden Gesang an:

»Daisy, Daisy, give me your answer, do.
It won't be a stylish marriage,

I can't afford a carriage,
But you'll look sweet upon the seat
Of a bicycle built . . .«

Abrupt beendete er seinen Vortrag, drehte die Dusche ab. In der Stille, die folgte, sagte er: »Hallo.« Das Wort hallte ihm in den Ohren wider. Er wiederholte es. »Hallo.« Zitternd trat er aus der Kabine, schlang sich ein orange und schwarz gemustertes Handtuch um die Hüften und steckte den Kopf zur Badezimmertür hinaus.

»He, Süße«, rief er.

Miss Hogan schlappte in den Flur, eine Lucky Strike lässig zwischen den mürrischen Lippen. »In dem Schränkchen überm Waschbecken ist ein Rasierer«, sagte sie. »Zu blöd, daß es 'n Sicherheitsrasierer ist, sonst könnten Sie sich damit die Kehle durchschneiden.« Ihre veilchenblauen Augen waren undurchdringlich.

»Hören Sie, Süße. Tun Sie mir 'n Gefallen?«

»Ich heiße Myrna.«

»In Ordnung, Myrna. Was ist jetzt mit dem Gefallen?«

In ihren Augen lag ein Anflug von Argwohn. »Vielleicht . . .«

»Nur 'ne Kleinigkeit. Bleiben Sie einfach da stehen und hören Sie ein, zwei Minuten zu. Dann sagen Sie mir, was Sie gehört haben.«

Er machte die Badezimmertür zu, warf das Handtuch auf den Boden, ging in die Duschkabine, schloß die Tür und drehte die Dusche auf. Als das Wasser richtig lief, sagte er laut: »*Aufnahme ab . . .* hier ist Mrs. Cranes kleiner William mit seiner Übertragung aus einer Duschkabine im zweiundfünfzigsten Stock des RCA-Gebäudes in New York... Und nun eine brandheiße Meldung aus Chicago. William Crane, der Playboy-Detektiv, und Myrna Hogan, die schnucklige Lebedame, stippen sich gegenseitig Schnittchen in den Kaffee, und das bringt einen ganz bestimmten Strafverteidiger mächtig auf die Palme.«

Er drehte die Dusche ab, schlang sich das Handtuch wieder um und schaute zu Miss Hogan hinaus. »Was haben Sie gehört?«

Sie schüttelte den Kopf. »Nichts.«

»Hab ich mir schon gedacht.« Er schloß die Tür vor ihrem verdutzten Gesicht und ging daran, sich zu rasieren.

Bis er angezogen war, hatte sich die angenehme Wirkung des Bades verflüchtigt. Sein Kopf pochte erbarmungslos, und er hatte Nackenschmerzen. Außerdem hatte er sich beim Rasieren an drei Stellen geschnitten. Während er sie im Spiegel untersuchte, befand er kritisch, daß seine Farbe schlecht genug war, um ihm einen Vorwand zu liefern, nach Florida zu fahren. Er stäubte sich Puder aufs Gesicht und ging hinaus ins Wohnzimmer. Miss Hogan lag zusammengerollt in einem Sessel und las die Gesellschaftsspalte des *Herald and Examiner*.

»In den Hearst-Blättern wird der Schmutz auch nicht mehr so breitgetreten wie früher«, beklagte sie sich.

Er fragte: »Hätten Sie Lust, mit mir nach Miami zu verreisen, Baby?«

»Warum sollte ich Lust haben, mit Ihnen zu verreisen?«

»Ich weiß nicht. Ich dachte, Sie sind vielleicht von meinen braunen Augen fasziniert.«

Sie sah ihn unter langen, dunklen Wimpern hervor abschätzend an. »Wenn Sie Geld hätten, wären Sie vielleicht die Sorte Kerl, auf die ich stehen könnte.«

»Ich hab jede Menge Trallala, sobald ich Westland rausgeholt habe.«

Ihr heiseres Lachen war ausnahmsweise einmal echt. »Da haben Sie ungefähr so viele Chancen wie ich, Ehrendame beim Ringelpiez von Vassar zu werden.«

»Fahren Sie mit, wenn ich ihn raushole?«

»Klar – das Versprechen ist leicht zu halten.« Sie erhob sich mit katzenhafter Anmut vom Sessel. »Wie wär's mit Frühstück? Sie werden reichlich essen müssen, um den Fall Westland zu lösen.«

»Ich bin gleich soweit, muß eben noch telefonieren.«

Er ging zum Telefon und zerrte an der Schnur, um festzustellen, ob sie so lang war, wie er sie vom Vorabend in Erinnerung hatte. Sie war es. Er rief Direktor Buckholtz an. »Hier spricht Crane, Herr Direktor – der Detektiv, der den Fall Westland bearbeitet.«

»Ja?« Der Direktor verstand es, seine Begeisterung zu unterdrücken.

»Ich möchte Westland sprechen.«

»Was?«

William Crane war sehr geduldig. »Ich möchte Westland sprechen.«

»Ach nee, sprechen möchten Sie ihn?« Die merkwürdige Stimme des Direktors, schrill wie die eines Eunuchen, war ungläubig. »Was glauben Sie, was ich mache, ihn ausrufen lassen? Oder meinen Sie vielleicht, ich sollte ihm Telefon in die Zelle legen lassen?«

Crane sagte: »Ich muß ihn sprechen. Es ist sehr wichtig.«

»Ich leite ein Gefängnis, kein Hotel.«

Mit einem Klicken wurde die Verbindung am anderen Ende unterbrochen. Crane rief umgehend zurück, und seine Stimme war wütend, als der Direktor abnahm.

»Hören Sie, Sie fetter Schweinepriester, wenn Sie nochmal so einfach auflegen, ruf ich den Staatsanwalt an und steck ihm das mit dem Schmiergeld, das Sie von Westland kassiert haben. Und wenn der nichts unternehmen will, kenn ich noch einen ganz bestimmten Deputy Chief of Detectives, der's kaum erwarten kann, Ihren dreckigen Hals in die Finger zu kriegen.« Von dem Gewüte bekam er Kopfschmerzen, aber er fuhr fort: »Und jetzt schwirren Sie ab in Ihren Knast und holen Sie Westland ans Telefon ... Haben Sie verstanden?«

Nach längerem Schweigen sagte Direktor Buckholtz: »Sie haben mich völlig mißverstanden, Mr. Crane. Ich will mein Möglichstes tun, Mr. Westland zu helfen, aber ich kann nicht ...«

»Doch, Sie können. Ich bin unter Superior 8971 zu erreichen. Schaffen Sie Westland ran, und rufen Sie mich in zehn Minuten hier zurück. Wenn ich bis dahin nichts von Ihnen gehört habe, mach ich selber mal 'n paar Anrufe.«

Diesmal legte Crane auf.

»Sie haben wirklich 'ne überzeugende Art am Telefon«, meinte Miss Hogan aus dem Wohnzimmer.

»Noch 'n Moment länger«, sagte er, »und ich hätte die Beherrschung verloren.«

Der Kaffee lief dampfend heiß aus einer silbernen Maschine. Crane trank Tomatensaft mit einem Löffel Worcestersauce, dann probierte er den Kaffee. Er war ausgezeichnet, schwarz wie Teer, aromatisch wie Knoblauch, rein wie trockener Sherry, heiß wie Bisbee, Arizona.

»Der Kaffee ist wirklich prima«, sagte er anerkennend, »aber mit den Rühreiern kann ich nichts anfangen.«

»Probieren Sie doch mal ein bißchen«, drängte sie ihn.

Das durch die Fenster am Tisch sickernde Sonnenlicht zerlegte ihr Gesicht wie ein kubistisches Gemälde in Flächen. Sie hatte eine kräftige Kinnpartie und eine schöne, schmale Nase, aber ihre Augen waren wegen der exotischen, blauen Wimperntusche nicht zu deuten. Ihr Hals war schlank, und ihre Brüste, die der tiefe Ausschnitt ihres rotseidenen Hausanzuges nur teilweise verhüllte, waren glatt, voll und fest.

Während er so tat, als äße er die Eier, betrachtete er sie verstohlen.

»Ich hab mich gestern nacht ziemlich besoffen«, sagte er. »Ich kann mich überhaupt nicht erinnern, wie ich ins Bett gekommen bin.«

»Sie sind auf dem Sofa umgekippt. Ihr Kumpel und Fink haben Sie in mein Zimmer geschafft und ins Bett gebracht.«

»Wo haben die geschlafen?«

»Die sind beide gegen drei heute morgen nach Hause gegangen.«

Er versuchte, die Gabel auf der Hand zu balancieren, aber sie fiel herunter und traf mit metallischem Klirren den Porzellanteller. Er dachte, wie komisch es war, daß die

Hände bei einem Kater durchaus ruhig waren, wenn man sie bewegte, aber zitterten, sobald man stillhielt. Sogar wenn er den Ellbogen auf den Tisch stützte, zitterte die Hand.

Sie sah ihm mit geringschätziger Belustigung zu. »Sie haben ’n ganz schönen Flattermann.«

»Wie haben Sie denn letzte Nacht geschlafen?«

»Prima.«

»Nicht gestört worden?«

»Nein, ich hab prima geschlafen.«

»Ich hab doch nicht ...«

Sie lachte heiser. »Glauben Sie, ich hätte bei Ihnen im Bett geschlafen? Ich hab das andere Schlafzimmer benutzt. Sie würden sich erinnern, wenn ich mit Ihnen im Bett gewesen wäre.«

Trotz des Katers, der ihm mittlerweile Wadenschmerzen verursachte, dachte er vergnügt: ’n richtig nettes, lockeres Frauenzimmer. Er sagte: »So ’n Erlebnis würd ich wirklich ungern verpennen.«

Sie sagte: »Das tun die wenigsten.«

Das Telefon klingelte. Als er abnahm, meldete sich Westland mit angespannter Stimme. »Haben Sie etwas? Der Direktor hat gesagt, es wäre wichtig.«

»Ich habe noch nichts Konkretes, aber ich glaube, ich bin vielleicht auf der richtigen Spur. Ich habe hart gearbeitet.«

Hinter ihm sagte Miss Hogan: »Lügner.« Er sagte: »Klappe.« Westland fragte: »Wie war das?«

»Ich möchte Ihnen eine Frage stellen«, sagte Crane. »Ich möchte, daß Sie nochmal über den Anruf nachdenken, den Sie von der Frau bekommen haben, die Sie für Emily Lou – ich meine, Miss Martin – hielten.«

»Fahren Sie fort.«

»Können Sie sich erinnern, ob in der Nacht irgend etwas an der Verbindung seltsam war?«

»Sie meinen, ob es sich wie ein Orts- oder Ferngespräch angehört hat?«

»Ja, oder ob da irgendwelche komischen Geräusche waren.«

Langes Schweigen trat ein. Miss Hogans Atem fächelte sanft Cranes Nacken; er konnte Christmas-Night-Parfüm riechen.

»Ich glaube, ich kann mich an etwas erinnern«, sagte Westland endlich. »Da war eine Art Rauschen, wie wenn ein starker Wind durch Bäume weht, oder wie das Geräusch, das die Niagarafälle machen.«

»Die Niagarafälle!« jubelte William Crane. »Na wer sagt's denn!«

Wärter Galt blieb noch einen Moment stehen, nachdem die Zellentür hinter Westland zugeschlagen war. Sein abgezehrtes Gesicht war gelblich verfärbt, seine Wangen waren hohl, seine kleinen Augen unter der ungewaschenen Stirn lagen tief in den Höhlen; er grinste mit seinen safrangelben, vorstehenden Zähnen wie eine ägyptische Mumie.

»Hab Ihre Freunde in letzter Zeit gar nich' mehr gesehen«, meinte er.

»Nein?«

Der Adamsapfel des Wärters hüpfte auf und ab, seine

Augen glitzerten boshaft. »Die ha'm Sie doch nich' im Stich gelassen?«

»Nein.«

»Sie seh'n irgendwie krank aus. Ich hab gedacht, die ha'm Sie vielleicht im Stich gelassen.« Der Wärter leckte sich die Lippen. »Sie ha'm doch keinen Schiß, oder?«

»Nein.« Westlands Stimme war dumpf. »Jedenfalls nicht viel.«

Er verspürte keine sonderliche Angst; nur Übelkeit, als müsse er sich gleich übergeben.

»Morgen kriegen Sie Schiß.« Der Wärter beobachtete ihn begierig, erwartungsvoll. »Wir wer'n Sie wohl zum Stuhl tragen müssen, so wie Sie jetzt aussehen.« Er wischte sich mit dem Handrücken die Nase. »So treten viele ab. Sie halten bis zum letzten Tag durch, und dann geht ihnen der Arsch auf Grundeis, und sie können vor lauter Schiß bloß noch flennen wie 'n Weib.« Er rieb sich den Handrücken an der Hose. »Sie würden sich wundern, wer da so alles das heulende Elend kriegt ... Da war zum Beispiel dieser Tough Tony Caprio – der ist zusammengeklappt, wie sie ihm den Kopf rasiert ha'm, einfach auf den Boden geplumpst und ...«

»Halt's Maul, du Schwein!« Connors, den Kiefer starr vor Wut, die blauen Augen eisfahl, hatte das Gesicht zwischen die beiden Gitterstäbe unmittelbar neben Westlands Zelle gedrückt. »Halt's Maul!« Seine Stimme schwankte. »Ich schwör's, ich laß dich umlegen, wenn du nicht aufhörst, hier rumzuschnüffeln.«

Galt zog sich einen Schritt zurück und sagte: »Ich hab mich bloß mit ihm unterhalten. Ich hab ihm bloß erzählt, wie die harten Jungs zusammengeklappt sind, als ...«

»Raus!« Der Gangster rüttelte an den Gitterstäben. »Raus hier oder ich komm raus und mach dich mit meinen bloßen Händen fertig. Raus!« Seine Stimme schwoll zu einem heiseren Brüllen an.

Galt zog sich den düsteren Korridor entlang zurück, das Gesicht wie von einem nervösen Tick zuckend.

»Der Scheißkerl!« Connors lächelte Westland zu. Sein Gesicht, das wegen der schmalen Kost und der zermürbenden Spannung des Wartens seine frühere Derbheit verloren hatte, sah mittlerweile recht gut aus. »Den krieg ich noch. Wirst schon sehen.«

Während er in das gefaßte Gesicht des Gangsters sah, wurde Westland plötzlich klar, was er dessen Mut und Haltung zu verdanken hatte, die ihn gerade durch ihre Unerschütterlichkeit vor dem Verrücktwerden bewahrt hatten, so wie er selbst unabsichtlich, durch Freundlichkeit, den kleinen jüdischen Krämer vor dem Abgrund totalen Grauens bewahrt hatte. Und so fragte er, ehrfürchtig wie ein kleiner Junge:

»Wie willst du ihn kriegen?«

»Keine Ahnung« – Connors' Handflächen hatten von den Gitterstäben weiße Druckstellen –, »aber ich krieg ihn.«

In der Zelle nebenan schlief Isadore Varecha unter leisen Schreien und wirrem Stammeln, wie ein fieberndes Kind.

Ein paar Minuten nachdem William Crane das Gespräch mit Westland beendet hatte, klingelte schrill das Telefon. »O mein Gott!« rief Crane. »Kennt die Telefongesellschaft denn gar keine Rücksicht auf meine Nerven?«

Miss Hogan ging an den Apparat und sagte: »Es ist für Sie.«

Es war Doc Williams. Er war in der Eingangshalle und wollte wissen, ob es in Ordnung sei, wenn er raufkäme. Crane sagte ihm, er solle raufkommen, dann würde er schon sehen.

Miss Hogan sah aus einem der Fenster, als Crane wieder ins Wohnzimmer kam; ihr Gesicht war abweisend, ohne unfreundlich zu sein, ihre amethystfarbenen Augen waren schläfrig, ihre vollen, zinnoberroten, nach unten gebogenen Lippen sinnlich. Die gelben Sonnenstrahlen machten das Oberteil ihres Hausanzugs durchsichtig, hoben ihren geschmeidigen Körper hervor. Sie trug keinen Büstenhalter. Crane faßte sie um die Taille, bog sie wie ein Tangotänzer nach hinten, küßte sie auf die Lippen. Sofort bereute er seine Tat: erstens, weil die Bewegung seinen Kopf heftig zum Pochen brachte, und zweitens, weil sie ihm ein großes Stück aus der Unterlippe biß.

Sie sah ihn an, weder ärgerlich noch verlegen. »Vorsicht, Clark Gable, sonst gibt's Haue.«

Das Blut schmeckte warm und salzig in Cranes Mund. Er betupfte sich die Lippe mit einem Taschentuch. »Mein Urteilsvermögen scheint heute morgen nicht besonders gut zu sein«, sagte er. Er bewunderte ihre Gefaßtheit.

»Zielsicher sind Sie jedenfalls«, sagte Miss Hogan. Sie glitt zur Tür, um Williams aufzumachen.

»Hallo, du treulose Tomate«, sagte Crane.

Williams betrachtete ihn angewidert. »Du siehst saumäßig aus.«

»Ich fühl mich auch saumäßig.« Crane drückte sich sein Taschentuch an den Mund und untersuchte es. Die Lippe blutete immer noch. »Ich wollte, ich wär in New York.«

Williams' Stimme war mißbilligend. »Was bist du eigentlich für'n Detektiv, daß du am liebsten wieder in New York wärst? Du hast in der Stadt hier nichts anderes getan, als in Taxis rumzufahren, dich an Frauen ranzumachen und dich zu besaufen. Man könnte meinen, du seist auf Urlaub.« Er holte tief Atem. »'n guter Detektiv hätte mittlerweile 'ne siamesische Briefmarke, 'n goldenen Kragenknopf, 'n paar Erdnußschalen und einen von Jean Harlows Strapsen als Beweise.«

»Jawohl, mein Lieber!« fügte Doc Williams hinzu; »'n guter Detektiv hätte nicht nur das, sondern er würde sagen: ›Doc, dieses Verbrechen ist 'ne vertrackte Geschichte, aber ich hab's aufgeklärt. Und es war wirklich 'ne verdammt seltsame Geschichte.‹«

»Du hast mir praktisch die Worte aus dem Mund genommen«, sagte Crane. »Miss Hogan und ich haben den Fall Westland gelöst. Du wirst dich wundern.«

»O nein, werd ich nicht«, sagte Williams. »Du kannst mir jeden x-beliebigen als Täter auftischen, und ich würd mich nicht wundern. Du könntest den Gouverneur verhaften lassen, und ich würd mich nicht wundern. Was mich allerdings wundert, ist, daß du glaubst, du weißt, wer die Lady umgebracht hat. Ich war die ganze Zeit mit dir zusammen, und ich weiß, daß du keinerlei Beweise hast.«

Miss Hogan, die ihnen unbeteiligt zusah, fragte: »Wer hat denn nun Mrs. Westland umgebracht?«

Crane schüttelte den Kopf. »Sag ich euch später.«

»Er weiß es nicht«, sagte Williams gereizt. »Er quatscht bloß rum. Er hat keinerlei Beweise.«

»Beweise?« Crane betupfte sich die Lippe. »Ach so, Beweise willst du? Na gut, wir besorgen welche – das heißt, falls noch genug Leben in mir ist.«

Miss Hogan beäugte die Stelle, wo sie ihn in die Lippe gebissen hatte. »In Ihnen ist noch jede Menge Leben.«

Williams fragte: »Und wann willst du mit der großen Suche nach Beweisen anfangen – irgendwann nächste Woche?«

»Nein, wir können sofort anfangen. Wo ist Fink?«

»Der geht Westlands Bücher durch – und die von der Firma.«

»Dann hab ich was für dich zu tun. Du mußt mir umgehend 'n paar Sachen besorgen.«

»Paar Flaschen Whisky?« fragte Miss Hogan mit pointiertem Sarkasmus.

»Wo Sie grade davon reden, ich könnte 'n kleinen ...«

Williams unterbrach ihn. »Was soll ich besorgen?«

»Als erstes möchte ich 'n Taxi« – Crane faltete das Taschentuch zu einem ordentlichen Viereck und steckte es in die Hüfttasche – »und 'ne Stoppuhr ...«

»'ne Stoppuhr!«

»Ja, 'ne Stoppuhr und ... 'n Tiefseetaucher.«

15

Donnerstag mittag

Der Taxifahrer war ein hakennasiger Grieche mit übers linke Auge gezogener Mütze. Der schmuddeligen Ausweiskarte zufolge hieß er Nick Papos und war sechsundzwanzig Jahre alt. Den Ellbogen im offenen Fenster, fläzte er in der linken Ecke des Fahrersitzes und schien die Insassen jedes Autos anzufletschen, das er überholte.

Doc Williams reichte Crane die Stoppuhr. »Ich hab sie für 'n Zehner geliehen«, sagte er. »Als nächstes willst du wahrscheinlich 'n Elefanten.«

Crane zog die Uhr aus dem mit grünem Filz bezogenen Etui. »Was ist mit dem Taucher?« Die Nickeloberfläche fühlte sich kühl an in seiner Hand.

»Der steht heute nachmittag auf Abruf bereit. Der Preis für ihn und ein Boot sind fünfhundert Mäuse.«

Crane sagte: »Wir beschaffen mehr Leuten Arbeit als Roosevelts Wirtschaftsprogramm.«

Fußgänger quirlten um das Taxi herum, das Ecke Oak Street und Michigan Boulevard vor einer roten Ampel hielt und geschickt den Zebrastreifen blockierte. Ein älterer Mann mit weißem Schnurrbart und rotem Gesicht umrundete den Wagen vorsichtig, drohte ihnen wütend mit seinem Stock.

»Ich wette, er will uns sagen, daß er Steuerzahler ist«, sagte der Fahrer verächtlich. Die Ampel sprang auf Gelb, er fuhr mit einem Ruck an und schlug vier Frauen in die Flucht wie einen Schwarm aufgescheuchter Wachteln.

»Hat nicht eine erwischt«, meinte Williams teilnahmsvoll.

»Nee«, sagte der Fahrer; »dieses Jahr ist Schonzeit für unvorsichtige Fußgänger.«

Das Taxi schaffte gerade noch die Ampel an der Division Street, bog von der Schnellstraße nach links ab, dann rechts in die Astor Street ein und hielt vor Westlands Apartment.

»Lassen Sie den Taxameter laufen«, sagte Crane.

Doc Williams schickte sich an auszusteigen.

»Bleib da. Wir halten hier nicht.« Crane stellte die Stoppuhr auf Null. »Wieviel Uhr ist es?«

Williams sah auf seine Armbanduhr. »Halb zwölf.«

»Ist ja prima. Einfach prima.«

Williams musterte ihn argwöhnisch. »Was ist prima?«

»Daß es halb zwölf ist.«

»Ich kann nur sagen, einer von uns tickt nicht richtig.«

Crane wandte sich an den Fahrer. »Nick, ich will zur Ecke La Salle und Adams im Loop. Wie lange sind Sie schon Fahrer in Chicago?«

»Fünf, sechs Jahre, Boss.«

»Gut. Ich will, daß Sie uns auf dem allerschnellsten Weg dorthin fahren. Es ist mir egal, was für Straßen Sie nehmen, fahren Sie einfach den schnellsten Weg.«

»Aber da kommen wir doch grade her.« Der Fahrer rieb sich mit dem Handrücken die Nase. »Wenn Sie so schnell dahin wollen, warum sind Sie dann nicht...«

»Da machen Sie sich mal keine Gedanken. Tun Sie so, als hätten wir Sie grade eben hier auf der Astor Street angehalten und Ihnen gesagt, Sie sollen uns so schnell wie möglich zur Ecke La Salle und Adams fahren.« Er sprach langsam, um seine Worte wirken zu lassen. »Sie brauchen keine Geschwindigkeitsbegrenzungen zu übertreten, fahren Sie einfach so schnell Sie können, ohne angehalten zu werden.«

»Und ich soll jetzt sofort losfahren?«

»Genau.«

Nick Papos legte den ersten Gang ein und ließ die Kupplung kommen. Er dachte: Was geht's mich an, wenn der Kerl spinnt? William Crane drückte den Knopf der Stoppuhr, lauschte befriedigt ihrem regelmäßigen Ticken.

Sie fuhren direkt zur La Salle Street, vier Straßen nach Westen, und bogen dann nach Süden ab. An der Chicago Avenue wurden sie von einer Ampel aufgehalten, und auf der sonnenbeschienenen La Salle Street Bridge hingen sie eine Minute lang hinter einem Tanklaster fest. Williams blickte auf das rauchgraue Wasser des Chicago River hinaus und schauderte.

»Da würd ich nur ungern drin schwimmen müssen«, sagte er. »Das Wasser sieht aus, als würd's gleich frieren.«

Als das Taxi Ecke La Salle und Adams an den Bürgersteig heranfuhr, sprang Crane heraus. »Dreh ein paar Runden um den Block«, sagte er zu Williams. »Ich bin gleich wieder da.«

Er betrat die in Marmor und Gold gehaltene Eingangshalle des Gebäudes, in dem Westland sein Büro hatte, drängte sich in einen Aufzug und wurde in den fünfunddreißigsten Stock katapultiert. Er ging zur Tür der Westland-Suite, musterte etwa dreißig Sekunden lang die Aufschrift ›Westland, Bolston & Woodbury‹ und hielt dann die Stoppuhr an. Sie zeigte 17 Minuten, 14,6 Sekunden. Er schrieb diese Zahl auf die Rückseite eines Briefumschlags und kehrte auf die Straße zurück.

Als er sich neben Williams ins Taxi setzte, sagte er: »Nick, Sie haben von der Astor Street bis hierher etwa achtzehn Minuten gebraucht. Jetzt möchte ich, daß Sie mich jeden anderen möglichen Weg zwischen hier und dort fahren, den Sie in fünfundzwanzig Minuten schaffen können. Ich möchte, daß Sie den Fluß jedesmal woanders überqueren, aber Sie dürfen nicht länger als fünfundzwanzig Minuten für die Fahrt brauchen.«

Der Fahrer sagte: »Wie wär's mit dem Michigan Boulevard, Boss?«

»In Ordnung. Michigan Boulevard.« Crane setzte die Stoppuhr in Gang.

Sie fuhren nach Norden auf den Wacker Drive, dann nach Osten auf den Michigan Boulevard und wieder nach Norden über die große Brücke. Über die Bürgersteige eilten Menschenmassen in beide Richtungen; Stenographinnen und Büroangestellte, unterwegs zu einem frühen Lunch; Vertreter, Schaufenstergucker, Leute auf Einkaufsbummel; die übliche Reihe von Müßiggängern starrte verträumt auf den leeren Fluß.

»Fast hätt ich's vergessen«, sagte Williams plötzlich.

»Ich hab bei der Telefongesellschaft wegen des Kundendienstes bei Miss Martin nachgefragt. An dem Tag, an dem Mrs. Westland gefunden wurde, ist ein Techniker angefordert worden, aber die Gesellschaft hat keine Unterlagen darüber, daß am Tag des Mordes jemand hingeschickt worden ist.«

»Nein?«

»Nein. Der Kerl, den Miss Martin gesehen hat, muß 'n Schwindler gewesen sein.«

»Das haben wir uns ja schon gedacht, oder?«

Das Taxi, das mit der grünen Welle auf der Avenue zügig vorankam, passierte Walton Place. Zwei Straßen weiter konnten sie das Gebäude mit den in der Sonne leuchtenden roten Steinen sehen, in dem Miss Hogan wohnte.

Crane blickte von der Stoppuhr auf und sagte: »Ich wollte, diese Hogan würde 'n Mord begehen. Die zur Strecke zu bringen, könnte mir Spaß machen.« In Erinnerung versunken, betastete er seine geschwollene Lippe.

»Das wär dann mal 'n Fall, wo du dich reinknien würdest«, sagte Williams.

Crane sagte: »Na, na.«

Kurz darauf sagte der Fahrer: »Da wär'n wir, Boss, zurück in der Astor Street.«

Laut Stoppuhr waren seit ihrem Start in der Innenstadt 20 Minuten und 31 Sekunden vergangen. Crane stellte die Zeiger auf Null, sagte: »Alsdann, nochmal zurück zur Ecke Adams und La Salle.«

Diesmal überquerten sie den Fluß auf der neuen, breiten Wabash Avenue Bridge und fuhren dann auf der Wacker

Street nach Westen zur La Salle. Ohne sich die Mühe zu machen auszusteigen, hielt Crane die Uhr an, als sie das Gebäude erreichten, in dem Westlands Büro lag. Die Zeit war 17 Minuten und 2,6 Sekunden. Die nächste Fahrt führte über die State Street, und die Uhr zeigte genau 21 Minuten, als sie die Astor Street erreichten. Der Fahrer sagte, sie hätten Glück gehabt, daß sie auf der stark befahrenen Brücke keine Straßenbahn vor sich gehabt hätten. Auf dem Rückweg zum Loop nahmen sie die Dearborn Street Bridge und schafften die Strecke in 19 Minuten und 37,2 Sekunden.

Es war gegen halb zwei, und Doc Williams starrte sehnsüchtig auf die Restaurants im Loop. »Mein Gott, hab ich Hunger«, sagte er.

Crane wandte sich an den Fahrer. »Halten Sie auf dem Rückweg bei 'ner Imbißstube«, sagte er. »Ich zieh dann die Zeit, die wir halten, von der Fahrzeit ab.«

Auf dem Rückweg über die Clark Street Bridge fuhren sie hinter einer Straßenbahn her. Sie folgten ihr unter häufigen Stopps, bei denen Fahrgäste ein- und ausstiegen, bis zur Chicago Avenue und hielten vor dem Elite Restaurant and Lunch Counter (Damen willkommen) an der Ecke.

»Der Laden ist nicht schlecht«, sagte der Fahrer.

»In Ordnung. Doc, besorg 'n paar Sandwiches und Kaffee«, sagte Crane. »Wir essen während der Fahrt. Bring Nick auch was mit.«

»Bringen Sie mir nichts mit Zwiebeln drin«, sagte Nick. »Ich geh mit 'ner Schwedin, und die mag keine Zwiebeln.«

Crane lehnte sich mit geschlossenen Augen in dem gepolsterten Sitz zurück, bis Williams mit drei Hamburgern, drei amerikanischen Käsesandwiches und einem Pappbehälter voll trübem Kaffee zurückkam. Er nahm kein Sandwich, trank aber aus einem Pappbecher etwas von dem Kaffee. Er schmeckte gar nicht gut.

Der Fahrer, der seinen Kaffee in der einen Hand hielt und die andere immer wieder vom Lenkrad nahm, um von seinen Sandwiches abzubeißen, erreichte sicher die Astor Street. Nach Abzug von 8 Minuten für die Unterbrechung stellte Crane fest, daß die Fahrt trotzdem noch 26 Minuten und 47 Sekunden gedauert hatte.

»Ich hab noch nie 'ne Straße gesehen, die mir so zum Hals raushängt wie die da«, sagte Williams und wischte sich mit einem seidenen Taschentuch den Mund ab. »Wie oft müssen wir noch hierher zurückkommen?«

Crane stellte die Uhr wieder auf Null. »Das hängt von Nick ab.«

Der Fahrer warf seinen leeren Becher und das Ölpapier von den Sandwiches in einen sorgfältig gepflegten Vorgarten. Ein dickes Kindermädchen, das einen braun-weißen Drahthaarterrier und zwei kleine Kinder mit porzellanblauen Augen ausführte, funkelte ihn an. Er ignorierte sie und sagte: »'s gibt schon noch 'n paar Strecken, die wir fahren könnten.«

»Na, dann los«, sagte Crane.

Diesmal fuhren sie weiter nach Westen, hinüber zur verwahrlosten Wells Street am Rand von Little Italy, und überquerten den Fluß unter dem Dröhnen der Hochbahnbrücke über ihren Köpfen. Es war dunkel auf der Brücke, und William Crane sagte: »Das kommt schon eher hin«, aber als sie die Ecke La Salle und Adams erreichten, stellte er fest, daß mehr als 28 Minuten vergangen waren. Sie fuhren auf einer noch abgelegeneren Strecke zurück, und wieder lag die Zeit über 28 Minuten.

Als sie wieder vor dem Apartment in der Astor Street parkten, schüttelte Crane bekümmert den Kopf. »Das ist alles, Nick?«

»Alles!« sagte Doc Williams. »'n Wunder, daß uns die Kindermädchen nicht ›Gaffer‹ schimpfen, wenn wir vorbeikommen.«

Der Fahrer sagte: »Das ist alles, außer Sie wollen die untere Ebene von der Michigan Boulevard Bridge nehmen.«

»Klar, nehmen wir die«, sagte Crane. Er drückte den Knopf der Stoppuhr, schloß die Augen.

Doc Williams stöhnte.

Als sie sich der Brücke näherten, wurde die Fahrbahn viel holpriger. Das Taxi schüttelte und ratterte, und der Fahrer war gezwungen, die Geschwindigkeit zu verringern, um mehreren großen Schlaglöchern auszuweichen. Eine Straße weiter östlich schwang sich die glatte Fahrbahn der Michigan Avenue zwischen dem Tribune Tower und dem weißen Wrigley Building in sanftem Bogen nach oben, aber sie fuhren weiter parallel dazu, bis sie nur noch einen Häuserblock vom Fluß entfernt waren. Dann bogen sie links ab und schwenkten unter der Highway-Überführung in einen Wald aus Beton- und Stahlstreben ein. Sie umkurvten einen von zwei dicken Pferden gezogenen Wagen und fuhren in die düstere, stahlverkleidete untere Brückenpassage. Die Fahrbahn, die nach Süden zum

Loop führte, war breit genug für zwei Autos, und links von ihnen, hinter einer Wand aus Kreuzverstrebungen, verlief eine entsprechende einspurige Fahrbahn für den nach Norden gehenden Verkehr. Rechts von ihnen war zwischen weit auseinanderstehenden Stahlträgern der träge dahinströmende Fluß zu sehen. Obwohl Sonnenlicht das Wasser tüpfelte, war es in der Unterführung düster.

»Das ist 'ne günstige Strecke«, sagte der Fahrer, »weil die meisten Leute sie nur nehmen, wenn's nicht anders geht. Hier ist nicht viel Verkehr, und die Ampeln vermeidet man auch.«

Sobald sie drüben waren, bogen sie rechts ab, fuhren eine Auffahrt hinauf und kamen auf dem mittlerweile vertrauten Wacker Drive heraus. Die Stoppuhr zeigte 19 Minuten und 30,2 Sekunden, als sie Ecke La Salle und Adams ankamen.

»Fallen Ihnen noch irgendwelche Strecken ein, Nick?« fragte Crane.

»Nein, das war's, Boss.«

»Gut. Fahren wir nochmal so wie eben unter der Brücke durch, Richtung Loop.«

»Zum letzten Auftrieb«, sagte Doc Williams müde.

Sie fuhren zurück und kamen noch einmal durch die untere Passage. Mittendrin sagte Crane dem Fahrer, er solle bei einer besonders breiten Lücke in der Stahlverstrebung rechts ranfahren.

»Haben Sie 'n einigermaßen großen Universalschlüssel?« fragte er den Fahrer.

»Klar, Boss. Wieso?«

»Für wieviel verkaufen Sie ihn?«

Williams fragte: »Wofür zum Teufel brauchst du 'n Universalschlüssel?«

»Für wieviel verkaufen Sie ihn?« wiederholte Crane.

»Das ist 'n sehr guter«, sagte der Fahrer. »Für weniger als fünf Mäuse würd ich den nie verkaufen.«

»Fünf Mäuse!« Williams sah Crane verblüfft an. »Für die Hälfte besorg ich dir den besten Universalschlüssel der Welt.«

»Vielleicht hängt Nick an dem Universalschlüssel.« Crane gab dem Fahrer eine Fünfdollarnote. »Mit Universalschlüsseln ist das so 'ne Sache. Zuerst sind sie einem piepegal, aber dann wachsen sie einem ans Herz. Doch, doch, Doc, nach 'ner Weile kann man so 'n Universalschlüssel richtig liebgewinnen. Und so 'n Mensch ist eben auch Nick.«

»Dir geht's besser«, sagte Williams.

Der Fahrer fischte einen abgenutzten Universalschlüssel unter dem Sitz hervor und wollte ihn Crane geben, aber der nahm ihn nicht.

»Ich möchte, daß Sie hier hinterm Steuer sitzen bleiben«, sagte er, »und wenn ich Ihnen vom Ufer da drüben zuwinke, möchte ich, daß Sie ihn durchs Fenster in den Fluß werfen.«

Das Gesicht des Fahrers wurde vor Verblüffung dümmlich. »Sie geben mir fünf Mäuse dafür, daß ich das Ding in den Fluß schmeiße?«

»Ja, bleiben Sie einfach hinterm Steuer sitzen und werfen Sie ihn in den Fluß. Aber sehen Sie zu, daß er auch reinfällt.«

Williams machte ein argwöhnisches Gesicht. »Du hast doch nicht etwa noch was Alkoholisches in die Finger gekriegt, oder?«

»Na hör mal, wer denkt denn an so was!« Crane stieg würdevoll aus dem Taxi. »Los, komm.« Er schaute über das Geländer auf das grauschwarze Wasser. »Sie schmeißen das Ding, wenn ich mit dem Taschentuch winke, Nick. Kapiert?«

Der Fahrer verdrehte die Augen.

Auf einem Schild an dem Betonanleger gegenüber dem Wrigley Building stand: »Fahrt im Rennboot, 1 Dollar.« Es waren allerdings keine Rennboote zu sehen; nur ein träger, schaumgrüner Wasserwirbel, wo der vorspringende Landesteg die Hauptströmung des Flusses ablenkte. Rechts über ihnen ragte die Michigan Avenue Bridge auf, Wachtürme mit Fenstern an beiden Enden; und ans Geländer gelehnt betrachteten ein Mann und eine Frau ohne großes Interesse das Wasser. Über einem treibenden Gegenstand auf halbem Weg zum anderen Ufer kreisten zwei Möwen.

Cranes Taschentuch flatterte durch die Luft. Aus dem Dunkel der unteren Brückenpassage kam wie ein gebogener Federstrich der Schraubenschlüssel gesegelt. Er fiel zehn Meter von der Brücke entfernt ins Wasser, das silbern aufspritzte. Crane rannte zu einer Stelle gegenüber, brachte den blubbernden Kreis in Linie mit einem Pfahl am anderen Ufer und rief Williams zu:

»Doc, markier das, damit du dir's merken kannst, ja?«

Williams sagte: »Das kann ich mir auch so merken.« Er schob sich den Hut aus der Stirn. »Ich glaube, du spinnst.«

»Vielleicht.« Crane band das Taschentuch an einen in den Beton eingelassenen Ring. »Vielleicht auch nicht. Hol auf alle Fälle deinen Taucher und schick ihn hierher, genau auf die Linie zwischen hier und dem anderen Ufer.« Er deutete auf eine gedachte Linie zwischen dem Taschentuch und dem Pfahl auf der anderen Seite.

»Du willst also fünfhundert Dollar dafür ausgeben, daß du den Schraubenschlüssel wiederkriegst?« heulte Williams.

»So was ähnliches.«

Williams sank entkräftet an den Brückensockel. »Du hast ja schon ’n paar bekloppte Sachen gemacht, seit ich mit dir zusammenarbeite, aber das hier kriegt den großen Preis.«

»Die Verleihung kannst du dann später vornehmen. Jetzt hol erst mal den Taucher samt Boot. Er soll in ’ner Stunde hier sein. Ich rede mit Deputy Strom.«

»Simmons ist vorbestraft.« Der Deputy kaute auf einem Zigarrenstummel. »Wir haben sein Bild und seine Fingerabdrücke in der Zentralkartei gefunden.«

»Das wundert mich nicht«, sagte Crane. »In den Vereinigten Staaten ist jeder neunundvierzigste vorbestraft.«

»Er hat sechs Monate wegen Erpressung gekriegt. Hat versucht, ’ne alte Witwe zu rupfen, für die er gearbeitet hat. Sie hat ihn in ’ne Falle gelockt und dann den Richter gebeten, nachsichtig mit ihm zu sein. Wahrscheinlich hat er sie becirct. Er hätte ’n paar Jahre kriegen sollen.«

»Wie lange ist das her?«

»Fünfzehn Jahre.«

»Und seither ist er saubergeblieben?«

»Ja. Seitdem arbeitet er für Westland.«

Die Federn am Drehstuhl des Deputys ächzten, als er den Zigarrenstummel auf die Schreibtischkante legte. Eine Borte aus Brandstellen von anderen Stummeln zierte die braune Platte.

Crane fragte: »Hat er gesagt, warum er Ihnen nicht erzählt hat, daß Sprague zu ihm in die Wohnung gekommen ist?«

»Er sagt, er hätte Angst gehabt, in Spragues Tod verwickelt zu werden. Er meint, mit seiner Vorstrafe säh's übel für ihn aus.«

»Er hat wahrscheinlich recht. Aber warum hat er's mir erzählt?«

»Er wollte Westland nach Möglichkeit helfen, aber nicht selber in die Bredouille geraten.«

Crane starrte vom Fenster des Deputys auf den Schrottplatz gegenüber. »Er will Westland helfen, aber er kriegt zehntausend Dollar, wenn Westland stirbt.«

»Ach nee!«

»Doch, haben Sie das nicht gewußt? Westland hat ihm in seinem Testament zehn Riesen vermacht.«

Deputy Strom rammte sich die Zigarre wieder in den Mund. »Kein Mensch macht sich die Mühe, mir was zu erzählen.« Er schwenkte heftig in dem protestierenden Stuhl herum. »Ich hab bloß gewußt, daß Miss Martin die Hauptbegünstigte ist.«

»Woher hätten Sie's auch wissen sollen?« fragte Crane. »Sie waren ja bloß dran interessiert, Westland festzunageln. Warum sollten Sie sich nach jemand umsehen, der ein Motiv gehabt haben könnte, Westland aus dem Weg zu räumen?«

»Ich weiß nicht, warum ich's jetzt tun sollte.«

»Sie wollen doch nicht, daß ein Unschuldiger auf den Stuhl kommt, oder?«

»Von wegen unschuldig!« sagte der Deputy.

Crane grinste ihn an. »Was hat Simmons Ihnen noch erzählt?«

»Es ist wahrscheinlich Wasser auf Ihre Mühle, aber ich kann's Ihnen genausogut erzählen.« Deputy Strom lehnte sich im Stuhl zurück, schwang den rechten Fuß auf den Schreibtisch. Der Absatz war außen abgetreten. »Simmons hat Sprague das Telefon benutzen lassen, als der in der Wohnung war.«

»Ja?«

»Er hat gehört, wie er Woodbury angerufen und sich mit ihm für zehn Uhr abends verabredet hat.«

»Sieh an!« Crane kratzte sich am Ohr. »Hat Sprague gesagt, warum er Woodbury sprechen wollte?«

»Simmons sagt nein. Er hätte sich bloß mit ihm verabredet und dann aufgelegt.«

Crane sagte: »Simmons scheint Informationen rauszulassen, wie andere Leute Zähne gezogen kriegen – immer nur einen aufs Mal. Wie haben Sie das aus ihm rausgeholt?«

»Wir haben bloß 'n bißchen« – der Deputy machte eine geringschätzige Bewegung mit der Zigarre – »Überredungskunst angewendet.«

Crane dachte einen Moment nach. »Haben Sie Woodbury nach dem Anruf gefragt?«

»Klar. Er hat auch zugegeben, daß er ihn gekriegt hat. Hat gesagt, er wüßte nicht, was Sprague gewollt hat.«

»Fand er's nicht komisch, daß Sprague die Verabredung nicht eingehalten hat?«

»Er hat gesagt, zuerst schon, aber als er dann erfahren hätte, daß Sprague bei einem Autounfall umgekommen war, hätte er nicht weiter drüber nachgedacht.«

Crane ging zum Fenster hinüber. »An diesem Fall kommt einem alles durchaus logisch vor, wenn man bereit ist, alles zu glauben.« Er sah zu, wie ein Nash-Streifenwagen am Bordstein hielt. »Aber wenn nicht, klingt alles nicht ganz astrein.«

»Ich wüßte nicht, was an Woodburys Geschichte faul sein sollte.«

»Da ist auch nichts faul dran. Es kommt mir bloß komisch vor, daß er niemandem von der Verabredung erzählt hat. Wenn Sie sich mit jemand an dem Abend treffen sollen, an dem dieser Jemand auf mysteriöse Weise ums Leben kommt, dann sagen Sie normalerweise was davon.«

»An 'nem Unfall mit Fahrerflucht ist nichts Mysteriöses.«

»Vermutlich nicht«, sagte Crane. Er grapschte seinen Hut vom Schreibtisch des Deputys.

»Moment noch.« Strom rappelte sich mühsam hoch. »Was meinen Sie, weshalb Sprague Woodbury sprechen wollte?«

»Was meint denn Woodbury?«

»Er hat gedacht, es wär was Geschäftliches.«

Crane sagte: »Das denk ich auch.«

Der Taucher hieß Peter Finnegan. Er trug einen Gummianzug und Schuhe mit Bleisohlen und sah Crane aus Augen an, die so blau waren wie die Uniform eines Poilu. »Sie wollen, daß ich nach 'nem Universalschlüssel aus Stahl tauche?« fragte er. Sein zitronenblondes Haar glänzte von Pomade.

Sie standen auf dem schmutzigen Deck der *Patricia G.*, einem kleinen Schlepper, der einmal einen roten Anstrich gehabt hatte. Ein teerbeschmiertes Tau, das um einen Poller der Anlegestelle unterhalb des Wrigley Building geschlungen war, verhinderte, daß sie mit der Strömung landeinwärts trieben. Aus dem gedrungenen Schornstein stieg fast farbloser, durchsichtiger Rauch auf.

Crane sagte: »Ich will, daß Sie alles aus Stahl raufholen, was Sie finden, 'n Schraubenschlüssel oder sonst was. Hat Mr. Williams Ihnen erklärt, wo Sie suchen sollen?«

»Ja. Zwischen hier und dem Taschentuch da drüben.« Der Taucher beugte sich über die Reling. »Wird auch nicht besonders schwierig. Es ist nur ungefähr zehn Meter tief, und glücklicherweise hab ich 'n Elektromagneten, der Stahl auf verdammt große Entfernungen findet. Wann soll ich anfangen?«

»Jetzt gleich, ehe es dunkel wird.«

Der Taucher brüllte: »Charley.« Ein kleiner, rußbeschmierter Mann mit Mütze lugte aus der Kajüte, blinzelte im Sonnenlicht. Der Taucher sagte: »Sag Mac, daß ich runtergehe, dann komm rauf und bedien das Tau.«

Der Rußbeschmierte zögerte. »Hast du die Kohle im voraus gekriegt?«

»Hältst du mich für blöd?« fragte der Taucher.

Die *Patricia G.* zitterte, als unter Deck die Luftpumpe ansprang. Der Taucher hob seinen Helm auf. »Helfen Sie mir mal damit, ja?«

Charley kam und nahm Crane den Helm aus der Hand. »Besser, ich mach das«, sagte er. Seine Haut unter dem Ruß hatte eine ungesunde Blässe.

Doc Williams kam von achtern, wo er ein paar Seemöwen zugesehen hatte, nach vorn. »Ich hoffe, du weißt, was du tust«, sagte er.

Crane sagte: »Das hoffe ich auch.«

Der Taucher stieg über eine Strickleiter ins Wasser hinab und ließ dann los. Den Luftschlauch, das Tau und ein weiteres Kabel hinter sich herziehend, sank er weich unter Wasser und verschwand.

Charley, der das Tau ausstreckte, sagte: »Das dritte ist für den Magneten.«

Ein paar Sekunden später hörte das Tau auf, sich zu bewegen. »Er ist unten«, sagte Charley. Blasen durchbrachen die ölige Wasseroberfläche, bildeten eine Spur zum anderen Ufer. Eine neugierige Möwe schwebte herab, um sie zu untersuchen, entdeckte nichts Eßbares und kehrte flußaufwärts zu ihrem Beobachtungsposten neben einem offenen Abflußrohr zurück.

»Sie haben Glück, daß der Fluß vom See wegfließt und nicht in ihn rein, so wie früher«, sagte Charley.

»Wieso?« fragte Crane.

»In dem Treibsand und Schlamm, den der Fluß ablagern würde, wenn er in den See münden würde, könnte kein Taucher laufen. Aber so sorgt die Strömung aus dem See dafür, daß das Bett sauber und fest bleibt.«

»Da haben wir ja Glück.«

»Eben, genau wie mit der langsamen Strömung. Es gibt haufenweise Flüsse mit so schneller Strömung, daß kein Taucher drin stehen könnte.«

Auf halber Strecke verharrten die Blasen plötzlich auf der Stelle. Dann begannen sie, sich zurückzubewegen.

»Er hat was gefunden«, sagte Charley.

Von einem Strudel von Blasen angekündigt, kam der Taucher ein Stück weit die Strickleiter hoch. Charley schraubte die runde Sichtscheibe des Helms ab. Der Taucher grinste übermütig. »Da haben Sie Ihren Schraubenschlüssel.« Er warf ihn aufs Deck.

Crane sagte: »Prima, ich bin wirklich froh, daß ich ihn wiederhabe. Aber« – er hob den Schraubenschlüssel auf, reichte ihn Williams – »ich möchte, daß Sie noch nach was anderem suchen. Es müßte ungefähr da liegen, wo Sie das hier gefunden haben.«

»Mister«, sagte der Taucher gequält, »würd's Ihnen was ausmachen, mir zu sagen, was?«

»Es ist ungefähr so groß wie der Schraubenschlüssel.«

Der Taucher hievte sich hoch, bis seine Schultern auf Höhe der Reling waren. Er hakte die Arme über das Holz. »Wir spielen also Ratespielchen.« Er zwinkerte Charleys schmutzigem Gesicht zu. »Tier, Mineral oder Pflanze?«

Crane sagte: »Hören Sie. Ich würd Ihnen gern sagen, was ich hoffe, daß Sie finden, aber ich laß es lieber. Gehen Sie runter und sehen Sie nochmal nach, ja?«

Als das Wasser über dem Kopf des Tauchers zusammenschlug, sprang ein Polizist von dem Betonanleger auf die *Patricia G.* Er sagte: »Was geht hier vor?«

Charley deutete mit dem Daumen auf Crane. »Fragen Sie den da.«

Crane fragte: »Was ist los, Officer?«

»Was los ist? Schauen Sie mal auf die Brücke.«

Alle legten den Kopf in den Nacken. Die Brücke war mehrere Reihen tief von Schaulustigen gesäumt, wie die unüberdachte Tribüne eines Stadions.

»Die werden gleich den Verkehr blockieren«, sagte der Polizist.

Crane verlieh seiner Stimme einen autoritären Ton. »Ich kann's nicht ändern. Wir sind vom Kriegsministerium und müssen die Flußtiefe an dieser Stelle ermitteln. Washington braucht das für eine Hafenstatistik.« Er sah Williams an. »Ziemlich eilige Sache, was, Herr Major?«

Williams gelang es, seine Verblüffung weitgehend zu verbergen. »Äh ... ganz recht, Herr Oberst.«

Crane fuhr fort: »Wir müßten allerdings in Kürze fertig sein, Officer. Wenn Sie dafür sorgen würden, daß oben auf der Brücke nichts passiert, wären wir ...«

»Mit Vergnügen, Herr Oberst.« Der Polizist machte ein respektvolles Gesicht. »Ich war im Krieg selber bei der Armee.«

»Ich möchte wetten, Sie haben unter General Foreman gedient.«

»Jawohl, Sir. Woher wissen Sie das?«

»Bloß eine Vermutung. Er ist ein verdammt guter Soldat.« Crane nickte und setzte noch eine Lüge drauf. »Kenne den alten Knaben gut.«

Der Polizist war kaum von Bord, als die Luftblasen des Tauchers dessen Rückkehr ankündigten. Wasser strömte ihm von den Schultern und gluckerte in den Fluß, als er sich auf der Leiter hochhievte. Sobald Charley die Sichtscheibe seines Helms abgeschraubt hatte, sagte er: »Das war's wohl, was Sie wollten.« Er hielt ihm eine Pistole hin. »Sie muß schon 'ne ganze Weile da unten gelegen haben.«

Crane nahm ihm die Pistole aus der Hand. An der Seite war ein silbernes Schildchen angebracht, in das der Name »R. Westland« eingeprägt war. »Genau das, was ich wollte«, sagte er.

»Heiliger Bimbam!« rief Doc Williams aus. »Woher hast du gewußt, daß sie ausgerechnet da unten liegt?«

Major Lee probierte den Abzug der Pistole aus. »Ich denke, wir kriegen es hin, daß sie schießt.« Er kratzte etwas Rost ab. »Aber wir haben keine Webley-Kugeln.«

Williams sagte: »Können wir nicht in einem Sportgeschäft welche kaufen?«

»Ich denke schon, wenn wir uns umtun.«

»Versuch's bei Woodbury«, schlug Crane vor. »Ich wette, der hat welche.«

»Der traut sich bestimmt nicht, uns welche zu geben«, sagte Williams.

»Der traut sich nicht, uns keine zu geben.«

»Sie wollen also feststellen, Mr. Crane«, sagte Major Lee und wog dabei die Pistole in der Hand, »ob die Merkmale der aus dieser Pistole abgefeuerten Kugeln denen der Webley-Kugeln entsprechen, die Mrs. Westland getötet haben und über die ich ein Gutachten in meinen Akten habe?«

»So ist es. Ich hätte gern so bald wie möglich einen Bericht.«

»Es wird nicht lang dauern ... falls wir Kugeln beschaffen können.«

»Williams versucht's bei Woodbury«, sagte Crane. Er nahm dem Ballistikexperten die Pistole aus der Hand. »Wo könnte ich in Amerika so eine Webley aus dem Krieg kaufen?«

»Eine kaufen?« Der Major runzelte die Stirn. »Es gibt eine Reihe Firmen, die mit alten und veralteten Waffen handeln, aber die meisten führen amerikanische Fabrikate. Sie verkaufen das Zeug an südamerikanische Länder, für Revolutionen, und auch für deren Armeen. Aber ein paar weiß ich schon, die möglicherweise Webleys im Sortiment haben.«

»Könnten Sie mir die Namen geben?«

Der Major sagte: »Gewiß.« Er beschäftigte sich eine ganze Weile damit, Namen auf einer langen Liste von Waffenfirmen anzukreuzen, die er dann Crane reichte.

»Danke«, sagte Crane. »Wären Sie so nett, Williams so bald wie möglich Bescheid zu geben, was Sie über Westlands Pistole rausfinden? Er bleibt mit Ihnen in Verbindung.«

»Aber gern.«

Crane legte die Pistole auf den Schreibtisch des Majors und folgte Williams nach draußen auf die Straße. Sie gingen ins Drake Hotel hinüber und gaben der Reihe nach Telegramme an die auf Major Lees Liste angekreuzten Firmen auf. Die Telegramme lauteten:

Wurde bei Ihnen im letzten Jahr eine Webley Automa-

tic, Kriegsmodell, gekauft? Bitte antworten Sie umgehend, Gebühr zahlt Empfänger. Wichtig.

Deputy Chief of Detectives Ernest Strom
Chicago, Ill.

Crane zahlte dem verblüfften Mädchen einundsechzig Dollar und dreiundvierzig Cent für zweiundachtzig Telegramme und sagte: »Wir sind besser bei Strom, ehe die ersten Antworten auf seine Kosten eingehen.«

20 Uhr 15

Finklestein marschierte in das Hotelzimmer, als Crane gerade einen Pyjama aus grüner Ballonseide in seine Reisetasche stopfte. Der Anwalt hatte die Lippen fest zusammengepreßt, seine Wangen waren über den Jochbeinen gerötet.

»Ich bin die Bücher von unserem Mandanten durchgegangen«, verkündete er. Crane nahm seinen Kamm und eine seiner beiden Militärhaarbürsten mit Metallrücken von der Frisierkommode. »Und?«

»Er hat genügend heiße Wertpapiere in seinem Besitz, um eine Regierungsanleihe aufzulegen.«

Crane hielt über der Tasche in der Bewegung inne. »Gestohlene Wertpapiere?«

»Gestohlene und gefälschte. Es sieht so aus, als hätte er in den letzten zehn Jahren bei jedem Postraub mitgemischt.«

»Mann! Wieviel wert?«

»Bis jetzt sind die Buchprüfer auf annähernd sechshunderttausend Dollar gekommen, aber wir sind noch nicht durch.«

Crane rieb sich mit der Haarbürste den Handrücken. »Das ist mehr Geld, als Westland besitzt.« Die Borsten schmerzten auf seiner Haut. »Wie hat er das in seinen Bilanzen untergekriegt?«

»Es ist nicht alles in seinen Bilanzen. Die meisten Wertpapiere sind zwischen die Sicherheiten seiner persönlichen Klienten gestreut worden, das Zeug, das die der Firma zur Abdeckung ihrer Transaktionen überlassen.« Finklestein wischte sich mit einem seidenen Taschentuch die Stirn. »Es sieht so aus, als hätte Westland die heißen Wertpapiere von Gangstern gekauft, die soliden Wertpapiere von Klienten durch sie ersetzt und dann die soliden Wertpapiere auf dem Markt verkauft.«

»Wie haben Sie das rausgekriegt?«

»Einem der Buchprüfer sind zufällig ein paar Wertpapiere aufgefallen, die seines Wissens aus dem Verkehr gezogen worden sein müßten. Er hat das überprüft und festgestellt, daß sie bei dem großen Rondout-Postraub gestohlen worden waren. Da haben wir uns von der Bundesbehörde eine Liste von gestohlenen Wertpapieren besorgt und alle Wertpapiere in sämtlichen Depots überprüft.«

»Sie meinen also, er hat die Wertpapiere für zehn Cent auf den Dollar von irgendeinem Gangster gekauft und sie auf die Depots seiner Klienten verteilt?«

»'ne andere Möglichkeit gibt's nicht, es sei denn, er hat die Wertpapiere tatsächlich selber gestohlen.«

Crane sagte: »Tja, es ist schon verdammt komisch.« Er ließ die Bürste in seine Tasche fallen. »Sie fragen ihn morgen besser danach.«

»Sie glauben doch nicht, daß er's uns erzählen würde, oder?«

»Warum nicht? Er muß sich ja wohl kaum Sorgen darum machen, wegen Diebstahls der Wertpapiere verhaftet zu werden.«

»Sie glauben also nicht, daß er weiß, was mit den Depots gemacht worden ist?«

»Keine Ahnung. Wenn ja, hätte er's uns vermutlich schon erzählt. Entweder das, oder er hat den Mord an seiner Frau begangen.« Crane zog den Reißverschluß der Tasche zu. »Vielleicht bringt er zwischen den Morden einfach heiße Wertpapiere in Umlauf.«

Finklestein beäugte die Tasche. »Wo fahren Sie hin?«

»Nach Peoria.«

»Wirklich ein prima Zeitpunkt für eine Reise nach Peoria, am Abend vor Westlands ...«

»Regen Sie sich nicht auf; es ist geschäftlich.« Crane fischte ein Telegramm aus der Brusttasche seines Jacketts, gab es dem Anwalt. Es lautete:

Webley Automatic, Kriegsmodell, verkauft vergangenen April an einen P. T. Brown aus St. Louis, Mo.

Washington Arms Company
Peoria, Ill.

Crane erklärte: »Das ist als Antwort auf ungefähr eine Million Telegramme gekommen, die ich an Waffenfirmen im ganzen Land geschickt habe.«

»Warum denn das? Ich dachte, Westlands Frau wäre mit seiner Pistole umgebracht worden?«

»Das werden wir ziemlich bald erfahren.« Crane grinste über die ärgerliche Verblüffung in Finklesteins fahlen

Augen. »Wissen Sie, ich hab heute nachmittag Westlands Pistole gefunden.«

»Sie gefunden!« Finklestein preßte sich theatralisch die Hand an die Stirn. »Da komm ich nicht mehr mit. Wo haben Sie sie gefunden?«

»Im Chicago River.«

»Im Chicago River!« Finklesteins Knie knickten ein, er sank aufs Bett. »Wie haben Sie sie da gefunden?«

Crane nahm seine Reisetasche in die Hand. »Allmählich klingt das hier wie 'ne Varieténummer.« Er hob seinen Kamelhaarmantel vom Boden auf. »Ich muß mein Flugzeug erwischen und erzähl Ihnen alles morgen. Major Lee macht einen ballistischen Test mit der Kanone, sobald ihm Williams 'n paar Patronen besorgt hat, und telegrafiert mir dann ans Père Marquette Hotel in Peoria, wenn er raushat, ob sie's war oder nicht.«

Er zog seinen Hut unterm Bett hervor, setzte ihn auf.

»Ich denke, ich hab den Fall gelöst, und möchte, daß Sie alles so arrangieren, daß der Gouverneur uns einen Aufschub gibt, wenn wir neue Beweise vorlegen können.«

Finklestein sagte: »Ich hab schon einmal mit ihm geredet.«

»Egal.« Crane sah auf seine Uhr. »Ach du Schande! Ich beeil mich besser. Das Flugzeug geht in vierzig Minuten. Sie präparieren den Gouverneur und finden alles über die Wertpapiere raus, was Sie können – wo sie gestohlen worden sind und so weiter.«

Finklestein sprang vom Bett auf und sagte: »Ja wissen Sie denn, wer Mrs. Westland umgebracht hat?«

»Das sag ich Ihnen morgen, wenn ich aus Peoria zurück bin.«

Finklestein verfolgte ihn den Flur entlang, zupfte ihn am Mantelärmel. »Hören Sie, sagen Sie mir wenigstens, wie der Mörder aus der Wohnung rausgekommen ist und sie verschlossen zurücklassen konnte.«

»Bloß 'n schlauer Trick«, sagte Crane. »Eigentlich ganz einfach.«

»Er hat also doch einen Nachschlüssel gehabt?«

Crane drückte den Knopf für den Aufzug. »Es hat keinen Nachschlüssel gegeben.«

Er trat in den Aufzug. Die golden lackierte Tür schob sich vor Finklesteins Gesicht.

16

Donnerstag abend

20 Uhr 30

William Crane bezahlte den Taxifahrer und gab seine schweinslederne Reisetasche einem Träger. »Peoria«, sagte er.

»Sie haben noch zehn Minuten«, sagte der Mann. »Flugsteig 3.«

Bei der schicken, blaugekleideten Ticketverkäuferin kaufte Crane einen einfachen Flugschein nach Peoria. Er bezahlte drei Cent für einen *Herald and Examiner* und setzte sich in einen der modernen Sessel im Warteraum. Ein Artikel von Delos Avery auf der Titelseite begann:

Wenn Robert Westland, der prominente Börsenmakler, der im Frühjahr wegen Mordes an seiner Frau zum Tode verurteilt wurde, morgen kurz nach Mitternacht auf den elektrischen Stuhl kommt, wird er zwischen einem Gangster und einem Psychopathen gehen.

Keiner seiner Begleiter ist Mitglied seines Clubs.

Weiter unten in der Spalte hieß es, Rechtsanwalt Charles Finklestein, der Westland vertrete, habe telefonisch versucht, einen Hinrichtungsaufschub für seinen Mandanten zu erwirken, sei jedoch nicht in der Lage gewesen, dem Gouverneur neues Beweismaterial zu dem

Fall vorzulegen. Der Rest des Artikels war ein Aufguß des Werdegangs von Westland, Connors und Varecha. Während Crane ihn mit Interesse las, beugte sich eine dicke Frau in lilafarbenem Kostüm über ihn.

»Haben Sie die Zeit, junger Mann?« fragte sie nervös.

»Wofür?«

Sie sah ihn verständnislos an. »Ich meine, wieviel Uhr haben wir?«

Er blickte auf seine Armbanduhr. »20 Uhr 53.«

»Ja, das ist die gleiche Zeit wie auf der großen Uhr da oben.« Die Dicke schüttelte erleichtert den Kopf. »Ich hatte solche Angst, daß sie stehengeblieben ist.« Sie ließ sich in einem Sessel neben ihm nieder. »Das ist mein erster Flug, und ich möchte auf keinen Fall das Flugzeug versäumen, nicht wahr?«

»Ja«, pflichtete Crane bei.

»Ich bin ganz schrecklich aufgeregt deswegen.« Die Dicke zitterte wie ein Himbeerwackelpudding. »Stellen Sie sich bloß vor, ich Ärmste ganz allein da oben in den Wolken. Wenn ich bloß jemand kennen würde, der auch mitfliegt; das wäre überaus tröstlich. Sie wollen nicht zufällig ...«

»Nein.« Er stand hastig auf. »Ich hole bloß meinen Freund aus dem Osten ab. Bin noch nie im Leben in einem Flugzeug gesessen. Würd ich nie machen. Schrecklich gefährlich.« Er setzte sich Richtung Landebahn ab.

Der Träger rief ihm zu: »Ihr Flugzeug rollt grade ran.«

Eine sehr hübsche, braunhaarige Stewardess mit blauem Überseekäppi lächelte ihn an, als er von der fahrbaren

Gangway in das Flugzeug trat. Er erwiderte ihr Lächeln und suchte sich dann einen Platz im hinteren Teil der Kabine, damit ihm die Aussicht aus dem Fenster nicht von der Tragfläche versperrt wurde. Andere Passagiere schoben sich an ihm vorbei und nahmen ihre Plätze ein, krampfhaft bemüht, lässig zu wirken.

Zwei Männer in Arbeitsanzügen befestigten Postsäcke unter der Tragfläche. Weiter vorn liefen die Maschinen eines großen, zweimotorigen Curtiss-Condor-Langstrekkenflugzeugs mit Ziel Südwesten warm und jagten einen Staubvorhang über die Landebahn. Am Geländer vor dem Ticketschalter leuchteten weiß die Gesichter der Leute, die auf das Flugzeug nach New York warteten.

Der Kopilot, ein erstaunlich junger Mann mit roten Backen, kam den Mittelgang entlanggeschlendert, blieb an der Einstiegluke stehen. »Wie sieht's aus, Schätzchen?«

»Eine fehlt noch«, sagte die Stewardess. »Eine Mrs. Pettibone.« Ihre Stimme war angenehm.

»Wir sind schon eine Minute zu spät.« Der Kopilot klang höflich vorwurfsvoll.

»Da kommt sie ja«, sagte das Mädchen.

Man hörte Schnaufen, Schurren, Hände an Metall zerren. »Du meine Güte!« rief eine Stimme hinter William Crane aus. »Ich bin so außer Atem, daß ich überhaupt keine Kraft mehr habe.«

»Jetzt haben Sie's ja geschafft, Mrs. Pettibone«, sagte der Kopilot.

Mrs. Pettibones Hüfte streifte Cranes Gesicht, als sie an ihm vorbeikam. Er blickte auf, sah mit Entsetzen, daß es die Dicke aus dem Wartesaal war. Hastig hielt er sich die

Zeitung vors Gesicht, sank in seinen Sitz. Er konnte sich den leidgeprüften Ausdruck vorstellen, der in ihre Augen treten würde, wenn sie entdeckte, daß der junge Mann aus dem Wartesaal gelogen hatte, um ihr zu entgehen. Ihm wurde klar, daß er bis Peoria unangenehme fünf Viertelstunden vor sich hatte.

Während des Starts, als die Maschine das Flugzeug durchrüttelte und die Passagiere unter dem Dröhnen des auf vollen Touren laufenden Motors steif und bang dasaßen, war noch alles bestens, aber sobald sie sanft vom Boden abhoben und Chicago sich unter ihnen ausbreitete wie ein glitzerndes, mit Straßsteinen besetztes Abendkleid, begann Mrs. Pettibone, die Mitreisenden in Augenschein zu nehmen. Crane hielt sich die Zeitung vors Gesicht und, da der Sitz der Frau höher war als seiner, schräg über den Kopf.

Obwohl diese Haltung nach einer halben Stunde sehr ermüdend wurde, blieb er eisern bei seinem Entschluß, die Gefühle der Dicken nicht zu verletzen. Seine Arme schmerzten, seine Schultern taten ihm weh, er las jeden Artikel auf der Titelseite fünfmal, aber er hielt sich weiterhin die Zeitung über den Kopf.

Die Stewardess blieb neben ihm stehen, ein kesses Lächeln auf den tomatenroten Lippen. »Möchten Sie einen Kaugummi?« Sie betrachtete die hochgehaltene Zeitung mit unverhohlener Neugier.

»Ich hasse Kaugummi.«

Das Mädchen fragte ungerührt weiter: »Wären Sie so nett, mir zu sagen, warum Sie sich die Zeitung über den Kopf halten?«

Crane sagte: »Ich möchte sie als Fallschirm verwenden, wenn das Flugzeug abstürzt.«

Das Flugzeug glitt gleichmäßig über die fahl messinggelben Lichtstäbe der markierten Flugroute hinweg, und endlich waren sie in Peoria, und Crane hastete aus der Kabine. Seine Arme waren sehr müde, aber er gab sich dem behaglichen Gefühl hin, sich wie ein Gentleman verhalten zu haben.

Dieses Gefühl hatte er wahrlich selten, und er genoß es, während er darauf wartete, daß ein Taxi vor ihm einbog. Er griff gerade nach der Tür, als ihm jemand auf den Arm tippte. Es war Mrs. Pettibone. Sie sagte:

»Aber, aber, Sie ungezogener Junge – die ganze Strecke nach Peoria mit mir Verstecken zu spielen.«

William Crane schauderte heftig, sprang in das Taxi.

Der Empfangschef im Père Marquette musterte den Anmeldeschein, sagte: »Ich glaube, ich habe ein Telegramm für Sie.«

Der gelbe Umschlag war an William Crane adressiert. Er schlitzte ihn mit dem Daumen auf, entfaltete das Blatt, las:

Westlands Pistole nicht die, mit der seine Frau erschossen wurde. Doc

Crane sagte: »Ja, das ist für mich.« Er folgte dem Pagen zum Aufzug und von dort zu einem geräumigen Eckzimmer. Er warf dem Jungen einen Vierteldollar zu und schlug, als die Tür sich geschlossen hatte, das Telefonbuch auf. Er fand die Washington Arms Company im Branchenverzeichnis und ließ sich mit der Nummer verbinden, aber die Hotelvermittlung meldete, daß niemand abnahm. Ohne große Hoffnung schlug er im vorderen Teil des Buches unter Washington nach und fand zu seiner Freude einen G. Washington, dessen Büronummer mit der der Waffenfirma übereinstimmte. Beim Privatanschluß von G. Washington nahm eine Frau ab.

Es war Mrs. G. Washington, und sie sagte, ihr Mann sei über Nacht weggefahren, käme aber morgen mit dem Zug um elf Uhr zurück. Er werde, fuhr sie fort, wahrscheinlich direkt in sein Büro gehen. Ihr Mann sei der einzige, der Zugang zu den Unterlagen habe.

»Ein Glück, daß er morgen in der Stadt ist«, fügte sie hinzu.

Crane nickte: »Ja.«

Er ging zum Essen ins Hotelrestaurant hinunter, und obwohl Peoria für seinen Whisky berühmt ist, trank er nur Milch. Dieser Besserung seines Lebenswandels entsprechend, ging er bald darauf zu Bett.

23 Uhr

Isadore Varecha schlief wie ein Kind, und das war fast so nervenaufreibend wie sein früheres Schluchzen. Westland lag auf dem Rücken, ein Taschentuch über den Augen, und lauschte angespannt und gereizt dem ruhigen Atmen des Irren. Er wünschte, er könnte ebenso einfach und leicht einschlafen. Statt dessen starrte er in das weißlich durchscheinende Tuch und fühlte sich nervös, kraftlos und elend, wie früher im College vor einem Footballspiel. Dieser Vergleich der Empfindungen vor einem Spiel und vor dem schlagartigen Tod auf dem elektrischen Stuhl war platt, und er lächelte, aber nur, weil er den Tapferen spielte, nicht weil ihm nach Lächeln zumute war. Er hätte viel lieber geweint. In Wirklichkeit hatte er eine Heidenangst.

Kurz darauf, als er nicht länger stilliegen konnte, zog er sich das Taschentuch vom Gesicht und setzte sich auf der Pritsche auf. Als hätte jemand eine steifborstige Kleiderbürste hineingestoßen, schmerzten seine Augen im grellen Licht. Er rieb sie und bemerkte dabei an der Korridorwand gegenüber von Connors' Zelle einen schwarzen Schatten. Neugier trieb ihn zur Vorderseite seiner Zelle.

Der Priester stand da, die dunkle Soutane reglos, das gerötete Gesicht feierlich, und betrachtete aufmerksam Connors, der auf dem Fußende seiner zerwühlten Pritsche kauerte. Keiner von beiden sagte etwas, und Westland bekam den Eindruck, daß sie schon lange schweigend so verharrten. Connors schien den Priester nicht wahrzunehmen, seine trüben Augen starrten an ihm vorbei, sahen ihn weder an noch von ihm weg. Der forschende Blick des Priesters hatte etwas Vertrauliches und in gewisser Weise Triumphierendes.

Während Westland sie anstarrte, kroch der klamme, kühle Luftzug über sein Gesicht, machte seine Handgelenke und Knöchel taub.

Schließlich sagte der Priester sanft: »Hast du es dir anders überlegt, mein Sohn?« Seine Stimme hatte das Timbre einer Baßgeige.

Connors sagte: »Nein.«

Das Gewand des Priesters raschelte ärgerlich, als er an

Westlands Zelle vorbei den Korridor entlangging. Sein rotes Gesicht war grimmig. Westland drehte sich zu Connors herum.

Die Augen des Gangsters waren nicht mehr verschleiert und glänzten vor Angst und Bedauern.

Freitag vormittag

11 Uhr 30

Als William Crane zum zweitenmal durch den Regen zum Büroeingang des massigen Backsteinlagerhauses der Waffenfirma ging, rang sich die spröde, altjüngferliche Empfangsdame ein Lächeln ab.

»Mr. Washington ist jetzt da«, sagte sie. »Ich rufe eben durch ...«

Kurz darauf schob sie den Scherenarm des Telefons zur Seite und verkündete mit affektiertem Lächeln, daß Mr. Washington jetzt Zeit für Mr. Crane habe.

Mr. Washington war ein melancholischer Mann mit quittengelber Haut. Er hatte ein lila Hemd und eine grüne Krawatte an. Er lehnte sich über seinen Mahagonischreibtisch und gab Crane die Hand.

»Ziemlich schlechter Tag«, meinte er düster.

»Schrecklich«, sagte Crane. »Fürchterlich.«

»Regen«, sagte Mr. Washington angewidert.

Crane sagte: »Ja, Regen.« Er wischte sich ein paar Tropfen von seinem Mantel und fügte hinzu: »Kommt mir so vor, als würde der gute, altmodische Winterschnee immer seltener. Nichts als Regen heutzutage.«

Es schien der richtige Ton zu sein. Mr. Washingtons Miene hellte sich auf. Er nahm eine bleistiftdünne Zigarre aus dem Mund, hielt sie geziert mit zwei Fingern. »Als ich klein war, ging mir der Schnee auf dem Schulweg bis zum Kopf.« Er wedelte mit der Zigarre in der Luft herum. »Vier Meilen waren das. Solchen Schnee sieht man heute nicht mehr.«

Als das Thema nach längerem Gespräch erschöpft war, erklärte Crane, daß er, wenn möglich, herausfinden wollte, wer die Webley gekauft hatte.

»Sie sind also von der Chicagoer Polizei«, meinte Mr. Washington. »Ich habe mich schon gefragt, was Sie wollen, als ich gestern nachmittag das Telegramm bekommen habe.«

»Es steht in Zusammenhang mit dem Fall Westland«, sagte Crane. Von der Chicagoer Polizei sagte er nichts.

»Dem Fall Westland?«

»Der reiche Börsenmakler, der seine Frau erschossen hat.«

»Mir ist, als hätte ich was darüber gelesen, aber wenn nicht, wäre es auch kein Wunder. Unsere Zeitungen hier berichten nicht viel über Verbrechen in Chicago.«

Crane sagte, die Polizei sei aufgrund neuer Beweise zu der Überzeugung gekommen, daß Mrs. Westland mit einer bei Mr. Washingtons Firma gekauften Webley erschossen worden sei.

»Ist ja nicht zu fassen!« sagte Mr. Washington fasziniert. Er blätterte sich durch einen grünen Karteischrank. »Da ist das Blatt. P. T. Brown aus St. Louis hat zwei Luger, drei Mauser, einen Colt und eine Webley gekauft, alles Kriegsmodelle. Hat gesagt, er wäre Sammler. Das Ganze hat ihn hundertsechzehn Dollar gekostet.«

»P. T. Brown?« Crane kaute nachdenklich an einem Finger. »Wissen Sie, wer den Verkauf getätigt hat?«

»Kein Problem. Hab nur einen Verkäufer: Oscar Havermeyer. Möchten Sie mit ihm reden?«

Crane nickte.

Sie gingen hinaus, vorbei an der altjüngferlichen Empfangsdame, die nicht zu ihnen aufblickte, einen klammen Flur hinunter und in einen großen Raum, der eine erstaunliche und sinistre Sammlung von Waffen enthielt, die von silberbeschlagenen Derringers bis zu einer schweren Büchse für die Elefantenjagd reichte. Auf Gestellen an den Wänden standen reihenweise Springfield-Gewehre; hinter einem Glasschaukasten voller automatischer Pistolen schielte tückisch ein Browning-Maschinengewehr nach ihnen. Wohin man sah, waren Waffen.

Mr. Washington sagte entschuldigend: »Das hier ist nur der Ausstellungsraum. Die meisten unserer Waffen bewahren wir hinten im Lager auf.«

»Mit dem Zeug, das Sie hier haben, könnten Sie allein schon 'ne Revolution anfangen«, sagte Crane. »Und zwar 'ne verdammt große.«

»Haben wir auch.« Mr. Washington nahm einen gefährlich aussehenden Revolver aus dem nächststehenden Schaukasten. »In einem mittelamerikanischen Land haben wir sogar einmal sowohl für die Revolutionäre als auch für die Regierungstruppen die Waffen geliefert. In letzter Zeit gehen die Geschäfte allerdings nicht so gut.« Er reichte Crane den Revolver. »Der von Wyatt Earp.«

»Von dem alten Wildwestmarshal?«

Der Revolver war ein blauer 38er Colt mit 45er Rahmen. In den von Schweiß gedunkelten Kolben waren elf Kerben eingeritzt. Er hatte keinen Abzug. Er lag gut in Cranes Hand.

Mr. Washington sagte: »Mexikaner hat er nicht gezählt.« Er deutete auf ein schlankes Gewehr, an dessen Lauf ein gebogenes Pulverhorn hing. »Eine der Bärenbüchsen von dem alten Dan Boone.« Dann bückte er sich mit geheimnisvoller Miene und nahm behutsam eine Plane von einem bizarren Apparat auf dem Boden. »Wofür halten Sie das?«

Das Ding sah aus wie eine riesige Kaffeemühle. Oben befand sich ein gähnender Trichter, und an der Seite war ein großes Rad mit einer Holzkurbel. An einer Seite ragte ein schwarzer Lauf hervor.

»Was ist das?« fragte Crane.

»Wenn Abraham Lincoln nicht so ein verbohrter Kerl gewesen wäre, hätte das den Bürgerkrieg in einem Monat beendet.« Mr. Washington strich zärtlich über den Trichter. »Ich würde es nicht für zehntausend Dollar verkaufen. Es ist das erste brauchbare Maschinengewehr.«

»Ein Maschinengewehr?«

»Gewiß. Man dreht die Kurbel, und ein anderer lädt, und es verfeuert einhundert Schuß pro Minute. Es wurde während des Bürgerkrieges erfunden, aber der alte Abe, der sich ständig in militärische Fragen eingemischt hat, wollte es die Armee nicht benutzen lassen. Die Kaffeemühle hat er es genannt.«

»Vielleicht funktioniert es ja gar nicht.«

»Und ob es funktioniert. Abe und die Generäle waren genauso borniert wie die heute.« Mr. Washington drehte versuchsweise die Kurbel. »Möchten Sie es mal schießen sehen?«

»Furchtbar gern«, sagte Crane; »aber ich muß so viel wie möglich über diese Webley herausfinden und dann nach Chicago zurückfliegen.«

»Ach ja, richtig.« Mr. Washington packte liebevoll die Plane um den Apparat. »Ich hole Oscar.«

Oscar Havermeyer war blond, groß, teutonisch und beschränkt, aber er erinnerte sich an den Mann, der die Webley und die anderen Pistolen gekauft hatte.

»Könnten Sie ihn auf einer Fotografie identifizieren?« fragte Crane.

»Ich glaube schon.«

Crane zog vier Fotografien aus einem Umschlag. »Ist es einer von denen?«

Havermeyer musterte die vier Abzüge, nickte. »Ja.« Er wollte Crane einen davon reichen. »Der da ist...«

Crane sagte rasch: »Sagen Sie's mir nicht. Zeigen Sie sie Mr. Washington und schauen Sie, ob er denselben Mann herauspickt.«

Havermeyer verkündete kurz darauf, daß auch Mr. Washington sich für denselben Mann entschieden hatte.

»Gut«, sagte Crane. »Und ist Ihnen an dem Verkauf irgendwas seltsam vorgekommen, Oscar? Ich meine, hat sich dieser Brown für die Webley mehr interessiert als für die anderen Pistolen?«

»Na ja, er wollte wissen, ob die Webley schießt.«

»Aha! Und was haben Sie ihm gesagt?«

Havermeyer blinzelte mit seinen trägen Augen. »Ich hab ihm gar nichts gesagt. Ich hab's selber nicht gewußt. Ich hab ein paar Patronen geholt, und wir sind auf den Schießstand gegangen und haben ein paarmal damit geschossen. Sie hat prima funktioniert.«

»Hervorragend!« sagte Crane. »Können Sie mir den Schießstand zeigen?«

Sie gingen durch die Hintertür der Waffenwerkstatt auf einen vertieft angelegten Hof. Am anderen Ende waren auf halber Höhe eines vier Meter hohen Erdwalls drei weiße Pappzielscheiben angebracht. Der Regen, der ihnen sanft über die Wangen lief, brachte den satten Geruch des feinen Illinois-Lehms heraus, machte ihn schwarz und glänzend. Rechts von ihnen schlug der Illinois einen halbmondförmigen Bogen.

Crane fragte: »Was ist hinter den Zielscheiben?«

»Erde«, sagte Mr. Washington. »Erde und Lehm.«

»Holen Sie die Kugeln heraus, nachdem Sie sie in den Wall geschossen haben?«

»Schon seit ein paar Jahren nicht mehr. Wir schießen nicht so viel, daß es sich lohnen würde.«

Crane blickte finster zum Himmel auf, der die Farbe und Zeichnung eines Grauhörnchenfells hatte. »Ist mit anderen Webleys aus dem Krieg auf den Wall geschossen worden?«

»Nein. Das war die einzige, die wir auf Lager hatten. Sie sind in Amerika ziemlich selten, obwohl Sie in Kanada vermutlich jede Menge davon kriegen könnten.«

Crane schlenderte den Schießstand hinunter, hob eine

der Pappscheiben an. Der blaugraue Lehm war von Hunderten von Löchern übersät.

»Ob man die Kugeln von der Webley da wohl rausbekäme?« fragte er.

Mr. Washington sagte: »Man müßte ungefähr zwei Meter Wall abtragen, um an das Blei zu kommen, und selbst dann bezweifle ich, ob man erkennen könnte, welche Kugeln von der Webley stammen.«

Havermeyers sanfte blaue Augen waren weit offen. »Ich könnte sie erkennen.«

Mr. Washington schüttelte unschlüssig den Kopf. »Man bräuchte einen halben Tag, um den Wall abzugraben und das Blei auszusieben.« Er legte den Kopf in den Nacken. »Außerdem wird's den ganzen Tag weiterregnen.«

Crane schob die Hände in die Taschen. »Ich würde Leute anheuern, um nach den Kugeln zu graben, und« – seine Schuhspitze malte eine verwackelte »1« in den matschigen Boden – »ich würde für jede gefundene Kugel hundert Dollar zahlen.«

Mr. Washington spitzte die Lippen, wie um zu pfeifen. Es kam jedoch kein Laut. Statt dessen sagte er: »Tja, die Geschäfte gehen in letzter Zeit nicht so gut...«

15 Uhr 30

Später am Nachmittag, während die Männer arbeiteten, schickte Crane ein Telegramm an Finklestein. Es lautete:

Bitte bestellen Sie alle einschließlich Mörder 21 Uhr in Büro des Direktors.

Draußen regnete es immer noch.

17

Freitag abend

Die Wanduhr des Direktors – Naval Observatory Time, gesteuert durch stündliches Funksignal der Western Union – zeigte neun Uhr zweiundzwanzig, als Crane, Oscar Havermeyer und Major Lee, gefolgt von Williams und dem Taucher Finnegan, das Büro betraten. Blauer Zigarettenrauch verschleierte den Raum, umschattete eine verwirrend große Anzahl von Leuten. Finklestein sprang vom Stuhl auf.

»Jungejunge!« rief er. »Ich hab schon gedacht, Sie kämen nicht mehr.«

»Wie ich sehe, haben Sie mein Telegramm bekommen«, sagte Crane. Er ließ sich zu einem hochgewachsenen Mann mit buschigen Augenbrauen und großem, schiefem Mund hinüberziehen.

Finklestein sagte: »Das ist Staatsanwalt Ross. Der Gouverneur hat sich bereit erklärt, seiner Empfehlung hinsichtlich eines Aufschubs zu folgen.«

Crane sagte: »Tag«, und fügte hinzu: »Alles, was wir zu tun haben, ist also, Sie zu überzeugen?«

Der Staatsanwalt hatte ein träges Lächeln. »Das ist alles … und ich hoffe, Sie schaffen es.«

Oscar Havermeyer trug gelbbraune Schuhe mit breiten

Kappen, den besten blauen Anzug von der Stange, den man für 15 Dollar bekommen konnte, und einen Strohhut. Er und Finnegan lehnten sich an die Wand und starrten verstohlen Miss Brentinos blasses Gesicht an. Sie trug ein elegantes, pernodgrünes Wollkostüm mit Redingote und schwarze Schuhe; farblose Rohseide umhüllte ihre schlanken Beine. Woodburys dunkelhaariger Kopf war aufmerksam über sie gebeugt.

Crane sah an Bolstons breiten Schultern vorbei Direktor Buckholtz an. »Könnten Sie Westland herbringen?«

»Klar.« Der Direktor rappelte sich von seinem Drehstuhl hoch. »Sofort.« Beim Hinausgehen schossen seine kleinen Augen einen neugierigen Blick auf Crane ab.

Crane spähte durch den Rauch, sah Deputy Strom mit Simmons an der Wand stehen und meinte: »Sie haben Ihren Häftling also mitgebracht.«

Der Deputy runzelte die Stirn. »Soweit es mich betrifft, ist er frei.« Er kaute verbissen auf seinem Stumpen. »Das ist jetzt Ihre Party, und ich freß 'n Besen, wenn sie kein Reinfall wird.«

Crane ignorierte ihn. Er fragte Bolston: »Wo ist Wharton?«

Finklestein sagte: »Der ist noch nicht aufgetaucht.«

Emily Lou Martin trug ein rostrotes Strickkleid mit rotem Ledergürtel. Sie sagte: »Ich wette, er taucht auch nicht auf.« Ihre Seidenstrümpfe hatten die Farbe von reifem Weizen, und sie thronte, die schlanken Beine übereinandergeschlagen, auf dem Schreibtisch des Direktors. Doc Williams konnte ein verführerisches Hautdreieck erkennen, wo die Seide weit über dem Knie endete.

»O doch; der kommt schon«, sagte Crane.

Westland kam mit Direktor Buckholtz herein. Er sah aus, als hätte er gerade einen Malariaanfall überlebt. Sein Gesicht war tief gefurcht; unter seinen Augen waren verblaßte Höhlungen; seine Haut war gelb. Er brachte ein schwaches Lächeln zustande. Er hatte nur noch zwei Stunden zu leben.

Emily Lou glitt vom Schreibtisch des Direktors, warf die Arme um ihn. »Was haben sie mit dir gemacht, Schatz?« Sie strich mit den Fingern über einen pfannkuchengroßen Kreis nackter Haut auf seiner Schädeldecke.

Westland zog ihre Hand weg. »Sie haben mich rasiert. Auf dem Kopf und hier.« Er zeigte die haarlose Stelle unter dem aufgeschlitzten linken Hosenbein. »Mit den Flatterhosen komme ich mir vor wie ein spanischer Bolerotänzer.« Seine Stimme zitterte, strafte sein gezwungenes Grinsen Lügen.

»Wir müssen die Hose auftrennen und den Kopf und das Bein für die Elektroden rasieren«, erklärte Direktor Buckholtz. »Damit es keinen Kurzschluß gibt.«

»O mein Gott!« rief Westland. Er sah den Direktor mit fiebrigem Blick an. »Können Sie denn nicht ...«

»Ist ja gut«, sagte Crane. »Ist ja gut.«

Deputy Strom stieß sich von der Wand ab und sagte: »Gar nichts ist gut. Lassen Sie mal 'n paar Beweise sehen.«

»Sie kriegen welche zu sehen, sobald Wharton auftaucht.« Crane rieb sich das Kinn. »Bis dahin möchte ich Westland bloß der Form halber eine Frage stellen.«

Westland sagte: »Nur zu.« Er hatte sich wieder in der Gewalt.

»Es geht um die Wertpapierdepots Ihrer Klienten. Haben Sie gewußt, daß sie alle mit faulen Papieren vollgestopft worden sind?«

»Mit faulen Papieren!« Westland warf Woodbury einen ungläubigen Blick zu. »Das kann nicht sein. Die meisten habe ich selbst gekauft.«

Woodbury befingerte seinen schwarzen Schnurrbart. »Es stimmt aber, Bob. Sogar ein Teil von Joans Wertpapieren in ihrem Safe in der Wohnung stammen aus der Beute eines Bankraubs in Indiana.«

»Das ist unmöglich. Ich verstehe nicht, wie ...« Westlands Stimme verklang.

Deputy Strom sagte: »Daß ich nicht lache.«

Bolston, die breiten Schultern an den Türrahmen gelehnt, verkündete: »Da kommt Wharton.«

Wharton kam im Trab herein, das Gesicht kirschrot. »Herrgott, tut mir leid, daß ich zu spät komme, Bob.« Seine Stimme war belegt; er war leicht betrunken. »Bin aufgehalten worden.« Er klopfte Westland auf die Schulter.

Staatsanwalt Ross sagte: »Es wird allmählich spät, Crane. Sie fangen mal lieber demnächst an ... sonst ...«

Crane ging zum Schreibtisch des Direktors hinüber und setzte sich auf die Platte. Seine Knie berührten beinahe Miss Brentinos Hüfte. »Ich möchte zuerst in groben Zügen den Mord an Mrs. Westland rekonstruieren, bevor ich auf die Beweise eingehe.«

Deputy Strom lachte freudlos. »Sie haben keine Beweise.«

»Wir werden sehen. Jedenfalls, so wie ich den Mord

rekonstruiere, ist Westland durch einen Anruf, der nach seiner damaligen Überzeugung von Miss Martin kam, in die Wohnung seiner Frau gelockt worden.«

Deputy Strom fragte: »Können Sie beweisen, daß es einen Anruf gegeben hat?«

»Hören Sie zu, Plattfuß«, sagte Staatsanwalt Ross. »Sie waren schon dran. Geben Sie ihm 'ne Chance.«

»Ich rekonstruiere jetzt bloß«, erklärte Crane, »ich trage keine Fakten vor.«

Der Deputy spuckte auf den Holzboden.

Crane fuhr fort: »Wer immer mit Westland geredet hat, hat ihn wütend gemacht, und er ist zur Wohnung seiner Frau gefahren. Sie hatten einen Streit, den Tony, der Fahrstuhlführer, mitangehört hat. Dann hat Westland seiner eigenen Darstellung zufolge, die ihm die Polizei übrigens abgenommen hat, die Wohnung um 0 Uhr 40 verlassen. Nun haben die Shuttles ausgesagt, sie hätten um 0 Uhr 10 einen Schuß gehört, aber Mr. Bolston stellte fest, daß sie wegen der Umstellung von Normalzeit auf Sommerzeit in der Nacht zum Sonntag durcheinandergekommen waren.« Crane warf Bolston einen auffordernden Blick zu.

»Woodbury und ich haben das festgestellt«, sagte Bolston.

»Tatsächlich wurde der Schuß also um 1 Uhr 10 abgefeuert, das heißt, eine halbe Stunde, nachdem Westland laut eigener Aussage die Wohnung verlassen hatte. Das war zwar interessant, für uns aber von geringem Wert, weil wir nur Westlands unbestätigte Aussage darüber hatten, wann er die Wohnung seiner Frau verlassen hatte.

Vom Standpunkt der Anklage aus könnte er da ohne weiteres gelogen haben.«

Staatsanwalt Ross nickte.

Crane warf einen Blick auf Miss Brentinos sanft geschwungenen Wangenknochen. »Um mit der Rekonstruktion fortzufahren – nachdem Westland gegangen war, hat der wirkliche Mörder, der gewartet hatte, bis er ging, die Wohnung betreten und Mrs. Westland erschossen. Er hat sie mit einer Webley Automatic umgebracht, aber nicht mit Westlands Webley, wie die Polizei glaubte. Das wissen wir, weil Major Lee es durch ballistische Tests mit Westlands Pistole bewiesen hat, die wir im Fluß gefunden haben.«

»Darüber habe ich schon mit Major Lee gesprochen«, sagte der Staatsanwalt. »Strom und ich geben zu, daß die Anklage sich da geirrt hat.«

»Und wie kriegen Sie den Mörder aus der verschlossenen Wohnung?« wollte Strom wissen.

»Dazu komme ich später.« Crane nahm einen dolchförmigen Brieföffner vom Schreibtisch, piekte sich damit den Handrücken. »Er ist jedenfalls rausgekommen, und am nächsten Tag hat er Westlands Webley gestohlen. Sie mußte verschwinden, damit Westland belastet wurde, aber der Mörder konnte nicht das Risiko eingehen, sie vor dem Verbrechen zu stehlen. Ihr Verschwinden hätte Westlands Verdacht erregen, oder er hätte ihren Verlust der Polizei melden können.«

»Sie sollten's mal mit Romanschreiben versuchen«, sagte Deputy Strom.

»Somit haben wir drei Umstände, die auf Westland

hindeuten. Erstens die Benutzung einer Webley als Mordwaffe und das Verschwinden seiner eigenen Webley. Zweitens der Trick, die Wohnung abzuschließen, so daß es den Anschein hatte, als könnte nur Westlands Schlüssel benutzt worden sein. Drittens der zeitliche Ablauf des Mordes, damit der Pathologe sagen würde, er könnte begangen worden sein, während sich Westland bekanntermaßen in der Wohnung aufhielt.«

»Das ist ja sehr hübsch«, sagte Staatsanwalt Ross, »aber was ist mit dem Motiv?«

»Es war ein doppeltes Motiv.« Crane lächelte auf Miss Brentino herab. »Der Mörder wollte beide Westlands loswerden. Er hat eine Gelegenheit gesehen, sie umzubringen und gleichzeitig dafür zu sorgen, daß Westland dafür hingerichtet wird.«

»Zwei Fliegen mit einem Pistolenschuß«, murmelte Bolston.

»Ist ja prima«, sagte Deputy Strom mit beißendem Sarkasmus. »Sie haben uns wirklich mit 'ner Menge prima Fakten überzeugt. Wenn Sie jetzt noch so nett wären, auf Ihren Mörder zu zeigen, schicken wir ihn anstelle von Mr. Westland auf den elektrischen Stuhl.«

Crane sagte: »Ich hab jemanden mitgebracht, der auf ihn zeigen wird.« Er winkte Oscar Havermeyer heran.

Die braunen Augen weit geöffnet, sah Miss Brentino zu, wie er näher kam.

»Um Mrs. Westland mit einer Webley aus dem Krieg erschießen zu können, mußte der Mörder eine kaufen.« Crane hatte sich zum Staatsanwalt gewandt. »Mr. Havermeyer ist Verkäufer der Washington Arms Company in

Peoria. Er hat dem Mörder nur zwei Tage, bevor Mrs. Westland umgebracht wurde, eine Webley aus dem Krieg verkauft.«

Havermeyers Gesicht unter dem blonden Haar war ungerührt.

»Also Oscar, sehen Sie den Mann, der die Webley gekauft hat, hier im Zimmer?«

»Ja«, sagte Havermeyer.

»Würden Sie bitte auf ihn zeigen?«

Havermeyer schlenderte zur Tür hinüber. Seine braungelben Schuhe quietschten wie Mäuse. »Das isser.« Er deutete mit dem Daumen auf Bolston.

18

Freitag abend

Westlands Gesicht war totenbleich vor Enttäuschung, seine Stimme dünn. »Sie haben einen schrecklichen Fehler gemacht, Crane.«

Der Tumult hatte sich mittlerweile gelegt, und im Zimmer herrschte peinliches Schweigen. Deputy Strom tuschelte mit dem Staatsanwalt.

»Das ist ja lächerlich.« Bolstons Kiefer zeichneten sich scharf unter der wie Rohleder gespannten Haut ab. »Dafür könnte ich Sie verklagen.«

»Nein, könnten Sie nicht«, sagte Crane. »Bis jetzt sind Sie nur als der Mann identifiziert worden, der zwei Tage vor dem Mord eine Webley genau wie die von Westland gekauft hat.«

Bolston sagte: »Der Kerl ist genauso verrückt wie Sie.«

Crane übergab dem Staatsanwalt zwei notariell beglaubigte Dokumente. »Das sind die eidesstattlichen Erklärungen zweier weiterer Zeugen des Kaufs. Beide haben Bolston auf einem Foto identifiziert. Einer ist Direktor der Firma, der andere seine Sekretärin. Sie sind bereit auszusagen, daß Bolston die Pistole gekauft hat.«

»Die haben den Mann auf dem Foto genauso erkannt wie ich«, sagte Oscar Havermeyer.

Staatsanwalt Ross faltete die Erklärungen, steckte sie in die Tasche. »Bolston, Sie werden es schwer haben, drei Zeugen zu widerlegen.«

Deputy Strom sah ihn überrascht an. »Sie haben doch gesagt…«

»Lassen Sie Crane ausreden«, sagte der Staatsanwalt. »Ein Menschenleben…«

»Selbst wenn ich die Pistole gekauft hätte, was ich nicht getan habe«, behauptete Bolston, »ist das noch lange kein Beweis, daß ich Mrs. Westland umgebracht habe.« Er sah Strom ins Gesicht. »Warum legt er denn die Pistole nicht vor, die ich angeblich gekauft habe?«

Crane sagte: »Das kann ich nicht, weil sie zu gut versteckt ist.«

»Sehen Sie…?« rief Bolston.

»Aber«, fuhr Crane fort, »ich kann etwas tun, was genauso gut ist. Ich kann beweisen, daß Mrs. Westland mit der Pistole umgebracht worden ist, die Bolston gekauft hat.«

Alle starrten ihn ungläubig an. Staatsanwalt Ross fragte: »Was, ohne die Pistole überhaupt zu haben?«

»Ja. Und zwar ohne Hexerei. Major Lee, Sie haben das Wort.«

Major Lee wirkte verlegen. »Es ist eigentlich ganz einfach.« Er fischte zwei Umschläge aus seiner Manteltasche. »In einem dieser Umschläge sind die Kugeln, die Mr. Havermeyer aus Peoria mitgebracht hat. Sie wurden aus der Pistole abgefeuert, die Mr. Bolston – wie von Zeugen bestätigt – ausprobiert hat, bevor er sie kaufte.« Er legte den Umschlag auf den Schreibtisch des Direktors. »In dem anderen Umschlag ist die Kugel, die Mrs. Westland getötet hat. Ihre ballistischen Merkmale stimmen mit denen der Kugeln aus Peoria überein.«

»Sie meinen«, fragte Ross, »die Merkmale beweisen, daß Mrs. Westland mit der Pistole getötet wurde, als deren Käufer Mr. Bolston identifiziert worden ist?«

»Genau.«

Woodburys abschätzend zusammengekniffene Augen ruhten auf Bolston. »Würde Ihr Gutachten vor Gericht standhalten, Major Lee?«

»Das hat es bisher immer.«

Strom war angeschlagen, aber noch nicht am Boden. »Wenn Sie zum Fluß gehen und Westlands Pistole finden konnten, und das, wo sie praktisch überall in der ganzen Stadt hätte sein können, warum können Sie dann nicht die aus Peoria finden? Ich vermute, Sie haben die von Westland gefunden, weil er Ihnen gesagt hat, wo er sie versteckt hat.«

»Was sollte Westland damit bezwecken, daß er es erst jetzt sagt?« fragte Crane. »Es hätte ihm beim Prozeß sehr geholfen, wenn er hätte beweisen können, daß seine Frau nicht mit seiner Pistole umgebracht worden ist.«

Finklestein rieb sich die Nase, fragte: »Wie zum Teufel haben Sie denn eigentlich Westlands Pistole gefunden?«

»Das war ein rein deduktiver Gedankengang, und zwar ein verdammt guter«, sagte Crane bescheiden. »Erstens habe ich angenommen, daß Bolston der Mörder ist und Westlands Pistole hatte verschwinden lassen, um den Verdacht auf ihn zu lenken. Zweitens wußte ich, wie ich Ihnen schon gesagt habe, daß die Pistole nach und nicht vor dem Mord gestohlen worden sein mußte. Dann ist mir eingefallen, daß Bolston Westlands Diener Simmons angerufen hat, nachdem der Mord entdeckt worden war, ihm gesagt hat, daß die Polizei Westland verhaften wollte, und ihn gebeten hat, zum Detective Bureau zu fahren. Simmons sagt, der Anruf ist um 11 Uhr 30 gekommen.«

»Das stimmt, Sir«, sagte Simmons.

»Nachdem dieser Zeitpunkt feststand«, fuhr Crane fort, »habe ich mich nach anderen Beweisen umgetan, mit denen ich Bolstons Schritte an diesem Vormittag nachvollziehen könnte. Wir wissen, daß er in Mrs. Westlands Wohnung war, während die Polizei dort war, und Miss Dea und Deputy Strom sagen übereinstimmend, daß Bolston irgendwann nach elf gegangen ist, um in sein Büro zu fahren. Da Simmons seinen Anruf ein paar Minuten später bekommen hat, ist es logisch anzunehmen, daß Bolston ihn aus einem Drugstore in der Nähe angerufen hat, obwohl das keine große Rolle spielt.«

Bolston sagte: »Das sind alles Vermutungen. Ich sehe nicht ein, warum wir uns das ...«

»Lassen Sie ihn weiterreden«, sagte Staatsanwalt Ross.

»Simmons hat den Anruf um 11 Uhr 30 bekommen und fünf Minuten später das Haus verlassen, um zum Detective Bureau zu fahren. Bolston hat gewartet, bis er weg war, hat sich mit einem Schlüssel, den er hatte, Zutritt zur Wohnung verschafft, hat die Pistole gestohlen und ist mit seinem Rolls-Royce Richtung Büro losgefahren.«

Westland sagte: »Er hatte keinen Schlüssel.« Sein Gesicht hatte mittlerweile etwas Farbe.

»Das erkläre ich später«, sagte Crane. »Im allergünstigsten Fall hätte Bolston drei Minuten gebraucht, um die Pistole zu klauen, kann Westlands Wohnung also nicht vor 11 Uhr 38 verlassen haben. Aber 24 Minuten später betrat er sein Büro. Wharton, der dort seit 11 Uhr 30 auf Westland gewartet hatte, war gerade am Gehen, als Bolston hereinkam. Mr. Wharton ist sicher, daß es 12 Uhr 02 war, weil er sich entschlossen hatte, nur bis 12 Uhr auf Westland zu warten.«

»Richtig«, sagte Wharton.

»Ich habe mir überlegt, daß Bolston die Pistole verschwinden lassen wollte, ehe er in sein Büro kam. Er konnte es sich nicht leisten, daß sie bei ihm oder in seinem Auto gefunden wurde, doch er war sich nicht sicher, ob die Polizei ihn nicht möglicherweise zum Verhör mitnehmen würde. Es bestand die Möglichkeit, daß ihn jemand nach dem Mord aus der Wohnung von Mrs. Westland hatte kommen sehen.

Als nächstes habe ich versucht, mir vorzustellen, wo er sie wahrscheinlich verstecken würde. Er konnte es sich nicht leisten, sie irgendwo ins Gebüsch, in den Gully oder gar in einen Kanalschacht zu werfen, weil jemand sie finden, Westlands Name darauf sehen und sie der Polizei übergeben könnte. Die beiden wahrscheinlichsten Orte waren der See und der Fluß.«

Crane fuhr sich mit den Fingern durchs Haar, grinste zu Doc Williams hinüber.

»Nun hatte Bolston aber keine Zeit, an den See zu fahren und es trotzdem in 24 Minuten bis zu seinem Büro zu schaffen, deshalb bin ich zu dem Schluß gekommen, daß er die Pistole in den Fluß geworfen haben muß. Mittels einer kostspieligen Methode von Versuch und Irrtum mit einem Taxi haben Doc und ich rausgefunden, daß es nur etwa sechs Strecken gibt, die man von Westlands Wohnung zu seinem Büro fahren kann, wenn man unter 25 Minuten bleiben will. Auf jeder dieser Strecken muß man den Fluß überqueren, aber bis auf eine führen alle über offene, stark befahrene Brücken mit Wachtürmen an beiden Enden – keine sehr guten Stellen, um eine Waffe wegzuwerfen, die einen in einen Mord verwickeln könnte.

Aufgrund des Zeitfaktors wiederum wußte ich, daß Bolston nicht geparkt haben und am Flußufer entlanggegangen sein kann, bis er eine gute Stelle fand, um die Webley wegzuwerfen, daher beschränkten sich die Möglichkeiten auf die eine Brücke, die geeignet erschien: die Unterführung der Michigan Avenue Bridge, die dunkel, wenig befahren und unbewacht ist.

Sobald ich zu diesem Schluß gekommen war, war es eine leichte Sache rauszukriegen, welche Stelle auf der Brücke fürs Pistolenwerfen am ehesten in Frage kam, und da haben wir dann einen Universalschlüssel reingeschmissen und dadurch festgestellt, wie weit eine Pistole fliegen würde, wenn der Fahrer des Wagens sie ohne richtig auszuholen zum Fenster neben dem Beifahrersitz rausschleudert. Dann haben wir einen Taucher mit einem Elektromagneten runtergeschickt, und der hat sowohl den Schraubenschlüssel als auch die Pistole gefunden.«

»Was sagen Sie dazu, Strom?« fragte Staatsanwalt Ross.

»Wahrscheinlich hat er die Pistole selber dort versenkt«, sagte Deputy Strom stur.

»Wenn, dann hab ich sie vor sechs Monaten in den Fluß

geworfen. Major Lee wird Ihnen bestätigen, daß sie einige Zeit im Wasser gelegen hat, und Mr. Finnegan, der Taucher, wird aussagen, daß sie ziemlich tief im Schlamm vergraben war.«

Finnegan nahm seine blauen Augen von Miss Brentino. »Die Kanone ist nicht erst vor kurzem da reingeschmissen worden, das kann ich Ihnen sagen. Wir hätten sie nie gefunden, wenn der Magnet nicht gewesen wäre.« Er wandte sich direkt an Miss Brentino. »Verstehen Sie was vom Tauchen, Miss? Da sieht man nicht...«

»Egal«, sagte Finklestein. »Es bleiben nur noch vierzig Minuten. Crane soll fortfahren und uns von dem Schlüssel erzählen, den Bolston benutzt hat, um in Westlands Wohnung zu kommen.«

Bolston wandte ein: »Sie meinen den Schlüssel, den ich angeblich benutzt habe.«

»Ich meine den Schlüssel, den Sie benutzt haben.«

Crane verlagerte sein Gewicht und streifte mit den Knien den grünen Wollstoff von Miss Brentinos Kostüm. »Der Schlüssel bringt uns auf die Sache mit dem Telefonanruf. Wir waren der Ansicht, daß, wer immer Westland angerufen hat, sich in den Anschluß in der Wohnung von Miss Martins Tante einschalten mußte, falls er zurückrief. Wir sind zu Miss Martins Wohnung gefahren und haben festgestellt, daß die Leitung unmittelbar vor dem Eßzimmer angezapft worden war.«

»Ach nee!« rief Strom.

Miss Martin sagte: »Doch.« Als sie das Wort sagte, bekam sie ein Grübchen im Kinn. »Sie war wirklich angezapft. Die Leitung muß direkt zum Eßzimmerfenster hinausgegangen sein.«

Finklestein strich sich mit seinem Diamantring über die Lippen. »Sie wissen nicht, wer sie angezapft hat?«

Miss Martin sagte: »Nein.«

Crane sagte: »Doch.« Er lächelte über Miss Martins Verblüffung. »Ich hatte ziemlich dran zu knacken, aber ich hab das Problem zufällig gelöst, als ich einen Kater hatte. Für klares Denken gibt's nichts Besseres als 'n Kater.«

Williams sagte: »Was guckst du mich an? Woher soll ich das wissen?«

»Es war eigentlich Miss Brentino, die den entscheidenden Hinweis geliefert hat.« Er schaute nach unten in ihre glänzenden Augen. »Sie hat mal gefragt: ›Wer könnte Miss Martins Stimme am besten nachahmen?‹«

»Und, wer?« fragte Finklestein.

»Miss Martin selbst.«

Die Augen plötzlich ins Weiße verdreht, wurde Miss Martin ohnmächtig, glitt von ihrem Stuhl auf den staubigen Boden. Bolston sagte: »Sie Dreckskerl«, und ging auf Crane los. Überraschenderweise fing Deputy Strom ihn ab, packte ihn an den Armen. Westland, der den Vorgang von der Tür aus benommen verfolgte, machte keine Anstalten, Miss Martin zu helfen.

Woodbury und Miss Brentino zogen Miss Martin auf ihren Stuhl. Sie stöhnte, trank etwas von dem Wasser, das der Direktor aus einer angelaufenen, silbernen Karaffe eingoß, und setzte sich ohne Hilfe auf. Ihr Gesicht war fahl, ihr Ausdruck abwesend und verschlossen.

»Da müssen Sie sich irren, Crane«, wandte Woodbury ein. »Wir wissen, daß Miss Martin an dem Abend nicht von zu Hause weggegangen ist und daß das Telefon sich vorn in der Wohnung befindet, wo ihr Onkel und ihre Tante sie gehört haben würden, wenn sie telefoniert hätte.«

Crane beobachtete Bolston aus dem Augenwinkel, bereit, hinter den Schreibtisch des Direktors zu springen, falls er von Deputy Strom loskam.

»Das Telefon befindet sich vorn in der Wohnung«, pflichtete er bei, »aber ich habe die Lösung gefunden. Westland hat mir erzählt, er hätte ein Rauschen wie von einem Wasserfall gehört, als er mit Miss Martin redete und sie sich schlauerweise absichtlich schlecht ausdrückte, damit er hinterher nicht mehr genau wußte, ob sie's war oder nicht. Tja, das Geräusch, das er gehört hat, war das Rauschen von Wasser aus einer Dusche.

Miss Martin hat die Leitung im Eßzimmer, nur ein paar Meter von ihrer Tür entfernt, angezapft und das Kabel unter dem Teppich durch ihr Zimmer ins Badezimmer geführt. Dann hat sie die Tür und die Badezimmertür zugemacht, und damit ihre Verwandten sie auch bestimmt nicht hörten, hat sie außerdem noch die Dusche voll aufgedreht. Es gibt nichts Besseres als 'ne Dusche, um eine menschliche Stimme zu übertönen.«

Williams fragte: »Also war ihre Geschichte von dem Unbekannten, der am Mordtag gekommen ist, um das Telefon zu reparieren, erfunden?«

»Klar. Die hat sie sich ausgedacht, während wir sie befragt haben. Wahrscheinlich hat sie gedacht, daß keiner je die Stelle finden würde, wo die Leitung angezapft worden ist.« Crane starrte Miss Martin anzüglich an. »Es ist ein hübsches, ja verführerisches Bild, die Vorstellung, wie Miss Martin nackt in ihrer Dusche steht und den Anruf tätigt, der Westland beinahe in den Tod geschickt hätte. Da wär ich gern dabeigewesen.«

Miss Martin strich sich mit dem Handrücken über die Augen.

»Ich auch«, sagte Doc Williams.

»Ich muß leider sagen, daß Miss Martin und Bolston unter einer Decke steckten«, fuhr Crane fort. »Und das bringt uns zu dem Schlüssel von Westlands Wohnung. Simmons hat uns gesagt, daß Miss Martin der einzige andere Mensch ist, der einen Schlüssel hat, und natürlich hat sie ihn Bolston vor dem Mord gegeben. So ist er reingekommen, um die Pistole zu klauen.«

»Aber warum zum Teufel sollte Miss Martin das tun?« wandte Finklestein ein. »Sie ist mit Westland verlobt.«

Crane blickte auf Miss Martins zitternde Lippen. »Wer weiß schon, warum eine Frau irgendwas tut? Ich kann Ihnen allerdings ein paar ziemlich gute Gründe nennen. Einer ist, daß sie ungefähr siebzigtausend Dollar von Westland erbt, falls er stirbt.

Der andere ist, daß sie ihn nie hätte heiraten können, weil sie schon mit Bolston verheiratet ist.«

Der Anwalt sagte: »Ist ja nicht zu fassen!«

»Eben. Williams hat einen Teil von einer Heiratsurkunde gesehen, als wir uns auf der Suche nach der angezapften Leitung in ihrem Zimmer umgeschaut haben, und« – Crane probierte es mit einer Lüge – »wir haben das überprüft und rausgefunden, daß sie auf Miss Martin und Bolston ausgestellt war.«

Miss Martin saß aufrecht auf ihrem Stuhl. »Ich dachte, ihr blöden Schnüffler hättet sie ganz gesehen«, sagte sie.

Bolston sagte: »Sei vorsichtig.«

»Man kann eine Ehefrau nicht zwingen, gegen ihren Mann auszusagen«, sagte sie, »und außerdem ...«

»Halt die Klappe!« brüllte Bolston.

Crane drehte sich zu Staatsanwalt Ross herum. »Damit wär das ja wohl geklärt, oder?« Er wandte den Kopf, so daß er Bolston ansah. »Williams hat bloß Miss Martins Namen auf der Urkunde gesehen, nicht Ihren. Sie hat gesagt, es wäre die Heiratsurkunde ihrer Mutter, aber es kam mir ein bißchen merkwürdig vor, daß ihre Mutter auch den Mädchennamen Emily Lou Martin hatte.

Und dann ist mir eingefallen, daß ich gesehen hatte, wie Miss Martin Ihnen bei Saks' Fifth Avenue Krawatten gekauft hat. Das war der entscheidende Hinweis, weil sich kein Mensch außer einem frisch verheirateten Ehemann von einer Frau Krawatten kaufen ließe.« Crane grinste den Staatsanwalt an. »Wissen Sie, was für Krawatten eine Frau kauft?«

Ross sagte: »Und ob!«

»Warum Miss Martin sich in Bolston verknallt hat, kann ich Ihnen nicht sagen«, fügte Crane hinzu, »aber die dachten ganz bestimmt, daß es hübsch wäre, die Heirat geheimzuhalten, bis Miss Martin Westlands Geld hatte. Dann hätten sie in aller Offenheit nochmal heiraten können.«

Miss Martin starrte Bolston an, aber der hatte keinen

Blick für sie. Statt dessen schaute er mit undurchdringlichem Gesicht aus dem Fenster. Deputy Strom, der ihn immer noch an den Armen festhielt, sagte: »Wenn Sie mir das Motiv sagen können, muß ich zugeben, daß Sie recht haben.«

»Das Motiv ist nicht weiter schwierig.« Crane betrachtete Miss Martins verschreckte Augen. »Das Maklergeschäft ist in letzter Zeit nicht mehr so toll gelaufen. Tatsächlich mußte Westland, der Firmenchef, auf sein Privatvermögen zurückgreifen, doch Bolston hat in großem Stil gelebt, mit einem schicken Auto, das zwanzigtausend Dollar kostet, einem japanischen Diener und einer Eigentumswohnung, ein paar Clubs und jeder Menge Shows und Parties. Er hat Williams und mir gegenüber zugegeben, daß er kein Privateinkommen hat, also stellt sich natürlich die Frage – wie macht er das?«

»Ja«, sagte Finklestein, »die Frage stellt sich.«

»Die Antwort sind Westlands Wertpapierdepots, die, wie Ihre Buchprüfer festgestellt haben, voller gestohlener und gefälschter Wertpapiere sind. Die können Sie in jeder Großstadt für zehn Cent auf den Dollar kaufen, wenn Sie wissen, wo Sie hingehen müssen, und Bolston hat das gewußt. Bevor Westland ins Gefängnis kam, hatte Bolston die heißen Wertpapiere in seinen Depots untergebracht, vermutlich aus der Überlegung heraus, daß er das Land verlassen könnte, wenn alles aufzufliegen drohte, womit Westland für alles aufkommen müßte. Er hatte wahrscheinlich ein hübsches Sümmchen auf die Seite gebracht, weil es guten Profit bringt, ein Papier für zehn Dollar zu kaufen, es gegen eins auszutauschen, das hundert wert ist, und das gute Papier dann mit neunzig Dollar Profit zu verkaufen. Machen Sie das lange genug, und Sie machen zwangsläufig Geld.«

Strom nickte.

»Aber Mrs. Westland, die eine Menge von ihren Aktien und Wertpapieren in dem Safe in ihrer Wohnung aufbewahrte, hat entdeckt, daß einige ihrer sorgsam gekauften Papiere faul waren. Bolston hatte seit zwei Jahren, seit ihrer Trennung von Westland, ihre Aktientransaktionen getätigt, daher hat sie ihn sofort verdächtigt.

Sie hat Woodbury angerufen und ihm gesagt, sie wolle Bolston wegen einiger Wertpapiere sprechen, und Woodbury hat es Bolston ausgerichtet, dem sofort klar war, daß er aufzufliegen drohte. Das war am Freitag, und Bolston hat gewußt, daß er ihr am Montag Rede und Antwort stehen mußte, somit blieben ihm Samstag und Sonntag, um zu entscheiden, was er tun sollte. Ich glaube, er muß schon vorher einen Mord erwogen haben, obwohl er seinen Plan vielleicht spontan gefaßt hat, aber in jedem Fall wurde ihm klar, daß alles in Butter wäre, wenn er beide Westlands aus dem Weg räumen könnte.

Dann würde nicht nur Bolstons Frau Westlands Geld erben, sondern er wäre außerdem in der Lage, die heißen Papiere und Aktien aus den Depots seiner Klienten zu nehmen und sie denen von Westlands Klienten unterzujubeln. Damit wäre es für ihn unnötig, aus dem Land zu fliehen, denn wenn die faulen Papiere nach Westlands Hinrichtung gefunden würden, wäre jedermann davon überzeugt, daß Westland nicht nur seine Frau ermordet, sondern auch seine Klienten betrogen hat.

Der Fall Westland entpuppte sich also als eine Art indirekter Mord – Mrs. Westland ist ermordet worden, um Westland aus dem Weg zu räumen.«

»Aber was ist mit dem Mord an Grant«, fragte Finklestein, »und Sprague?«

»Bolston mußte Grant umbringen lassen, weil er nicht sicher war, was der Einbrecher gesehen hatte. Da er an unseren Beratungen teilgenommen hat, wußte er natürlich über unsere Absicht Bescheid, Grant aufzutreiben, und später hat ihn Miss Martin über die Verabredung informiert, die wir über Petro getroffen hatten.

Bolston hat Grant von seinen Gangsterfreunden umbringen lassen, als der sich im Nachtclub gerade zu entscheiden versuchte, ob er mit uns reden sollte oder nicht. Ich weiß nicht, wer die Gangster waren, und es ist mir auch egal. Das ist Deputy Stroms Sache. Ich weiß auch nicht, wer Sprague umgebracht hat, der offensichtlich auf Spuren davon gestoßen war, wie Bolston die Depots ausgenommen hatte. Er hat versucht, selber ein bißchen Detektiv zu spielen, ist sogar Simmons besuchen gegangen und hat sich dann mit Woodbury verabredet, um ihm davon zu erzählen. Sprague hatte uns schon wissen lassen, daß er auf etwas gestoßen war, und Bolston, der ihn im Büro im Auge behielt, hat wahrscheinlich bemerkt, daß er die Depots durchgesehen hat.

Ein paar von den Gangstern, höchstwahrscheinlich dieselben Freunde, sind Sprague mit einem Auto gefolgt und haben ihn überfahren, als er aus einer Straßenbahn ausstieg. Einer von ihnen ist rausgesprungen und hat ihr Opfer abgetastet, nicht so sehr, um sich zu vergewissern, daß er tot war, sondern um festzustellen, ob er irgendwelche Papiere bei sich hatte, die Bolston belasten würden. Wenn es welche gab, hat er sie gekriegt; aber das ist auch Sache von Deputy Strom.«

Finklestein setzte zu der Frage an: »Aber der Schlüssel? Wie ist...« Er hielt inne, glotzte Miss Martin an. Sie war wieder ohnmächtig geworden, rutschte langsam von ihrem Stuhl. Der Staatsanwalt fing sie auf und sagte zum Direktor: »Sie lassen sie besser auf die Krankenstation bringen.«

Zwei unförmige Schließerinnen kamen und halfen ihr aus dem Zimmer. Sie schwebte zwischen ihnen wie eine Schlafwandlerin. Crane sah ihr nicht nach; Bolston auch nicht.

»Ich wette, die singt«, sagte Strom.

Williams fragte: »Aber was ist mit Miss Brentino und Woodbury? Wieso hatten die für die Mordnacht ein faules Alibi?«

Woodbury machte ein überraschtes Gesicht. »Faul?«

»Das Alibi war in Ordnung«, sagte Crane. »Sie haben gesagt, sie wären im Black Hawk gewesen, und wir dachten, das könnte nicht sein, weil der Laden für ein Verbindungsfest reserviert war. Aber ich bin sicher, Miss Brentino ist ehemaliges Mitglied der Verbindung und war zu dem Fest eingeladen.«

»Phi Mu«, sagte Miss Brentino.

Crane kratzte sich im Nacken. »Ich denke, das wär's so in etwa.«

»Das reicht dicke«, sagte Staatsanwalt Ross. »Ich melde von meinem Büro aus gleich ein Gespräch mit dem

Gouverneur an. Herr Direktor, Sie kommen besser mit mir und reden mit dem Gouverneur, sobald ich durchkomme.«

»Was mach ich mit dem Kerl hier?« fragte Deputy Strom, die massive Hand auf Bolstons Schulter.

»Nehmen Sie ihn mit ins Präsidium und verhaften Sie ihn wegen Mordes«, sagte der Staatsanwalt.

»Bevor ich gehe«, sagte Strom, »würd ich gern noch erfahren, wie der Kerl aus Mrs. Westlands Wohnung rausgekommen ist, wenn es keinen Nachschlüssel gegeben hat.«

»Ich auch«, sagte Finklestein.

Crane sagte: »Das war ganz leicht, was, Bolston?«

Bolston starrte aus dem Fenster.

»Nachdem Bolston Mrs. Westland erschossen hatte, hat er ihre Schlüssel mit rausgenommen und die Tür hinter sich abgeschlossen. Am anderen Morgen ist er zurückgekommen, ein paar Minuten nach der Zeit, zu der, wie er wußte, das Mädchen immer kam, und hat geholfen, die Tür aufzubrechen. Er war der letzte von der kleinen Gruppe, die ins Zimmer stürzte, wie Miss Dea uns gesagt hat, und während die anderen entsetzt die Leiche auf dem Boden anstarrten, hat er die Schlüssel einfach auf den Tisch zu Mrs. Westlands Handtasche und dem Kleingeld gelegt.«

»Du lieber Himmel!« rief Finklestein.

Bolston sagte nichts, als Deputy Strom ihm die Handschellen anlegte, protestierte nicht, als er abgeführt wurde. Er schien keine Angst zu haben.

Finklestein sah zu, bis Deputy Strom und sein Gefangener das Zimmer verlassen hatten. »Die werden's schwer haben, Bolston irgendwas anzuhängen«, sagte er. »Der ist so kühl wie ein Klumpen Trockeneis.«

Crane schaute auf Westland, der von Leuten umringt war, die ihn beglückwünschten. Er sagte: »Bolston müßte jetzt Sie als Verteidiger kriegen, Finklestein. Das wäre poetische Gerechtigkeit.« Westlands Gesicht war unglücklich, er sah aus, als müßte er sich gleich übergeben.

»Geht nicht«, sagte Finklestein. »Ich hab mit dieser Miss Hogan ausgemacht, daß wir nach Florida fahren.«

Crane sagte: »Von wegen!«

19

Samstag morgen

0 Uhr 03

Die Stimme des Priesters war laut und triumphierend.

»Ich erlöse dich von allen Übeln und Sünden, im Namen des Vaters, des Sohnes und des Heiligen Geistes ... Amen.«

Connors kniete auf dem Betonboden seiner Zelle, den Kopf über die Hände gebeugt. Auf dem Flur zog Direktor Buckholtz seine dicke Golduhr heraus. »Es ist Zeit ...«

Ein Wärter riß die Zellentür auf. Connors erhob sich schwankend, folgte dem Priester auf den Korridor hinaus. Westland und Isadore Varecha sahen von ihren Zellen aus zu, wie sie vorbeigingen. Weiter vorn stand, an die Wand gepreßt, Wärter Galt. Seine Lippen waren feucht.

Der Priester, der das silberne Kruzifix hochhielt, psalmodierte mit sonorer Stimme:

»Herr, erbarme dich, Christus, erbarme dich.
Herr, erbarme dich. Heilige Maria, bitte für ihn.«

Hinter dem dahingleitenden Chorhemd, einem halblangen, weißen Schatten über der schwarzen Soutane, schwenkte Connors zu Wärter Galt um. Seine Faust schoß hervor; Galts Kopf schlug gegen die Wand, und er fiel bewußtlos zu Boden. Blut strömte ihm aus dem Mund.

Ohne es zu bemerken, psalmodierte der Priester:

»All ihr heiligen Patriarchen und Propheten, bittet für ihn. St. Peter, bitte für ihn. St. Paul, bitte für ihn. St. Andreas, bitte ...«

Eine Biegung des Korridors machte die Worte der Litanei unverständlich.

Sieben Minuten später kamen sie Isadore Varecha holen. Sein Gesicht war eifrig; er sagte zu Westland: »Ich hab keine Angst, solang du hinter mir herkommst.«

»Keine Sorge«, log Westland; »ich komme direkt hinter dir her.«

Der kleine Irre trottete zwischen zwei Schließern davon, sah sich nicht um. Westland wartete darauf, daß das Licht sich trübte, aber das geschah nicht. Der elektrische Stuhl war nicht an das normale Stromnetz des Gefängnisses angeschlossen.

Kurz darauf kam Crane und legte ihm die Hand auf den Arm. »Sie können jetzt in eine andere Zelle umziehen«, sagte er. »Wahrscheinlich werden Sie morgen freigelassen.«

Westlands Gesicht war wächsern. »Ich hätte genausogut mit ihnen gehen können.«

Reporter auf dem Flur verlangten lautstark »Bloß ein Wort, Mr. Westland«. Zwei Fotografen waren damit beschäftigt, Blitzlichtbirnen in eine Dreifachfassung einzuschrauben.

Crane sagte mitfühlend: »Machen Sie sich keine Gedanken wegen Miss Martin, Mann. Solche Käfer gibt's noch mehr auf der Welt.«

Intensives, blauweißes Licht überflutete den Korridor,

als der Fotograf der *Tribune* einen Magnesiumblitz auslöste.

Westland brachte ein mattes Lächeln zustande, fragte: »Wer zum Teufel will schon einen Käfer?«

Jonathan Latimer
Leiche auf Abwegen

Roman. Aus dem Amerikanischen
von Ulrike Wasel und Klaus Timmermann

William Crane, Latimers etwas verkommener, oft auch etwas betrunkener und durchaus lebensfroher Privatdetektiv, verfolgt auf einer halsbrecherischen Jagd durch die Hinterzimmer des swingenden Harlem die umworbene Leiche einer jungen Nachtclubsängerin, die sich auf merkwürdige Weise das Leben genommen hat.

»Latimers parodistische Thriller aus den düsteren vierziger Jahren gehören zu den amüsantesten der Hard-boiled-Kultur. Nichts ist ihm heilig, alles zieht er durch den Kakao und erzählt gleichwohl immer spannend.« *Wolfram Knorr / Die Weltwoche, Zürich*

»Alle Personen bei Latimer sind skurrile Gestalten, deren Charaktere nicht durch eine Stimme aus dem Off umständlich erläutert werden müssen, sondern die allein durch ihr Handeln Profil gewinnen. Gerade dadurch, daß sie dem Leser nicht eindeutig erscheinen, gewinnen sie an Plausibilität. Daß eine Geschichte allein durch die Akteure an Leben gewann – das war das Neue an dieser Literatur.«
Klaus Bittermann / Frankfurter Rundschau

»Jonathan Latimers verantwortungslose Fröhlichkeit läßt seine Bücher aus den üblichen guten ›hard-boiled‹-Krimis herausragen.« *Julian Symons*

1938 von Otis M. Garrett mit Preston Foster, Frank Jenks und Patricia Ellis unter dem Titel *The Lady in the Morgue* verfilmt.